절대기협 絕對奇俠

절대기협 3

이동휘 新무협 판타지 소설

초판 1쇄 찍은 날 § 2007년 4월 12일
초판 1쇄 펴낸 날 § 2007년 4월 22일

지은이 § 이동휘
펴낸이 § 서경석

편집장 § 문혜영
편집책임 § 서지현
편집 § 심재영 · 유혜림

펴낸곳 § 도서출판 청어람
등록번호 § 제1081-1-89호
등록일자 § 1999. 5. 31
어람번호 § 제2-1175호

주소 § 경기도 부천시 원미구 심곡1동 350-1 남성B/D 3F (우) 420-011
전화 § 032-656-4452 팩스 § 032-656-4453
http://www.chungeoram.com
E-mail § eoram99@chollian.net

ISBN 978-89-251-0557-4 04810
ISBN 978-89-251-0554-3 (세트)

※ 파본은 구입하신 서점에서 교환하여 드립니다.
※ 저자와 협의하여 인지를 붙이지 않습니다.

도서출판 청어람

절대기협

絶對奇俠

[커져 가는 의혹]

이동휘 新무협 판타지 소설

FANTASTIC ORIENTAL HEROES

3

목차

絶對
奇俠

삼문협(三門峽)에는 이른 아침부터 세찬 비가 내리 붓고 있
었다.

청해성에서 발원(發源)하여 감숙과 섬서를 거쳐 산서까지
쉬지 않고 달려온 황하의 물줄기는 삼문협에 이르러 거센 저
항을 받게 된다.

협곡 중앙에 떡하니 버티고 있는 암도(巖島)에 막혀 세 줄
기로 갈라진 황하는 자기 몸을 가르는 장애물에 분노하는 듯
물살이 더욱 거세지고 빨라진다.

이로 인해 이 지역을 왕래하는 배들은 삼문협을 통과할 때
마다 큰 곤욕을 치르곤 하는데, 오늘같이 비가 오고 바람이

부는 날은 협곡의 급류가 더욱 요동을 쳐 아예 운행을 포기하게 되는 경우가 잦았다.

이렇게 공치는 날에는 으레 강변 근처의 주루는 남는 시간을 음주가무로 채우려는 선원들로 시끌벅적하게 마련이었으나, 삼문협의 절벽 위에 오롯이 자리 잡은 풍광 좋은 객잔은 오히려 한적했다.

선원들이 들끓는 나루터와는 거리가 멀고, 삼문협의 절경을 보러 찾아오는 관광객들은 비 때문에 걸음을 포기하게 되므로 이렇게 궂는 날에는 어쩔 수 없이 한가한 것이 이곳 삼문객잔(三門客棧)의 일상이었다.

객잔 일층에는 손님은커녕 개미 새끼 한 마리도 없었지만, 의외로 계산대에 앉아 있는 객잔 지배인 왕 대인의 표정은 나쁘지 않았다.

뜻밖의 봉이 왕림하셨기 때문이다.

그들은 느닷없이 객잔 문을 열고 들어오더니 꼭대기 층을 통째로 빌렸다. 그리고는 말굽 은 한 덩이를 던져 놓고는 사람 올리지 말라는 말과 함께 유유히 계단 위로 사라졌다.

왕 대인은 은을 들고는 이게 꿈인가 생시인가 볼을 꼬집어 보았다. 비수기에 비까지 오고 있으니 당분간 매상은 포기해야지 싶던 차에 얼추 보름치 매상이 한꺼번에 굴러들어 온 것이다.

말굽 은을 조물락거리고 있는 그에게 할 일 없어 한가한 점소이 아칠이 슬그머니 다가왔다.

"대인, 저 위로 올라간 자들, 수상하지 않습니까?"

"수상하긴 뭐가 수상해? 저렇게 훌륭한 인품의 손님은 요 근래 본 적이 없구만."

왕 대인에게 있어서 돈 많이 주는 손님은 머리가 세 개고 팔이 여섯 개라 해도 전혀 수상하지 않았다.

"수상하죠. 중과 도사는 원래 동종 업계의 경쟁자이니 서로 앙숙이 아닙니까? 어쩌다 겸상을 하게 되어도 고개를 돌리고 밥을 먹을 정도로 사이가 좋지 않은 게 정상인데, 저치들은 어깨를 나란히 하고 올라가 꼭대기 층을 전세 내고 앉아 있으니 매우 수상하지 않습니까."

"미친놈, 할 일 없으니까 별 객쩍은 소리를 다 하고 있네. 그럼 저 위에서 역적모의라도 하고 있다는 말이냐?"

"역적모의가 아니죠."

아칠은 답답하다는 표정을 지었다.

"모르긴 몰라도 강호무림을 떠들썩하게 하려는 밀담이 오가고 있을 겁니다."

"강호… 무림?"

"예! 중이랑 도사랑 어울리는 부류는 그네들뿐이니까요. 올라간 자들 중에 중들은 모두 소림사에서 내려온 것일 거고, 도사들은 무당이나 화산파의 사람들일 겁니다. 요사이 강호의 정세가 심상치 않으니 천하를 평정할 영웅을 추대하기 위한 중지를 모으려고 이런 한적한 장소를 선택한 것이 분명합니다!"

"에라, 이놈아!"

왕 대인은 아칠의 뒤통수를 후려쳤다.

"아야! 왜 때려요!"

"할 일 없으면 걸레 들고 바닥이나 닦아! 중이면 다 소림사고 도사면 다 무당, 화산이냐? 그런 작자들이 뭐 할 일이 없어서 이런 곳에 와서 시간을 써? 이건 아는 건 쥐뿔도 없는 게 어디서 주워들은 건 많아 가지고. 저 위에서 무림 전복의 밀담이 오고 가고 있으면 내가 니 아들이다, 이놈아."

왕 대인은 자신에게 이제부터 스무 살짜리 양아버지가 생겼다는 사실을 깨닫지 못했다.

놀랍게도 아칠의 예상은 정확히 들어맞았다. 객잔 꼭대기를 전세 낸 사람들은 소림사와 화산파에서 온 사람들이었다.

더욱 놀라운 것은 그들이 강호의 체계를 뒤집을 계획을 도모하고 있다는 것이었다.

"오늘따라 강물이 거셉니다. 마치 어지러운 불초의 마음 같구려."

소림사 방장 무유 대사는 창가에 서서 비 내리는 삼문협을 내려다보고 있었다.

"빈도의 눈에는 세상을 뒤집는 호쾌한 기상이 엿보입니

다만."

마주 앉아 있는 화산파 장문인 천학자 역시 강물을 보고 있는 채였다.

"허허허! 역시 장문인께서는 나이가 들어도 예전의 패기를 잊지 않으셨구려. 부럽습니다."

"별말씀을요. 나이 들어서도 여전히 주책없게 보이는 것 같아 민망합니다."

"겸양이 지나치면 비례(非禮)입니다. 열정을 지닌 장문인께 주책이란 말은 전혀 어울리지 않습니다. 주책없는 자는 따로 있지 않습니까."

천학자는 무유 대사의 말을 알아들은 듯 웃음을 지었다.

"그런 자가 한 명 있긴 하지요. 낙양에 말입니다."

무유 대사는 탄식을 했다.

"무림맹 때문에 걱정입니다. 이대로 유명교에만 얽매여 정작 무림맹 재결성의 목적인 칠석지약을 준비하지 못한다면 내년 칠석 이후 강호가 어떻게 뒤바뀔지……."

천학자가 맞장구를 쳤다.

"자기 자리를 아는 자가 군자인 법입니다. 한데 현 맹주는 분수를 모르고 끝까지 맹주 직함에 욕심을 못 버리고 있으니 안타까운 일이지요. 유명마교의 퇴치를 핑계로 동맹 문파들의 지원을 지나치게 요구하고, 그렇게 끌어 모은 무림맹의 전력을 자기 세력화하고 있습니다."

무유 대사는 염주를 만지작거렸다.

"사실 빈승은 그가 맹주로 부임할 당시 문파들이 약속 파기를 했을 때 즉각 사임할 줄 알았습니다."

"낯짝이 두꺼운 자이지요. 빈도도 많이 놀랐습니다. 그런 창피를 당했음에도 적임자가 나타날 때까지 맹주 직을 성실히 이행하겠다고 말하는 그 뻔뻔함을 보고 말입니다."

구 년 전 무림맹주를 선출하는 비무대회 당시, 발기인으로 모인 구파일방의 장문인들은 비밀리에 한 가지 협약을 맺었다.

무림맹주가 되는 사람에게는 그가 자기 무공의 발전을 위해 요구하는 바를 각 문파에서 조건없이 한 가지씩 들어준다는 것이었다.

가령 맹주가 된 자가 내공 증진을 위해 소림의 보물인 대환단이나 화산의 자소단을 요구한다면 주저없이 그것들을 내놓아야 하고, 무당파의 절기인 십단금이나 독고세가의 절세보검 천룡검을 내놓으라 하면 해당 문파들은 그 요구에 반드시 응해야 한다는 것이었다. 물론 그 요구 사항은 전적으로 무공 증진의 필요에 의한 것이어야 했다.

오대세가 또한 맹의 발족에 참여하면서 그 약속에 동참했다. 이러한 십오대거파들의 일치단결은 그만큼 파천일기의 후예인 칠성신군의 존재가 위협적이기 때문이었다.

한데 막상 비무대회가 끝나고 기대치 않았던 결과가 나오자 초월적인 협력을 강조하던 문파들의 태도는 급격히 바뀌었다.

기대주였던 독고세가의 독고완과 검절 장남천이 양패구상하고 현 맹주 상유운이 어부지리(漁父之利) 격으로 그 자리를 차지해 버린 상황이 문제였다.

독고세가와 화산파를 필두로 한 다수의 문파가 자격이 미달되는 자에게 맹주 직을 맡기는 것도 모자라 자파의 비기 혹은 보물을 떠넘길 수 없다며 협약의 이행을 완강히 거부했다.

자칫 무림맹이 출범하기도 전에 좌초할 위기에서 맹주 직을 얻은 상유운은 겸허한 절충안을 내놓았다.

십오 년 기한으로 정해진 맹주의 임기는 성실히 지키되, 칠성신군을 상대할 고수가 나타난다면 기꺼이 자리를 양보하겠다. 각 문파의 신물은 나중에 올 적임자에 주면 된다. 이러한 제안이었다.

반대한 문파들 입장에서도 토를 달기 어려운 제안이었다. 결국 절충안은 받아들여지고 상유운은 '칠성신군을 상대할 고수가 나타날 때까지'란 조건을 단 채 맹주 자리에 오르게 되었다.

그리고 그 이후, 칠성신군을 상대할 만한 고수는 아직 나타나지 않고 있었다. 정확히 말하자면 고수가 존재하긴 하되 무림맹을 찾지 않고 있었다.

"장 대협의 소신에는 아직 변화가 없소이까?"

무유 대사의 물음에 천학자는 인상을 쓰며 고개를 저었다.

"사제 성격이 워낙 외골수입니다. 죽어도 벼슬은 싫다고 하는군요. 특히 무림맹주 같은 귀찮은 자리는 절대 사양이랍니다."

"칠성신군과는 겨뤄보고 싶다는 뜻을 피력하신 것으로 아는데……."

"그러니까 더 속이 타는 거지요. 자신을 능가하는 고수와 자웅을 겨루고는 싶은데, 그 전제 조건이 무림맹주라면 그건 싫다고 하고 있으니 답답한 노릇 아니겠습니까."

"허허허! 세속의 명리를 초탈한 탓에 검절의 자리에 오르신 것 아니겠소이까. 과연 장남천 대협답구려."

"과찬이십니다."

천학자는 손사래를 치면서도 화산의 자랑을 칭송하는 무유 대사의 말이 싫지 않은 표정이었다.

"빈승에게 한 가지 계책이 있는데, 들어보시겠습니까?"

"말씀하십시오."

"장 대협께서는 사형이신 장문인과 우애가 돈독하시다고 들었습니다."

"그런 편이긴 하지요."

"해서 드리는 말씀입니다. 장 대협이 맹주 자리가 불편하시다면 장문인께서 그 자리를 대신 맡으시고 장 대협은 칠성신군과의 대결에 집중하시는 게 어떨까 하고요."

천학자는 말도 안 된다는 듯 눈을 크게 떴다.

"빈도에게 맹주를 맡으라고요? 대사님도 농담을 잘 하십니다."

"농담이 아니외다. 빈승이 많은 고민을 한 끝에 내린 결론이오. 이대로 우리가 무림맹을 방치하고 있다간 내년 칠석에 무슨 망신을 당할지 모르오. 무림맹주는 분명히 중원무림의 대표자로 자신과 친분이 두터운 청룡왕을 지목할 것이오. 그러면 승패가 어찌 결정되든 간에 결국 칠성궁, 혹은 청룡방이 강호를 지배할 것이오. 이미 무림맹을 자기 세력화한 무림맹주는 그들에게 빌붙어 강호를 관리한다는 핑계로 자신의 임기를 더 늘리려 할 것이고."

"그것만은 막아야지요."

"그렇소. 한데 그것을 막기 위해서는 장남천 대협이 반드시 무림맹의 대표자가 되어야 하오. 한데 현 맹주가 그 자리에 있는 한 장 대협이 무림맹으로 들어갈 확률은 희박합니다."

준결승에서 양패구상으로 얻은 상처 때문에 기권하긴 했지만 구 년 전 맹주선출대회 당시 장남천은 상유운에게 패배한 것으로 되어 있었다.

장남천이 무림맹의 대표가 되려면 맹의 법규에 의해 자신을 이긴 상유운과 재대결을 해야 한다. 한데 그래서 이기게 되면 무조건 무림맹주가 되는 것으로 규약이 정해져 있기 때문에 장남천은 그 대결을 기피하는 것이었다. 차라리 상유운이 그보다 더한 고수여서 그의 승부욕을 불태울 정도라면 모르겠지만 그런 것도 아니니 무공을 닦는 것 외에는 만사가 귀찮은 장남천으로서는 그저 번거로운 일일 뿐이었다.

"빈승의 결론은 무슨 수를 써서든 현 맹주를 그 자리에서 내쫓아야 한다는 겁니다. 그러기 위해서는 장문인께서 발 벗고 나서셔야 합니다."

천학자는 침을 꿀꺽 삼켰다.

아까 손사래를 치고 겸양을 떨긴 했지만 이곳에 올 때부터 소림에서 파격적인 제안을 할 거라는 것은 이미 예상하고 있었다. 그게 설마 자신을 지목하여 무림맹주가 되라 하는 것일 줄은 몰랐지만 말이다.

그는 가슴이 뛰었다.

비록 아끼는 사제이긴 했지만 장남천이라는 절대고수의 그늘에 가려 숨을 죽이고 지낸 지가 몇 년인가. 이제야 가슴 속 깊이 묻어두었던 웅비(雄飛)를 펼칠 기회가 온 것이다.

"정히 빈도가 나서야 한다면, 강호무림의 평화를 위해 한 몸 분골쇄신할 준비는 되어 있습니다."

"오오, 정녕 그래 주시겠소?"

"대사께서 빈도를 그리 높이 평가해 주시니 감읍할 따름입니다. 한데 이 문제는 저와 대사의 약속만으로 결정될 수 있는 사안이 아니지 않습니까. 무당파를 비롯한 타 문파의 협조가 있어야만 가능한 일이 아닐지요."

"그래야겠지요. 장문인께서 마음을 굳히신다면야 다른 문파들을 끌어들이는 것은 어렵지 않을 겁니다. 현 맹주의 부족한 덕성과 무림맹을 자기 세력화하는 작태는 모두 다 싫어하고 있으니까요. 다만 무당파가 문제이겠구려. 무당파 장문인은 머릿속에서 도대체 무얼 생각하고 있는지 모를 양반인지라……."

천학자는 속으로 쓴웃음을 지었다.

소림사 방장 무유 대사와 무당파 장문인 경운(傾運) 진인은 앙숙으로 유명한 관계였다. 격식과 예의를 따지는 무유 대사와 심성이 자유로운 경운 진인은 이십 년 전 나란히 방장과 장문의 자리에 올라 처음 대면했을 때부터 사이가 좋지 않았고, 그 이후 사사건건 부딪침을 반복했다.

"장문인은 몰라도 무당파 장로들을 다수 만나본바 맹주를 좋아하는 사람은 한 명도 없었습니다. 우리가 사심없이 강호를 위한 선택한 것을 알면 그들도 기꺼이 협조해 줄 것입니다."

천학자의 말에 무유 대사도 동의했다.

"장문인의 말이 참으로 옳소."

둘은 잔을 높이 치켜 올렸다.

"이제 오늘을 기점으로 정파무림은 다시 태어날 것이오. 육십 년 전 파천일기의 지배하에 놓였던 치욕의 아픔은 내년 칠석지약에서의 승리로 일 갑자 만에 말끔히 씻어내게 될 것입니다. 그 시발점은 무능한 현 맹주를 탈락시키고 적임자를 그 자리로 올리는 혁신을 이루는 것입니다. 그러기 위해 출범하는 우리의 연합을 혁신회(革新會)라 명명하겠습니다."

혁신회란 이름의, 강호를 혁신한다는 명제하에 무림맹의 전복을 꾀하는 연합체는 삼문협의 인적 드문 객잔에서 소리 소문 없이 출범하였다.

이들은 그 후 뜻을 같이할 방회들을 끌어 모음과 동시에 무림맹의 위상을 추락시킬 구체적 방법을 모색하기 시작했다.

이세민이 무림맹에 들어가기 두 달 전의 일이었다.

第一章

영호세가로 가다

　영호세가의 종손 영호정인을 구하는 데 성공한 오의단은 영호세가 측과 미리 약조했던 대로 신호를 올렸다.

　신호로 쏘아 올린 불꽃이 하늘로 올라간 지 얼마 안 되어 바위산 꼭대기 부근에서 연기가 피어올랐다. 단정의 건물군이 있는 위치였다.

　"협상이 중단되고 전투가 벌어졌나 봅니다."

　정명운의 보고를 들으며 이세민은 냉소를 머금었다.

　'진짜 전투가 벌어진 것인지, 아니면 시늉만 하고 있는 것인지는 아무도 모르지.'

　영호관을 비롯한 영호세가의 무리들이 단정회와 짜고 종

손인 영호정인을 죽이려 했던 것이라면 지금 저 위에서 벌어지는 전투는 시늉만 내고 있는 가짜일 가능성이 높았다.

전투가 벌어졌든 말든 오의단의 임무는 인질 확보였기에 이세민은 산 쪽은 상관하지 않은 채 영호정인을 데리고 태원의 영호세가 본가로 곧장 출발했다.

혹시 영호선유가 나타나지 않을까 기대했지만 그녀는 태원성으로 들어갈 때까지 모습을 드러내지 않았다.

아마도 영호세가에서 붙여준 안내원이 산 아래에서 다시 합류했기 때문에 그의 눈을 의식해 나타나지 않았을 것이라고 이세민은 생각했다.

이세민은 영호정인을 자기 말에 태우고 가며 그와 이런저런 얘기를 나누었다.

"누가 제일 보고 싶니?"

"할머니요."

"할머니? 아빠, 엄마가 아니고?"

아빠, 엄마란 말에 영호정인의 얼굴이 어두워졌다.

"엄만 돌아가셨어요. 아빤… 제가 붙잡혀 갔는지도 모르실걸요."

이세민은 속으로 아차 싶었다.

"이거 미안하구나. 아저씨가 괜한 것을 물었어."

"아니에요. 모르시고 물으신걸요."

이세민은 말없이 영호정인의 머리를 쓰다듬었다.

어린아이치고는 지나치게 배려심이 강했다. 예의 바르게 키워졌기에 가정교육 탓일 수도 있겠지만 그만큼 주위의 눈치를 보며 자랐기 때문이라고 해석할 수도 있었다.

이세민은 왜 이렇게 자신이 꼬마의 마음을 잘 헤아리는 것인지 스스로도 놀라웠다. 혹시 기억을 잃기 전에 비슷한 경험을 했거나 주변에서 보았던 것이 아닐까 하는 생각이 들었다.

이세민은 영호정인의 아버지가 어떤 상태인지도 궁금해졌지만 캐묻기에는 조금 민망해진 상황인지라 입을 다물었다.

한데 영호정인 역시 그의 마음을 헤아린 것인지 스스로 입을 열었다.

"저희 아버지가 누군지 아세요?"

"음, 네가 종손이니 영호세가의 가주님이시겠지."

영호정인은 고개를 들어 이세민의 얼굴을 보며 싱긋 웃었다.

"아저씨는 무림맹에서 활동하신다면서 저희 가문 사정을 잘 모르시나 봐요?"

"으응, 내가 강호 정세에 좀 어두워서."

"우리 아버지는 제가 어렸을 때 크게 다치셨어요. 그래서 몇 년 동안 앓고 계세요. 너무 많이 아파서 저도 못 알아보고 아무도 못 알아봐요."

꼬마는 묻지도 않았는데 아픈 아버지 얘기를 술술 꺼냈다.

"아버지가 그렇게 되신 뒤로 부쩍 집안 어른들이 다투는 일이 잦아졌어요. 그때마다 할머니는 입버릇처럼 '너희 아비가 일어나기만 하면 다 괜찮을 텐데……' 하고 말씀하셨어요."

꼬마가 스스럼없이 집안 얘기를 하자 이세민도 흥미가 동하여 질문을 던졌다.

"아빠는 어떻게 다치셨지?"

"광검살성이란 자와 싸우다 그렇게 되셨대요."

"광검살성?"

얼핏 귀에 익은 이름이었다. 기억을 잃기 전에 들은 것인지, 아니면 사부와 돌아다니다가 귀동냥으로 들은 이름인지 확실하지가 않았다.

"사 년 전 세상을 떠들썩하게 했던 유명마교의 마두였다고 해요. 아버지는 그놈에게 당하신 후 그렇게 되셨대요. 전 나중에 커서 유명마교에게 반드시 복수하고 말 거예요."

영호정인은 어린아이답지 않은 다부진 눈빛을 발하며 다짐하듯 말했다.

"그 광검살성에게 복수를 하겠단 말이냐? 그러려면 부지런히 자라야겠는걸. 네가 다 자라기 전에 다른 사람이 놈을 죽이면 곤란하잖아."

이세민의 말에 영호정인은 소리 내어 웃었다.

"아저씨 말을 참 재미있게 하시네요. 제가 부지런히 자랄 필요는 없어요. 광검살성은 이미 죽었거든요."

"그래? 네 복수를 누군가 대신해 주었나 보구나."

"예, 청룡방과 무림맹의 용사들이 놈을 죽였다고 들었어요. 그래서 전 은혜를 갚기 위해 나중에 청룡방이나 무림맹의 무사가 되기로 결심했어요."

빚을 갚겠다고 하는 사고가 기특하게 느껴졌지만 이세민은 굳이 무림맹에 들어오라고 권하지 않았다. 영호정인이 자라서 진로를 선택할 나이가 될 때까지 그가 무림맹에 남아 있을 리는 없을 테니까.

이세민은 대화의 물꼬가 트인 김에 여러 가지를 물어보았다.

"영호선유란 누나가 있지? 친누나니?"

사촌 누나라는 대답이 돌아왔다. 영호선유는 셋째 작은아버지의 딸이라고 했다.

이세민은 아버지의 형제가 몇이며, 그중에 아버지와 친한 형제가 누구인지 물어보았다.

그에 대한 영호정인의 대답을 정리해 보면 이랬다.

영호세가 전임 가주인 북악선인(北岳仙人) 영호종은 슬하에 오남일녀를 두었다.

오남일녀는 아버지는 같았으나 어머니는 제각각이었다. 맏아들 영호천우와 막내딸은 정실 부인의 자녀였고 둘째부터 다섯째까지는 첩의 자식들이었다.

배다른 형제이기는 마찬가지였지만 영호천우를 제외한 나

머지 아들들은 의외로 우애가 돈독했다. 어려서부터 가문의 총애를 받고 자란 영호천우를 시기하는 마음이 공통적이다 보니 자연스레 끼리끼리 모이게 되었던 것이다.

이들의 돈독한 우애는 우습게도 공통의 적이던 영호천우가 사고로 의식불명이 된 후 조각이 나고 말았다. 가주로 내정되어 있던 그가 재기불능에 가까운 상태가 되어버리자 제각기 '맏형이 없다면 내가……' 라는 생각을 가지고 가주에 대한 욕심을 내었던 것이다.

결국 네 형제는 둘씩 갈라져서 세력 다툼을 하게 되었고, 영호천우가 쓰러진 후 지난 사 년간의 영호세가는 형제 간의 다툼 때문에 바람 잘 날이 없었다. 단정회에게 그토록 어이없이 당했던 것도 안에서 박 터지게 싸우느라 밖으로 눈을 돌릴 여유가 없었기 때문이라는 게 주변의 평가였다.

'종손이 죽기를 바랐던 이유가 확실히 있었군!'

이세민은 어떻게 돌아가는 사정인지 대강 짐작이 되었다.

권력 다툼을 하고 있는 삼촌들 입장에서는 영호천우의 후손인 영호정인이 눈엣가시였을 것이다. 행여 그들 중 하나가 가주 직을 맡게 된다 해도 나중에 승계를 하게 될 때엔 자기들의 자식이 아닌 영호정인이 가주 직을 물려받게 될 것이니, 미래를 생각할 때 기회가 있으면 그가 처리되는 편이 그들로선 달가운 일이 아니겠는가.

'그중에 누가 단정회와 손을 잡고 이 아이를 죽이려 했

을까?'

두 편으로 갈라져 으르렁거리고 있다 하니 아무리 영호정인이 눈엣가시라 해도 아직 어린 꼬마 하나를 죽이기 위해 손을 붙잡지는 않았을 것 같았다.

영호정인을 염려하던 영호선유를 고려해 보면 그녀의 부친인 셋째 영호국과 그와 손잡은 다섯째 영호중 쪽은 범인이 아니지 않을까 생각해 보았지만 확신을 하기는 어려웠다. 영호정인에게 듣기로 영호선유가 평소 그를 극진히 아꼈다 하니, 부친의 의중에 관계없이 그녀가 독단적으로 영호정인을 돌보려 애를 쓴 것일 수도 있기 때문이었다.

생각을 정리하던 이세민은 필요 이상으로 꼬마를 걱정하는 자신에게 문득 놀랐다. 제 앞가림하기도 바쁜 상황에 남의 집안 권력 다툼에 심기를 쏟을 이유가 없지 않은가.

'꼬마에 대한 염려라기보다는 오의단을 위험에 빠뜨린 놈을 색출하고자 함이라고 쳐두지.'

이세민은 그렇게 마음을 정리하려 했으나 병든 할머니를 제외하면 돌봐줄 사람도 없는 꼬마가 계속 신경 쓰였다.

특히 왠지 모를 동질감이 느껴져서 가능한 한 어떤 식으로든 도움을 주고 싶은 마음이 드는 것이었다.

"정인이가 돌아왔다고?"

영호세가의 안주인인 송(宋)씨는 소식을 듣고는 누워 있던 자리를 박차고 일어났다.

하나뿐인 아들이 수년 전 흉적의 손에 당해 쓰러지고, 그가 마흔이 넘어 어렵게 본 자식마저 악한들의 손에 납치되어 버리자 그 충격으로 몸져누워 다 죽어가고 있던 그녀였다. 그런데 손자가 돌아왔다는 한마디에 언제 그랬냐는 듯 정신을 차리고는 손자가 있는 곳으로 한달음에 달려갈 태세를 갖추었다.

"아이는 어디 있느냐? 내 당장 가서 얼굴을 봐야겠다!"

그녀의 시중을 드는 나이 든 시비가 만류했다.

"마님, 고정하소서. 곧 이곳으로 올 겝니다."

"내가 지금 고정하게 되었느냐? 당장 아이 얼굴을 보지 않으면 다시 쓰러지게 생겼다."

노부인은 시비를 대동하고 세가 정문으로 나갔다. 때마침 영호정인과 오의단이 세가에 도착했고, 할머니와 손자는 감격적인 상봉을 했다.

"아이고, 내 새끼, 그간 얼마나 고생이 심했을꼬."

"할머니, 전 괜찮아요. 아무렇지도 않아요."

노부인은 끄떡없는 체하는 영호정인이 안쓰러워 꽉 끌어안으며 말했다.

"네 마음 이 할미가 잘 안다. 네가 무사하게 자랄 때까지 이 할미가 죽지 말아야 할 텐데……."

아이를 보듬어 안은 채 한참 동안 눈물짓던 노부인은 주변에 외인(外人)이 있음을 뒤늦게 깨닫고는 부랴부랴 대갓집 마님의 몸가짐을 갖추었다.

"손님들이 오셨음을 모르고 실례가 많았습니다. 이분들은 누구신가?"

노마님의 질문에 저택의 집사가 허리를 굽히며 대답했다.

"이분들은 무림맹 오의단의 호걸들입니다. 본 가와 공조하여 도련님을 구출해 오신 분들입니다."

"오오! 이분들이 정인이를?"

노부인은 눈을 크게 뜨고 반색을 했다.

집사는 그중에 우두머리로 보이는 수염 난 장년인을 가리켰다.

"이분이 오의단주인 이세민 협사이십니다."

노부인은 이세민에게 깍듯이 예를 갖추며 감사를 표했고, 이세민도 공수로 답례를 했다.

한데 인사를 마치고 이세민을 지그시 바라보던 노부인이 돌연 화들짝 놀란 표정을 지으며 뒷걸음질을 쳤다.

"너… 너는……?"

"마님, 왜 그러십니까?"

뒷걸음질하다 비틀거리는 노부인을 집사가 황급히 부축했다.

집사에게 기댄 채 숨을 몰아쉬면서도 노부인은 이세민을 뚫어져라 쳐다보았다.

하인들이 노부인 주변으로 몰려왔다. 어두컴컴해지는 저녁 시간인지라 그중 두엇은 등을 들고 있었다.

등불로 인해 주변이 밝아지자 이세민의 얼굴이 좀 더 명확히 드러났다. 그의 얼굴을 주시하던 노부인은 잠시 후 고개를 흔들고 한숨을 쉬며 자세를 바로 했다.

"마님, 괜찮으십니까?"

집사의 걱정 어린 질문에 노부인은 손을 저었다.

"괜찮네. 이거 손님 앞에서 추태를 보였군요. 제가 사람을 잘못 보았습니다."

이세민은 그녀가 자신을 누구로 보았기에 그토록 놀랐는지 궁금했다.

그가 그걸 묻기도 전에 노부인이 입을 열었다.

"이세민 협사라 하셨지요? 혹시 독고세가와 인척 관계이신가요?"

'또 독고세가인가.'

생각해 보면 태원 입구에서 영호관과 처음 만났을 때에도 독고세가 사람이냐는 질문을 받았었다. 그렇다면 이들이 공통적으로 아는 독고세가의 누군가와 자신이 닮았다는 것인가?

"독고세가와는 일면식도 없는 사이입니다."

"아, 그런가요."

노부인은 알겠다는 듯 고개를 끄덕였다.

"저와 닮은 사람을 아시는가 보죠? 어제 영호관 협사께서
도 비슷한 질문을 하시던데요."

이세민의 질문에 노부인은 황급히 고개를 저으며 잠시 착
각했을 뿐이라고 말을 얼버무렸다. 분명 이세민의 예측이 맞
는 것 같은데 떠올린 누군가에 대해선 언급하고 싶지 않은 모
양이었다.

노부인은 하인들에게 가문의 종손을 구한 영웅들을 극진
히 대접하라는 명을 내리고는 영호정인을 데리고 사라졌다.

저택의 연회장에서는 떠들썩한 주연(酒宴)이 벌어지고 있
었다.

일부장 좌구작은 생긴 것답지 않게 술이 약했다. 그는 이세
민이 강권하는 술 한 잔을 억지로 들이켜고는 곧바로 기절,
영무용의 부축을 받으며 끌려 나갔다.

좌구작이 사라지고 나자 이세민은 술 대작할 이가 없었다.
단원들은 자기들끼리 술을 홀짝이고 있었다. 함께 전투를 치
르긴 했지만 아직 신임 단주와 친밀해지기에는 시간이 필요
한 모양이었다.

이세민은 처음부터 그랬듯이 그들에게 큰 기대가 없었고,
오의단주 자리에도 연연하지 않았기 때문에 그러한 분위기를
별로 개의치 않았다.

그는 좌구작이 실려 나가기 전에 따라준 술잔을 입에 털어

넣고 간단히 안주 몇 가지를 집어먹은 후 조용히 자리를 떴다.

이세민이 연회장 밖으로 나가는 것을 멀리서 본 정명운이 중얼거렸다.

"나라도 가서 한 잔 따라줄 걸 그랬나."

옆에 있던 왕대범이 낄낄거렸다.

"왜, 네 취향이냐? 맘에 들어? 드디어 정 낭자 이상형이 나타난 건가?"

정명운이 얼굴을 붉히며 발끈했다.

"바보 자식, 내가 발정 나면 남녀 안 가리는 너 같은 줄 아냐?"

"뭐야? 이게 없는 말을 지어내내? 내가 언제 그랬어?"

"작년 납회식 끝나고 뒤풀이 중에 지나가던 영무용 엉덩이를 까고 허리 들이민 게 누구시더라?"

버럭 화를 내던 왕대범은 정명운의 반격에 찔끔했다.

"그, 그건 술에 취해서 사람 잘못 본 거라고 몇 번을 얘기했냐! 그리고 그 얘기 더 이상 꺼내지 말라고 했잖아!"

"흥! 그게 잘못 본 건지 술에 취해 본심이 나온 건지 누가 알아?"

"뭐야, 이 쪼끄만 게 정말!"

둘이 또다시 아웅다웅하려 하자 진웅이 얼른 나섰다. 그는 둘의 입에다가 술잔을 들이밀어 더 이상의 말을 막았다.

"그쯤 해두고 단주 얘기나 더 해보자고. 명운이가 마음에 들어 하는지는 모르겠지만 내가 받은 첫인상은 꽤 괜찮다."

술잔을 입에 문 둘은 진웅을 동시에 쳐다보았다. 진중한 성격의 진웅은 사람을 쉽게 판단하는 법이 없었다. 고로 그가 하는 말은 주목할 만한 가치가 있었다.

"우리 오의단이 다른 단에 비해 여러 문파의 무사들이 뒤섞여 있는 바람에 좀 무질서한 면이 없지 않잖아. 보통 신임 단주가 부임하면 각을 잡는답시고 온갖 으름장을 늘어놓게 마련인데, 그는 전혀 그런 것 없이 대화로 우리에게 접근을 했다. 난 그 점을 높이 사고 싶어."

왕대범이 미간을 찌푸렸다.

"그건 달리 말하면 열정이 덜하다는 뜻 아닐까? 규율이 생명인 조직임에도 그저 잡음이 없게 하기 위해 목소리를 높이길 피한다면 책임을 회피하는 것이잖아."

"나도 처음에는 그렇게 보았다. 하지만 오늘 전투에서 보여준 일 처리에서 그가 결코 무책임한 자는 아니라는 것을 느꼈어. 그저 제 한 몸 건사할 생각이었다면 절벽 위에서 돌이 굴러 떨어질 때 작 부장이 파놓은 땅 구덩이에 가장 먼저 뛰어들지 않았을까?"

그 말에 정명운도 고개를 끄덕였다.

"그렇긴 해. 그는 애를 안고 있는 나에게 가장 먼저 안으로 들어가라고 했었지. 그리고 산꼭대기의 건물에 잠입할 때도 먼저 앞장섰고. 잠입 후의 일 처리도 지극히 깔끔했어. 실력도 상당한 자야."

정명운은 건물에 들어가서 아이를 구해낼 때의 정황을 떠올렸다.

"실력이라… 하긴, 힘이 제법이긴 하던데."

왕대범은 이세민이 자신이 휘두르던 통나무를 빼앗던 장면을 되새겼다. 그 통나무는 바닥에 떨어진 것 중 가장 크고 굵은 것이었다. 어지간한 고수라 해도 들고 있는 것조차 힘겨운 무게의 것이었는데 이세민은 자신에게서 그걸 간단히 넘겨받아 휘두르기까지 하지 않았던가.

세 사람은 신임 단주를 좀 더 지켜보자는 쪽으로 의견을 모았다.

이들 셋은 '썩 괜찮은 첫인상' 정도로 상관을 무작정 신용할 만큼 애송이가 아니었다. 의외로 위험했던 임무를 성공적으로 끝마치긴 했으나 지휘관의 실력보다는 적의 오폭이라는 행운에 의지한 바가 컸기 때문에 신임 단주를 벌써부터 과신할 이유는 없었다.

2

연회장을 빠져나온 이세민은 후원을 거닐었다. 그는 조금 전 연회장에서 있었던 일을 떠올리고 있었다.

일부장 좌구작은 정말 술이 약했다. 극구 사양하는 것을 억지로 떠먹였는데 딱 술 한 잔에 거의 인사불성이 되어 술주정까지 하는 것이었다. 그런데 그 주정 중에 조금 귀에 걸리는 말들이 있었다.

"혜혜. 단주님, 전 정말 섭섭합니다. 딸꾹! 이번엔 정말 제가 단주가 될 줄 알았거든요. 외당주님도 팍팍 밀어주신다고 약속을 해놓고 어떻게 그러실 수가 있을까요. 군사님은 또 어떻고요? 난해한 임무를 내려 단주님을 쫓아내겠다고 하시더니 저까지 사지(死地)로 몰아넣다니, 이거 정말 해도 너무하는 것 아닙니까? 우헤헤헤! 딸꾹!"

좌구작은 서운한 것이 많은 듯 그 후로도 줄줄이 부장, 조장, 단원들의 이름을 거론하며 열심히 씹다가 영무용의 손에 이끌려 밖으로 나갔다.

이세민이 그의 주정에서 주목한 것은 군사에 관한 언급이었다.

군사라 함은 무림맹의 군사 한광우를 말함이리라. 좌구작의 말만 듣고 유추를 해보자면 오의단에 내려온 명령과 현장 상황의 불일치는 군사의 수작인 듯했다.

좌구작이 술 취한 척하며 군사에게 덤터기를 씌우는 것 같진 않았다. 사람을 접할 때 받는 느낌이라는 게 있는데 이 친구는 잔머리 굴리는 게 뻔히 보이지만 악의적인 느낌이 없었고, 무엇보다 군사에게 확인해 보면 확연히 드러날 거짓말을 굳이 이 자리에서 할 이유가 없었기 때문이다.

'왜 그런 짓을 했을까?'

생각해 보았지만 무림맹의 정세를 잘 모르는 이세민이 한광우의 의도를 파악하긴 어려웠다. 자기 파벌을 강화하기 위해 어려운 임무를 내려 이세민의 실패를 유도한 것일 수도 있고, 어쩌면 영호관 패거리의 사주를 받고 만만한 자신을 사지로 밀어 넣은 것일 수도 있으리라.

'한광우, 어쨌거나 짜증나는 놈이로군.'

이세민은 문득 부아가 치밀었다.

생각해 보면 부하를 시켜 암기로 암습을 하려 한 천웅방의 상관운부터 해서 이곳의 영호관, 그리고 한광우까지 자신의 이익을 위해 타인의 목숨을 지나치게 가볍게 여기고 있지 않은가. 그것도 다른 사람도 아닌 바로 그, 이세민의 목숨을 말이다.

'이대로 호락호락 당하고 있을 수만은 없지.'

이세민은 자신을 우습게본 부류들에게 쓴맛을 보여주기로 마음먹었다.

그때 뒤쪽에서 인기척이 들렸다.

돌아보니 너른 연못 옆 큼지막한 소나무에 등을 기대고 있는 영호선유가 보였다.

휘영청 달 밝은 밤에 아름다운 연못을 등지고 서 있는 여인의 모습은 묘한 감흥을 느끼게 만들었다.

영호선유는 그에게로 천천히 다가왔다.

"미처 인사를 못 드렸는데 이제야 기회가 생겼네요. 정인이를 구해주신 것, 진심으로 감사드려요."

그녀는 허리를 깊이 숙였다.

"그렇게 감사할 필요 없소. 위에서 내린 명령을 이행한 것뿐이니까."

"그러나 쉬운 임무는 아니었죠."

고개를 든 영호선유는 이세민을 똑바로 쳐다보았다.

"좁은 계곡 밑으로 우박처럼 떨어지는 바위와 통나무를 피하고, 그것도 모자라 목책을 사십 장 높이로 던져 올려 위에 있는 적을 떨궈 버리는 신위는 아무나 보여줄 수 있는 게 아니니까요."

'이런……'

이세민은 속으로 아차 싶었다. 아무도 본 사람이 없다고 생각했건만, 목격자가 한 명 있었던 것이다.

"어떻게 보았소?"

"제가 그렇게 경고했건만 당신들이 제 말을 안 듣고 계획대로 행동하기에 뒤를 밟았죠. 계곡의 함정이 있음을 알아채고는 어떻게든 알리려 했지만 놈들의 행동이 워낙 신속해서 그럴 기회를 놓치고 말았어요. 발만 동동 구르며 입구 부근에 숨어 있는데 협사님이 활약하는 모습이 눈에 들어오더군요."

영호선유는 눈을 반짝이며 말을 이었다.

"솔직히 두 눈으로 보고도 믿을 수 없었어요. 제가 태어나서 본 무인 중에 가장 뛰어난 고수는 큰아버지셨는데, 그분조차도 협사께서 보여준 능력의 절반에도 못 미칠 것 같거든요."

"과찬이오. 확대해석할 필요 없소이다."

"제가 견문이 짧아 그럴지도 모르겠지요. 그러나 무림맹에 협사님 같은 고수가 있다는 것은 들어본 적이 없어요. 실례가 안 된다면 사문을 물어도 될까요?"

"광동위가 출신이오."

"어머, 그럼 권왕의 제자시군요?"

이세민은 고소를 지었다.

'그렇긴 하지만 그렇다고 할 수야 없지.'

그는 표면적으로는 위세척의 제자였다.

"그분 동생의 제자요. 내 사부님은 위 자, 세 자, 척 자를 쓰신다오."

"그렇군요. 권왕 동생 분도 그 못지않은 고수이신가 봐요? 이렇게 대단한 제자를 두신 걸 보면."

영호선유의 말에 이세민은 다시금 쓴웃음을 흘렸다. 이 아가씨는 대단히 명민하지만 자기 말대로 강호 견문이 얕은 모양이었다. 위세척이 권왕 못지않다고 말하는 것을 보면 말이다.

"영호 소저, 나한테 고마움을 느낀다면 한 가지 청을 해도 되겠소?"

이세민의 말에 영호선유는 흥미로워하는 표정을 지었다.

"저에게 부탁을요? 제가 들어드릴 수 있는 거라면야……."

"당연히 해줄 수 있는 거요."

"말씀해 보세요. 제 힘으로 할 수 있는 거라면 당연히 들어 드려야죠."

"눈으로 본 바를 잊어주시오."

영호선유는 어리둥절한 표정을 지었다.

"무얼 잊어달라는 말인가요? 혹시 아까 본 싸움 광경을 잊으라는 건가요?"

"맞소."

영호선유는 호기심 어린 표정을 지었다.

"이유가 있나요?"

"별건 아니고… 번잡한 것을 싫어해서 그렇소."

"무슨 뜻이죠? 무명(武名)을 떨치기 싫다는 말인가요?"

"비슷하오."

영호선유는 감탄한 얼굴로 말했다.

"어머, 연세도 그리 높지 않아 보이시는데 명예에 집착하지 않는다니, 대단하네요."

이세민은 피식 웃었다.

"사람 잘못 봤소. 탈속한 척하려는 것이 아니고… 왜 그런 거 있지 않소? 조직에서 윗선은 아랫사람이 쓸 만하다 싶으면 최대한 쥐어짜려 한다는 거. 능력있다는 게 알려지면 어려운 일 시킬까 봐 무서워서 그렇소."

그의 말에 영호선유는 어이없어하는 표정을 짓다가 이내 하하 하고 웃음을 터뜨렸다.

"재미있는 분이시네요. 그렇다면 차라리 소문을 퍼뜨려 협사님의 명성을 드높이는 게 더 나을 것 같은데요? 무림맹의 번영과 강호의 안녕을 위해서 능력자가 적합한 임무를 맡아야 하지 않을까요?"

'골 아픈 아가씨군.'

이세민은 속으로 혀를 찼지만 그리 큰 걱정은 하지 않았다. 차갑기만 한 눈빛으로 인해 속을 도무지 알 수 없는 상연미에 비해 영호선유는 발랄한 가운데에서도 차분한 기운이 느껴져 개념없는 행동은 하지 않을 거란 느낌이 들었다.

그러나 이어진 영호선유의 발언은 그녀가 개념없지는 않지만 맹랑하다는 것을 여실히 느끼게 해주었다.

"좋아요. 무슨 사정이 있는지는 모르겠지만 기꺼이 입을 다물어 드리죠. 대신 저도 조건이 있어요."

"무슨 조건이오?"

"협사께서도 본 가가 이번에 드러낸 치부에 대해서 입을 다물어주세요."

'범죄를 덮어달란 말이로군.'

분명히 영호세가에서 적과 내통한 자가 있었고, 그자들은 이세민과 오의단을 이용하여 영호정인을 제거하려 하였다. 영호선유는 그 사실을 알고 있었기에 습격에 앞서 이세민들을 만류한 것이리라.

가문의 치부를 막겠다는 생각은 이해하겠지만 그냥 호락호락하게 넘길 문제는 아니었다. 오의단에서 자칫 사망자라도 나왔다면 그 책임은 누가 질 것인가?

"치부에 대해 입을 다무는 것은 어렵지 않소. 영호세가에서 드러난 문제점을 해결할 의지, 혹은 능력이 있기만 하다면."

"무슨 뜻이죠?"

"드러난 문제점을 그저 덮어두려 하는 의도라면, 그래서 또다시 애꿎은 외부인들까지 끌어들여 위험에 빠뜨리는 짓을 반복할 거라면 별로 소저와 거래하고 싶지 않다는 거요."

영호선유의 얼굴이 붉게 상기되었다.

"모욕적인 말이로군요. 본 가의 적과 결탁하여 종손을 위험에 빠뜨린 자들은 반드시 색출할 거고 죄에 걸맞은 응징을 할 거예요."

이세민은 말없이 웃었다. 패기는 마음에 들었지만 현실은 그녀 생각처럼 녹록할 리가 없었다.

"왜 웃죠? 본 가가 그 정도의 자정 능력도 없을 거라고 보시나요?"

"아니오. 소저가 믿음직스러워서 웃은 것뿐이오. 그럼 이렇게 합시다. 서로 입을 다물자는 소저의 제안을 받아들이겠소. 대신 영호세가의 내부 사정을 내게 자세히 알려줘야겠소."

영호선유는 난처한 빛을 띠었다.

"치부를 감춰주기로 약속하면서 치부를 더 드러내라는 말씀인가요?"

"그건 소저가 이해해 줘야 하오. 영호세가가 자정되기까지 시간이 얼마나 걸릴지 누가 알겠소? 그때까지 또다시 이런 상황이 발생하지 않으리란 법이 없지 않소. 그러니 영호세가에서 주의할 인물 정도는 알아둬야 하지 않겠소?"

영호선유는 긴 한숨을 내쉬었다.

"그 말도 일리는 있군요. 대신 제가 하는 말은 협사님만 알고 계셔야 해요."

"여부가 있겠소?"

영호선유는 우연히 가신들의 대화를 엿듣고 세가에 영호정인을 노리고 있는 세력이 있으며, 그들이 적과 짜고 영호정인을 납치했으며 무림맹을 끌어들여 아이를 죽이려 하는 정황까지 알게 되었다.

한데 그 가신들은 영호세가의 가주 대행 영호적의 부하들이었다.

영호적은 전임 가주의 둘째 아들이며, 맏이인 영호천우가 쓰러진 지금 가주 대행 직을 맡고 있었다.

이세민과 접촉했던 넷째 영호관은 그의 계열 사람이었다.

현재 영호적과 팽팽히 맞서고 있는 것은 영호선유의 아버지인 셋째 영호국이었고, 막내인 영호중은 그와 결탁하고 있었다.

영호선유는 가신들의 대화를 엿들은 직후 즉시 그녀의 아버지 영호국에게 달려가 들은 바를 고했으나 영호국의 반응은 시큰둥했다. 기실 그 역시 영호정인의 존재가 탐탁지 않기는 매한가지였기 때문이다.

영호선유는 결국 애타는 마음에 직접 바위산까지 찾아가 이세민의 참여를 막으려 했던 것이었다.

이세민은 영호선유의 얘기를 들으며 내심 안타까웠다. 그녀의 얘기대로라면 영호정인은 세가 어른 그 누구에게도 보살핌을 받지 못하고 있는 상황이 아닌가.

"가주 대행이 아이를 노리고 있고 그와 적대하는 계파 또한 아이를 보호하는 데 소극적이라면 아이가 또다시 위험에 빠질 가능성을 배제할 수 없겠구려."

"당분간은 별 탈 없을 거예요. 할머니가 워낙 아이를 애지중지하고 계시니까 그분의 심기를 거스르면서까지 아이에게 흉계를 뻗진 않을 거예요. 저도 가만히 지켜보고만 있지 않을 거고요."

이세민은 속으로 고개를 저었다.

영호선유의 생각은 지나치게 낙관적이었다. 아이를 죽이기 위해 외부 세력을 끌어들이기까지 한 자들이라면 이미 무슨 짓이라도 할 각오가 되어 있을 것이다.

그때 밖이 소란스러워졌다. 다수의 말 울음소리가 들려오고 있었다.

"본 가의 본진이 도착했나 봐요!"

영호선유가 말했다.

하인들이 정문 쪽으로 몰려가고, 문이 활짝 열렸다. 인마(人馬)가 쏟아져 들어왔다.

개선장군처럼 어깨를 활짝 편 영호세가의 무인들이 세가 사람들의 갈채를 받으며 안으로 들어왔다.

이세민은 앞장서 들어오는 영호관을 발견하고는 조용히 뒤로 물러났다.

본진의 입장을 지켜보던 영호선유가 뒤를 돌아보았을 때 그는 이미 사라진 후였다.

3

"손님이 못 오신다고?"

영호세가의 가주 대행 영호적은 쥐고 있는 붓을 거꾸로 돌려 탁자를 톡톡 두들겼다.

그는 책이나 글씨와는 그다지 친하지 않은 전형적인 무인이었지만 일할 때든 쉴 때든 늘 붓을 손에서 떼는 일이 없었다.

그 이유는 그가 주로 쓰는 병기가 판관필(判官筆)이기 때문이었는데, 지금처럼 붓으로 탁자를 두들기는 것은 그의 심기가 불편할 때 나오는 버릇이었다.

옆에 있던 영호관은 그의 눈치를 보며 서 있는 부하에게 다시 질문을 던졌다.

"오의단주를 만나기는 하고 온 것이냐? 연회가 아직 끝나지 않았을 텐데."

"못 만나뵈었습니다. 연회장에 안 계셔서 물어보니 식사만 하고 일찍 들어가셨다 합니다. 숙소로 가보니 피곤해서 주무신다고……."

영호관은 미간을 찌푸렸다. 밤이 늦긴 했으나 세가의 본진이 귀환한다는 것은 오의단주도 익히 전해 들었을 터, 함께 작전을 진행한 처지에 이런 식의 무관심한 응대라는 것은 기분이 나쁠 수밖에 없었다. 비록 이쪽이 신세를 진 쪽이라 할지라도 말이다.

피곤해서 잔다는 말은 당연히 핑계일 것이다. 그렇다면 만나자는 가주 대행의 제안을 일언지하에 거절한 거라고 봐야 했다.

그때 탁자를 두들기던 붓 소리가 멈춰졌다.

"손님이 주무신다면 할 수 없지. 내일 인사를 드리는 수밖에."

영호적은 손을 휘저어 부하를 물리쳤다.

부하가 나가자 영호관은 격앙된 어조로 말했다.

"건방진 놈이군요, 형님의 청을 그딴 식으로 물리치다니. 무림맹 일개 단주까지 본 가를 이렇게 우습게본다면 우리도 더 이상 그들을 지지할 이유가 없지 않습니까?"

"우습게볼 만도 하지 않나? 결국 그놈이 단독으로 본 가의 종손을 구한 거나 마찬가지가 되었으니 말이다."

영호적의 말에 영호관은 움찔한 표정을 지었다.

"죄송합니다. 단정회 놈들이 그렇게 허술한 함정을 팠을 줄은……. 어떻게 해놨기에 단 한 놈도 죽이지 못한 것인지……."

"무림맹 떨거지들이 몇 놈 죽었느냐는 전혀 중요하지 않아. 아이가 무사히 돌아왔다는 게 문제지."

"아이를 죽일 기회는 추후로도 얼마든지 있지 않겠습니까?"

"멍청하긴! 본 가에서 아이를 죽이려 하다 낌새를 들키기라도 하는 날에는 끝장이야. 셋째 패거리들이 꼬투리를 잡으려고 눈을 시퍼렇게 뜨고 감시하고 있는데 무슨 수작을 쓸 수 있겠나."

여기서 셋째란 영호적과 대적하고 있는 가문의 셋째 아들 영호국을 가리키는 것이었다. 영호국은 영호정인의 안위에는 그다지 관심이 없었지만 숙적인 둘째 영호적의 꼬투리를 잡는 데 혈안이 되어 있으므로 어느 쪽이든 세가에서 아이를 위해하려 하다가 들키기라도 하는 날에는 가문 어른들의 분노를 사 가문에서 내쫓길 수도 있었다.

"아이를 처리하는 것은 실패했지만 더 큰 목적이라 할 수 있는 승전을 하지 않았습니까? 형님이 주도한 큰 싸움의 승리이니 이제 가문의 실권은 우리 쪽으로 넘어온 거나 다름없습니다."

영호관의 말에 영호적은 고개를 저었다.

"영 개운치가 않아. 오히려 적진에 침투하여 아이를 구해 온 무림맹 놈들이 더 각광받고 있는 분위기야. 그러다 보니 맹에 지원을 요청한 셋째의 식견을 칭찬하는 어른들이 많은 것 같더군."

그는 붓으로 다시 탁자를 두들기기 시작했다.

"네 말대로 이제 줄을 바꾸어 설 때가 된 모양이다."

"그렇다면……."

"그래, 혁신회(革新會)에 전갈을 보내라, 우리도 이제 검절을 지지하는 쪽으로 간다고."

혁신회란 말에 영호관은 반색을 했다.

"잘 생각하셨습니다. 껍데기만 남은 무림맹을 지지해 봐야 아무 이득이 없지요. 화산 검절을 지지하는 쪽에 붙는 것이 현명한 선택입니다."

"사실 혁신회든 무림맹이든 큰 기대는 하지 않아. 검절이든 누구든 간에 내년 칠석지약에서 칠성신군을 이길 가능성은 없을 게다. 그때가 되면 모든 게 변화하겠지. 그러니까 우린 그전에 혁신회의 힘을 빌려 셋째 패거리를 거꾸러뜨려야 한다."

영호적의 말에 영호관은 난망한 표정을 지었다.

"셋째 형을 거꾸러뜨려 봐야 첫째 형이 있는 한은 아무 소용이 없지 않습니까? 의식불명이든 어쨌든 살아 있기만 하면 가문의 법도에 따라 가주 직은 여전히 그의 몫인데요."

"그것도 방법이 있다. 금란초를 구하는 일은 어떻게 진행되고 있나?"

"가신들이 대강남북을 뒤지고 있다고 합니다만 워낙 희귀한 약재인지라 구할 수가 없다고 합니다."

"조만간 좋은 소식이 있을 게다."

"그게 무슨 말씀인지……."

영호적은 의미심장한 웃음을 흘렸다.

"금란초라고밖에 볼 수 없는 식물을 모처에서 배양 중이야."

"그, 그렇습니까?"

영호관은 영문을 알 수 없다는 표정을 지었다. 첫째 형이 죽기만을 바라던 둘째 형이 왜 갑자기 금란초를 구할 생각을 한 걸까?

"한데 그걸 키우고 있는 인물이 누군지 않나?"

"제가 알 리가 없지요."

"당곡."

영호관은 눈을 크게 떴다.

"만수귀(萬殊鬼) 당곡 말입니까?"

당곡은 사천당가 출신의 인물로, 심계가 독랄하고 용독술이 뛰어나 젊을 적부터 많은 인명을 살상한 살귀였다. 정파를 표방하고 있는 당가인지라 살인에 거리낌이 없는 당곡은 결국 두 손의 근맥이 끊기는 중벌을 받은 채로 가문에서 내쫓기게 되었다.

그러나 그러고 나서도 스스로 치료법을 개발, 잘린 근맥을 잇고 악행을 계속하여 무림공적으로 낙인찍혀 무림맹의 척살 대상에 오르게 되었다.

당곡과 영호적은 어릴 적부터 친분이 있었는데, 당곡이 그렇게 된 후 표면적으로는 인연을 끊었다고 밝히고 있었지만 영호적은 여전히 그와 연락을 주고받고 있었다.

한데 그런 그가 금란초를 배양하고 있다니, 참으로 의외로운 일이었다.

"그가 키우고 있는 약초는 외양은 금란초를 꼭 닮았으되 그 효과는 정반대라고 할 수 있지. 금란초가 영기를 내뿜는 식물이라면 그것은 독기를 가득 내뿜는 독초이다."

영호관은 그제야 영호적의 말을 알아듣겠다는 표정을 지었다.

"그걸 금란초인 양 꾸미시려는 거군요."

"그렇다. 이제 조금만 기다리면 명의까지도 완벽히 속일 수 있는 감쪽같은 모습의 금란초가 본 가로 들어올 것이다."

의미심장한 웃음을 흘리며 몇 마디를 더 주고받은 두 사람은 자리를 털고 일어났다.

"새벽 동이 트는 대로 혁신회에 전갈을 보내라. 식솔들의 눈에 띄지 않게 조심하고."

"걱정 마십시오."

두 사람이 떠나고 불도 꺼져 어두워진 접객실, 한구석에서 갑자기 이제껏 보이지 않던 사람의 형체가 나타났다.

마치 귀신같이 희끄무레하던 형체는 서서히 검은 옷을 입은 장한의 모습으로 변모했다.

"휴우! 쪼그려 앉아 있느라고 혼났네."

모습을 드러낸 자는 이세민이었다. 그는 다리가 아픈 듯 앉았다 일어났다를 반복했다.

이세민은 숙소로 그를 부르러 온 영호적의 부하를 잔다는 핑계로 물리치고는 그의 뒤를 따라 이곳까지 온 것이었다.

양상동의 장포를 입고 투영술을 발휘한 덕에 들키지 않고 접객실까지 들어올 수 있었지만 장딴지 부위가 드러나는 장포의 길이 탓에 계속 쪼그린 자세로 움직여야 했기에 상당히 불편했다. 부하가 조금만 더 빨리 걸었더라면 접객실 내로 못 들어올 뻔했었다.

염탐이 성공하긴 했지만 성과가 크지는 않았다. 그가 듣고 싶었던 '단정회와의 결탁'에 대해서는 구체적인 언급이 없었기 때문이다.

그 대신 의외의 성과가 두어 가지 있었다.

그것은 영호적 패거리는 무림맹을 배신하고 '혁신회'라는 조직에 가담하려 한다는 것과 이세민에게도 익숙한 금란초를 가지고 음모를 꾸미려 한다는 것이었다.

'금란초를 독초로 바꾸어 뭘 하려는 걸까?'

둘의 대화를 떠올려 보면 어느 정도 유추가 가능했지만 명확하진 않았다.

"좀 있다가 놈에게 물어보면 되겠지."

이세민은 그렇게 중얼거리고는 접객당 밖으로 나왔다.

달이 밤하늘 꼭대기에 걸려 있었다. 이세민은 새벽을 기다려 누군가와 면담할 작정이었다.

第二章

심야의 대면

　새벽까지는 시간이 아직 남은 관계로 이세민은 숙소로 향했다. 잠시 눈을 붙일 작정이었다.

　한데 숙소로 오는 길에 뜻밖의 상황을 맞이했다. 세가의 너른 장원을 돌아다니다가 그만 길을 잃고 만 것이다.

　'이런 망신이 있나.'

　고수들이 도사리고 있는 곳에의 은밀한 잠입을 성공적으로 마치고 나서 길을 잃다니, 지나가던 개가 웃을 일이었다.

　한참을 헤매던 이세민은 장원 후미진 곳에 위치한 어느 건물 앞에 다다랐다.

　작은 건물 앞에는 깨끗하고 작은 연못과 아담한 뜰이 마련

되어 있었다. 차분하고 고즈넉한 분위기로 인해 크고 웅장한 장원과는 별개의 장소처럼 느껴졌다.

이세민은 이곳에 발을 디디자 이상하게도 마음이 차분하고 편안해졌다. 익숙한 곳으로 돌아온 느낌이었다.

'익숙한 곳이라면, 집?

스스로 생각하고도 피식 웃음이 나왔다. 이곳이 집이라면 영호세가 사람들이 자신을 못 알아볼 리가 없지 않은가. 그들은 심지어 그에게 독고세가 사람이 아니냐고 묻는 판국이었다.

'둘 중 하나겠군. 오래전에 이곳에 왔던 적이 있거나, 아니면 내가 살던 곳의 조경이 여기와 비슷하다거나.'

이세민은 호기심이 일어 주변을 돌며 건물을 자세히 살폈다. 뜰 안으로 들어가 건물에 접근하기도 해보았지만 사람의 기척은 느껴지지 않았다.

설혹 안의 사람이 조용히 잠을 자고 있더라도 청력이 극대화된 그에게는 감지가 될 터인데 아무도 살지 않는 듯 집 안은 극도로 조용했다.

이세민이 좀 더 자세히 느껴보기 위해 뜰 안으로 들어설 찰나, 누군가가 뒤에서 다가왔다.

"거기 누구요?"

늙수그레한 목소리, 돌아보니 하인 차림의 노인이 등을 들고 다가오고 있었다.

"당신 누구요?"

노인은 이세민을 보고 경계하는 눈빛을 발했다.

"무림맹에서 온 사람입니다. 잠시 산책하다 길을 잃었습니다."

노인은 이세민의 설명을 듣고서야 아는 체를 했다.

"아이고, 이런, 도련님을 구해주신 분이군요. 늙은이가 눈이 어두워 실례를 했소이다. 손님 숙소는 저쪽이니 따라오시우."

이세민은 노인을 따라가며 그에게 슬쩍 물었다.

"저 건물 조경이 참 마음에 드는군요. 누가 사시는 곳입니까?"

노인은 힘없는 목소리로 느릿하게 말했다.

"지금은 아무도 살지 않소."

"그런 것치고는 관리가 참 잘 되어 있던데요."

"그럴 수밖에. 노마님이 명을 내리셔서 관리는 늘 깨끗이 한다우. 애휴, 불쌍한 마님, 자식 둘을 낳았는데 둘 다 그 꼴이 되었으니……."

'둘 다라?'

영호정인에게 듣기로 노부인의 친자식은 영호천우와 막내딸, 둘이라고 했다. 영호천우의 상태가 좋지 않은 것은 익히 알고 있는 사실이었다. 그렇다면 막내딸 또한 문제가 생긴 것일까?

이세민은 호기심이 일어 지나가는 투로 물었다.

"건물 주인께서 무슨 변고가 있으셨나 보죠?"

노인은 한숨을 푹 쉬었다.

"아가씨가 참 박복하셨지요. 남자를 잘못 만나 온갖 괄시를 다 받고 돌아와 그렇게 쓸쓸히 가셨으니…… 거기다가 애까지…… 에구, 이거 늙은 것이 입이 주책이군. 협사님, 지금 얘기는 못 들은 것으로 해주시구려."

노인은 자기 입을 찰싹 소리나게 때리더니 입을 꾹 다물었다.

이세민은 노인의 말로 인해 그 건물이 막내딸의 거처라는 것을 짐작할 수 있었다. 막내딸은 죽은 듯했다.

이세민은 막내딸의 사정이 궁금했지만 노인이 입을 꾹 다문 관계로 더 이상의 내막을 알 수가 없었다.

늦은 밤이었지만 손님 숙소에는 불이 군데군데 밝혀져 있었다. 연회장에서 벌어졌던 술판이 여기까지 이어진 듯 간간이 노랫소리도 들렸다. 오의단원들인 듯했다.

이세민은 쓴웃음을 지으며 안으로 들어갔다.

그는 시끌벅적한 복도를 조용히 지나쳐 곧장 자기 방으로 향했다. 단주인 그에게는 가장 좋은 자리의 독방이 배정되어 있었다.

방문을 열고 들어간 이세민은 놀란 표정을 지었다.

침상 위에 뜻밖의 인물이 앉아 있었기 때문이다.

"네가 여긴 웬일이니, 잠도 안 자고?"

침상 위에서 꾸벅꾸벅 졸고 있던 영호정인은 이세민을 보자 반색을 하며 그에게 다가왔다.

"아저씨를 기다렸죠. 저랑 같이 나가요."

이세민은 영문도 모른 채 영호정인에게 이끌려 다시 밖으로 나가야만 했다.

"대체 어딜 가는데?"

"일단 따라오세요."

한참 동안 이세민을 끌고 간 꼬마는 어느 커다란 누각으로 그를 데려갔다.

영호정인은 누각의 정문으로 들어가지 않고 그늘진 뒤편으로 그를 이끌었다. 그 누각은 기이하게도 뒤에도 문이 있었다.

그 문은 크기는 그리 크지 않았지만 특이하게도 돌로 만들어져 있었다.

"이 안으로 들어가야 해요."

꼬마는 이세민에게 돌문을 열기를 재촉했다.

이세민은 영문을 모른 채 돌문에 손을 댔다.

돌문은 일반인이 혼자 열기에는 다소 무거울 정도였지만 이세민에게는 아무런 문제가 되지 않았다.

돌문이 열리자 지하로 내려가는 계단이 보였다.

꼬마는 계단으로 내려가자고 했다.

"어딜 가는지 말 안 해주면 더 안 내려갈 거야."

이세민이 꼼짝도 안 한 채 씩 웃으며 버팅기자 꼬마는 울상이 되었다.

"아저씨에게 보은을 하려고 하는 거예요. 제가 이곳의 주인이니 부담 갖지 않으셔도 돼요."

"보은? 저 안에 보물 창고라도 있는 거냐?"

"그럼요. 기대하셔도 좋아요."

영호정인의 호언장담에 호기심이 생긴 이세민은 꼬마의 뒤를 따라 지하로 내려갔다.

지하로 이층쯤 내려왔을까, 계단이 끝나고 다시 돌문이 등장했다.

이번 돌문은 아까 것의 세 배 정도는 됨직한 크기였고, 상당히 복잡한 문양이 새겨져 있었다. 두 개의 문짝이 맞물린 문의 중간에는 위압적으로까지 느껴지는 커다란 강철 손잡이 두 개가 달려 있었다.

영호정인은 기대에 찬 눈으로 이세민을 보며 말했다.

"이 문은 힘으로 열 수 있는 문이 아녜요. 일정 수준 이상의 내공을 발현해야 열릴 수 있는 문이지요. 아저씨라면 할 수 있을 거예요."

이세민은 여기까지 온 김에 내부나 한 번 구경해 보자는 마음에 두 손잡이를 잡았다.

두 손에 힘을 주니 손잡이가 강하게 저항하는 느낌이 들었다. 그러나 그가 양팔에 내공을 싣자마자 돌문은 마치 기름이라도 칠한 듯 부드럽게 양쪽으로 열려 버렸다.

돌문 안쪽으로 굽이져 들어가는 긴 복도가 보였다. 복도에는 놀랍게도 휘영청 밝은 야명주가 꽂혀 빛을 발하고 있었다. 일견하기에도 엄청난 가치로 보이는 물건, 보물 창고가 있다는 영호정인의 말이 맞는 듯했다.

'기이하군!'

이세민은 안으로 들어가며 의아함을 금치 못했다. 정녕 이곳이 영호세가의 보물 창고라면 어찌 경비가 이렇게 소홀한 것일까?

열기 부담스러운 돌문이 있긴 하나 그저 내공을 실어서 간단히 해제할 수 있다면 고수의 침입에는 무방비나 마찬가지가 아닌가?

영호정인에게 물어보려 했지만 꼬마는 뭐가 그리 급한지 뛰듯이 앞으로 나아가고 있었다.

곡선으로 꺾어진 복도에 들어선 영호정인이 벽에 있는 나무 문을 열자 다시 계단이 나타났다. 계단은 이번에는 위로 올라가는 것이었다.

영호정인은 쪼르르 계단 위로 올라갔다.

이세민도 그의 뒤를 따랐다.

이층 정도 높이에 올라가자 진한 약 향이 코를 찔렀다.

계단의 끝에는 천장이 있고, 천장에는 위로 여는 철문이 달려 있었다.

영호정인은 품속에 손을 집어넣더니 목걸이처럼 줄로 연결된 큼지막한 열쇠 하나를 꺼내었다. 열쇠는 순은에 보석을 넣어 만든 것으로 일견하기에도 몹시 귀티가 나는 물건이었다.

그는 열쇠를 철문의 구멍에 끼워 넣고 돌렸다. 철컹 하는 소리가 들렸다.

"문 좀 열어주세요."

열쇠로 잠금장치를 열었지만 철문은 영호정인의 힘으로 들어 올릴 만한 것이 아니었다.

이세민이 철문을 번쩍 들어 올려 열었다.

두 사람은 윗공간으로 올라섰다.

그곳은 커다란 방이었다. 올라온 계단의 높이를 미루어볼 때 아마 누각의 일층에 위치한 장소인 듯했다.

캄캄한 방 안은 약 향으로 가득했고, 커다란 침상에 한 사람이 누워 있는 게 보였다.

영호정인은 그에게로 다가갔다. 그리고 이불 밖으로 나와 있는 앙상한 손을 꼭 잡았다.

이세민은 방 안의 등불을 당겼다.

병색이 완연해 보이는 비쩍 마른 남자가 침상 위에 길게 누워 있었다.

이세민의 그의 얼굴이 영호정인과 무척 닮았음을 깨달았다.

"네 아버님이시구나."

영호정인은 눈물을 훔치며 고개를 끄덕였다.

이세민은 침상으로 다가갔다.

침상 위의 사내, 영호가의 가주 영호천우는 아들이 손을 잡고 있음에도 전혀 깨어날 기미를 보이지 않았다.

아버지가 전혀 반응을 보이지 않음에도 영호정인은 한참 동안 그의 손을 잡은 채 이런저런 얘기를 했다. 적에게 잡혀가서 고생한 이야기, 이세민들이 구해준 이야기, 몸이 편찮은 할머니 이야기 등, 대답없는 아빠에게 전하는 아이의 목소리가 어찌나 절절한지 뒤에서 듣고 있는 이세민의 코가 시큰할 지경이었다.

가만히 아이의 얘기가 끝나기를 기다리던 이세민은 불현듯 들려오는 익숙한 단어에 눈을 치떴다.

"…가신들이 백방으로 수소문하고 있는 금란초는 여전히 소식이 없나 봐요. 제가 조금만 더 컸더라면 직접 강호로 나가 그것을 찾을 텐데…… 아빠, 힘들어도 조금만 기다리세요."

'금란초라…….'

이세민은 접객당에서 들었던 영호적과 영호관과의 대화를 떠올렸다. 그 당시에도 영호천우와 금란초가 함께 언급되었던 것으로 볼 때, 아마 영호천우를 치유하는 데 금란초가 필요한 모양이었다.

'그렇다면 놈들이 독초를 공수해 오려는 것은 영호천우를 죽이기 위함이겠군!'

이세민은 혀를 찼다. 아무리 배다른 형제라 해도 형을 독살하려 하다니, 정말 나쁜 놈들이 아닌가.

이세민은 명확한 확인을 하고자 아이에게 다가가 어깨를 짚었다.

"지금 금란초라고 했니?"

영호정인은 놀란 얼굴로 그를 돌아보았다.

"예?"

"방금 금란초가 어쩌고 한 것 같아서 묻는 거다."

"아저씨, 혹시 금란초가 어디 있는지 아세요?"

영호정인이 반색을 했다.

"그게 네 아버지의 병에 도움이 될 수 있는 약초인가 보지?"

아이는 눈을 반짝이며 고개를 끄덕였다.

"작년에 본 가를 방문하신 명의(名醫)께서 금란초를 처방해서 달여 먹이면 큰 효험이 있을 거라고 하셨어요. 그래서 가신들이 그걸 구하러 중원 천지를 돌아다니고 있지만 워낙 희귀한 약초라서 아직껏 못 찾고 있어요. 아저씨는 혹시 구할 방법을 아시나요?"

영호정인은 지푸라기라도 잡겠다는 듯한 눈빛으로 이세민을 바라보았다.

　이세민은 씩 웃었다.

　"걱정 놔라. 한 포기 정도는 확실하게 구해줄 수 있을 거야. 내가 어느 영감님에게 맞아 죽지 않는 한에는 말이다."

　아버지와의 상봉을 끝낸 아이는 다시 이세민을 데리고 지하 통로로 내려왔다.

　"평상시에 아빠를 볼 수 있는 기회가 거의 없어요. 지금도 이 건물 입구에는 경비무사들이 대기하고 있을 거예요. 작은 아버지 허락을 받지 못하면 들어오지도 못해요. 그래서 가주실로 통하는 이 지하 통로를 이용하려 한 거예요."

　이 지하 통로는 세가주의 전용 연공실로 통하는 장소였다. 그렇기 때문에 가주실과 직결되어 있는 것이었다.

　"아버지가 그렇게 되신 뒤 이 열쇠는 가법에 따라 제가 가지게 되었어요. 열쇠를 가진 자가 여기 연공실의 주인이 된답니다."

　이세민은 설명을 들으면서도 의아함을 금치 못했다. 비밀 연공실의 입구가 강한 내공으로 열리는 것이 더욱 이해가 가지 않았다. 가주의 연공실로 통하는 입구라면 철통같은 방어를 해도 모자란 곳이다.

　한데 일정 수준 이상의 내공으로 무사통과가 가능하다면

존재 의미가 없지 않은가. 내공으로 문을 못 열 정도의 적이
라면 가주에게 위험이 되지 않을 테고, 정말 위험한 자들은
그 문을 열 수 있는 자일 터인데 그런 자들만 출입이 가능하
게 해놓다니, 도무지 알 수 없는 노릇이었다.

멀찍이 앞서 가던 영호정인이 생각에 잠겨 있는 이세민을
불렀다.

"이리 들어오세요!"

그가 있는 곳은 복도 끝에 있는 방의 입구였다.

이세민이 가보니 그곳은 아주 커다란 석실이었다.

"여기가 본 가의 가주 전용 연공실이에요."

연공실의 한쪽 벽에는 온갖 무기들이 빼곡히 걸려 있었고,
맞은편 벽에는 서고처럼 책이 책장 한가득 꽂혀 있었다.

영호정인은 눈을 반짝이며 말했다.

"여기 있는 것은 천하에 산재한 무기와 무공에 관련된 서
적들이에요. 할머니 말씀에 의하면 절세보검, 보도가 있고 놀
랄 만한 비급도 있다고 했어요. 이 중에 마음에 드는 것을 아
무거나 가지세요. 제가 아저씨에게 해드릴 것은 이런 것뿐이
네요."

"이런… 너무 부담스러운걸."

이세민은 고소를 지었지만 자신을 바라보는 꼬마의 눈망
울이 하도 초롱초롱하여 차마 거절을 할 수 없었다.

영호정인은 어떻게든 그에게 감사의 표시를 하고 싶은 모

양, 그걸 거부하는 것은 섬세한 아이의 마음에 상처를 줄 수 있겠다는 생각이 들었다.

이세민은 무기들을 슥 한 번 둘러보고 서고 쪽으로 향했다.

천하삼대보검 중의 하나인 뇌신검에다가 엄청난 경도를 가진 독각청음망의 뿔까지 가지고 있는 그에게 더 이상의 무기는 필요치 않았다.

서고에는 온갖 무공 비급들이 산적해 있었지만 딱히 끌리는 것은 없었다. 우선 이세민의 무공 지식이 일천한 관계로 어떤 게 뛰어난 무공인지 모르는 이유가 첫 번째였고, 이미 익히고 있는 무공들이 사부 말에 의하면 강호 최고의 절학들이라 했으니 굳이 또 다른 무공을 배울 필요성을 느끼지 못하는 것이 두 번째 이유였다.

대충 서고를 둘러보고 '가져갈 게 없구나' 하고 말하려던 이세민은 서고의 한 귀퉁이에서 눈에 걸리는 책 제목을 발견했다.

종광신법총요(宗光身法總要).

사실 제목 자체에는 별로 끌리는 것이 없었다. 그러나 제목 아래에 쓰여진 이름자가 눈에 걸렸던 것이다.

영호종, 위세광.

분명히 사부의 이름이었다.

이세민은 책을 빼내서 펼쳐 보았다.

앞부분에 이런 말이 써 있었다.

이 책은 영호세가의 십칠대 가주 영호종이 절친한 벗이자 존경하는 무인인 권왕 위세광과의 교감하에 탄생시킨 신법의 요결을 서술한 책이다.

'그렇다면 사부와 합심하여 만든 경신술법이 이 책 안에 있단 말이군?'

이세민은 호기심이 생겨 책을 펼쳐 보았다. 과연 그 안에는 비종광신영(飛宗光身影)이라는 한 가지 신법과 은신(隱身)에 관련된 여러 가지 방법론이 서술되어 있었다.

'이거 재미있겠는걸.'

이세민은 흥미가 동했다. 이전 같았으면 별생각없이 지나쳤겠지만 조금 전 영호적들을 염탐하고 나서는 경신술의 필요성을 느끼던 차였다.

워낙 걸출한 내공을 보유한 관계로 무작정 달려도 다른 무인들이 경신술을 발휘하는 것보다 더 빠르게 움직였던 그였지만 고수의 이목을 속일 정도로 기민하고 조용하진 않다는 게 흠이었다.

아까 전 접객당에 들어섰을 때만 해도 영호적의 부하 뒤를 따라 들어가지 않고 단독으로 움직였다면 영호적이나 영호관의 이목에 걸렸을지도 모를 일이었다.

어차피 사부 일을 돕자면 앞으로도 남의 이목을 피해서 할 일이 많을 듯하니, 좀 더 효율적인 몸의 움직임을 배워보는 것도 나쁘지 않겠다는 생각이 들었다. 게다가 사부가 공저를 한 책이라 하니 더욱 구미가 당겼다.

"이 책이 좋겠구나. 이걸 좀 빌리마."

무심해 보이던 이세민이 비급에 관심을 보이자 영호정인의 얼굴이 활짝 펴졌다.

"그냥 가지셔도 돼요. 그리고 다른 무기도 더 가지세요."

이세민은 웃으며 영호정인의 머리를 헝클었다.

"녀석, 그렇게 함부로 인심 쓰다간 나중에 아버지 깨어나면 엉덩이 맞을 거다."

영호정인의 얼굴이 환하게 밝아졌다. 이세민에게 도움을 준 것이 기쁘고 아버지가 깨어날 수 있다는 희망이 생긴 것이 더욱 기쁜 모양이었다.

늘 표정이 어둡던 꼬마의 밝은 모습을 보자 이세민도 모처럼 마음이 훈훈해졌다. 아주 오랜만인 것 같아 낯설게까지 느껴지는 감정이었지만 결코 싫지 않은 느낌이었다.

第二章

새벽의 면담

　새벽 동이 트기 직전의 인시(寅時) 경, 영호세가의 후문을 빠져나가는 검은 인영이 있었다. 인영은 미리 준비되어 있는 흑마에 올라타고 조용히 세가를 벗어났다.

　흑마가 저 멀리 어둠 속으로 사라진 후, 열렸던 후문이 소리없이 닫혔다.

　문을 닫은 영호관은 주변에 사람이 없음을 확인하고 자신의 거처로 향했다.

　집 안으로 들어가려던 그는 걸음을 멈추었다. 뚱보 마누라가 친정에 갔다는 사실을 불현듯 깨달았기 때문이다.

　영호관은 음침한 웃음을 흘렸다. 얼마 전 안채의 시비로 들어온 옥화 년의 투실투실한 엉덩이가 떠올랐기 때문이다.

자신을 볼 때마다 살랑살랑 눈웃음을 치는 것이 여간 교태로운 것이 아니었다. 때마침 마누라도 없고, 지난 한 달간 작전 수행하느라 여자를 가까이 하지 않은 탓에 음심이 잔뜩 동해 있는 상태, 망설일 이유가 없었다.

그는 몸을 돌려 시비들의 거처로 향했다. 동이 트기 전인지라 하인들은 모두 자고 있었다. 영호관은 경신술까지 발휘하여 자고 있는 시비들 틈에서 옥화를 떠메고 나왔다.

밖으로 나오자 찬 공기를 쐰 옥화가 눈을 떴다.

"으응, 무슨 일이야……."

"조용히 해라."

"어맛! 네, 넷째 나리?"

"그래, 나다."

영호관임을 알아보자 놀라던 옥화는 이내 배시시 웃었다. 옥화도 이제나저제나 그가 건드려 주기를 바라고 있던 모양이었다.

옥화가 교태로운 눈웃음을 치자 영호관은 한시라도 빨리 안고 싶은 마음에 빠르게 내달았다.

"어, 어디로 가시는 거예요?"

"조용히 해라! 아주 좋은 곳이 있느니라."

이른 새벽에 이런 짓을 하다가 식솔들의 눈에 띄어 좋을 게 하나도 없었다. 영호관은 다행히도 매우 적당한 장소를 알고 있었다.

그는 옥화를 안은 채 전면에 보이는 커다란 누각을 향해 내달렸다. 그런 그의 뒤를 검은 그림자 하나가 조용히 따르고 있었다.

덜컹!

연공실로 통하는 지하 통로의 돌 입구가 열렸다.

영호관이 옥화를 안은 채 통로 안으로 들어갔다. 그리고 문이 다시 닫혔다.

잠시 후, 한 인영이 닫힌 문 앞에 나타났다.

이세민이었다.

영호정인과 헤어진 그는 처소로 들어가지 않고 새벽이 오기를 기다리고 있었다. 바로 영호관을 만나기 위함이었다.

이세민은 벗어놓았던 두건을 눌러썼다. 그리고 장포의 오른쪽 목깃 쪽에서 천을 끌어올려 두건의 왼쪽 끝에 걸었다. 그러자 마치 복면을 쓴 것처럼 코와 입, 목 부분이 가려졌다. 이 복면은 장포의 연결된 일부이기 때문에 투영술을 쓰는 것에 하등의 지장을 주지 않았다.

복면으로 얼굴 아래쪽을 가리고 두건을 푹 눌러써 이마와 눈을 덮자 얼굴 전체가 가려졌다.

이세민은 좌측 어깨에 공력을 집중했다. 그러자 달빛을 받은 장포가 서서히 붉어져 갔다.

'겁을 주려면 붉은색이 좋겠지.'

이세민은 만족스러운 듯 자신의 옷을 살피고는 닫혀 있는 문의 손잡이를 움켜쥐었다.

영호관은 잠든 옥화를 든 채 연공실 옆에 마련된 수면실로 들어섰다.

옥화는 그에게 수혈을 짚여 잠시 정신을 잃은 상태였다. 영호관이 아무리 뻔뻔해도 맨 정신의 그녀를 가문의 요처에 들일 용기는 없었다. 어두컴컴한 곳에서 깨운 뒤 어디인지도 모르는 상태에서 재빨리 만리장성 한 번 쌓고 다시 기절시켜 내갈 참이었다.

그는 옥화를 침상에 눕히고 옷을 벗기 시작했다.

웃웃을 홀러덩 벗고 바지를 까 내리는 순간, 전신을 오싹하게 만드는 음성이 등 뒤에서 들려왔다.

"영호관 대협."

영호관은 너무 놀라 펄쩍 뛰어오를 뻔했다. 그는 다급히 바지를 추스르며 몸을 돌렸다.

"누, 누구냐!"

뒤를 돌아본 그는 기겁을 했다. 전신이 피를 뒤집어쓴 듯 새빨간 자가 석실 입구에 우뚝 서 있었기 때문이다.

이런 은밀한 곳에서 저런 복장을 하고 있는 자가 좋은 의도를 가지고 있을 리 만무했다.

자객임을 직감한 영호관은 재빨리 몸을 날려 바닥에 풀어놓았던 자신의 검을 집었다.

집음과 동시에 뽑혀진 검은 눈부신 검영을 뿌리며 적의(赤衣)괴한의 허리를 베어갔다.

적의괴한, 이세민의 상대의 기민한 대응에도 당황하지 않았다. 그는 다가오는 검을 향해 기다렸다는 듯 옷소매를 휘둘렀다.

무모해 보이는 반격이었지만 옷소매 속에는 독각청음망의 뿔이 감추어져 있었다. 엄청난 경도를 자랑하는 뿔과 검이 충돌하자 영호관의 검은 뚝 소리와 함께 두 동강 나고 말았다.

"이럴 수가……!"

영호관은 반 토막 난 검을 들고 입을 쩍 벌렸다.

영호세가에서 손꼽히는 검수인 그였다. 강호를 통틀어도 그의 일검을 이렇게 쉽사리 부러뜨릴 수 있는 자는 흔치 않았기에 그는 작금의 이 상황을 현실로 받아들일 수가 없을 지경이었다.

무기가 없어진 영호관은 뒷걸음질치며 물었다.

"네놈은 대체 누구냐? 자객인가?"

이세민은 손을 들어 공격할 의사가 없음을 밝혔다.

"무림맹에서 왔소."

"무림맹?"

영호관은 혼란한 정신을 추스르려 애쓰며 반문했다.

"오의단 사람이오?"

"아니오. 그들과는 관련이 없소. 본좌는 다른 부서의 사람이오."

"무림맹 사람이 여길 대체 어떻게 들어온 거요? 연공실의 문은 본 가 사람만이 열 수가 있는데."

이세민은 눈을 반짝였다.

"석실 문을 영호세가 사람만이 열 수 있소?"

이세민의 반문은 영호관을 더욱 혼란하게 만들었다.

"혹시… 본 가의 다른 자가 문을 열어준 거요? 그자는 어디 있소?"

"직접 열고 들어왔소만."

"거짓말! 본 가의 내공심법을 익히지 않은 자는 절대 저 문을 열 수 없어! 대체 누가 당신을 이 안에 들여보냈지? 셋째 형인가?"

'영호세가의 내공심법을 익혀야 연공실 문을 열 수 있단 말이로군.'

이세민은 영호정인과 들어왔을 때 연공실의 허술한 경비에 대해 의아해했던 바가 풀림을 느꼈다.

그러나 한 가지 의문이 사라지자 다른 의문이 꼬리를 물고 나타났다.

'그럼 나는 문을 어떻게 열 수 있었던 거지?'

그를 석실로 데려온 영호정인은 아마 집안 어른들이 문을 여는 것을 보고 고수이면 무조건 문을 열 수 있다고 착각했던 것 같다. 한데 꼬마의 착각에도 불구하고 그는 문을 거리낌없이 열어젖히지 않았던가. 그것도 두 번씩이나.

'둘 중에 하나이겠군. 내가 영호세가의 내공을 익혔던가, 아니면 내공이 너무 강해 석문이 지탱할 수 있는 한계를 넘었던가.'

잃어버린 기억과도 연관이 있을 듯한 중요한 문제였지만 이세민은 일단 그 생각을 잠시 묻어두었다. 지금은 영호관을 상대하는 것이 우선이었다.

"문을 열어준 자는 없소. 아마 당신이 문을 꼭 안 닫았겠지."

이세민의 대답에도 영호관은 여전히 미심쩍은 눈빛을 풀지 않았다.

"무림맹의 어느 부서 소속이오? 대체 이 시간에 이런 장소에 그런 수상쩍은 차림으로 나타난 이유가 뭐요? 게다가 얼굴까지 가린 채 제대로 된 신분을 밝히지도 않는 당신을 내가 어떻게 믿지?"

"질문이 너무 많군. 일단 신분을 밝히겠소."

이세민은 미리 준비해 둔 바를 풀어내기 시작했다.

"본좌는 무림맹 내당 취의각 산하 강호일급비밀감찰대 소속 적혜성(赤彗星)좌를 맡고 있는 사하(沙河)라고 하오."

이세민은 말함과 동시에 소매 속에서 명패를 하나 꺼내 영호관의 눈앞에 슥 내밀었다가 재빨리 다시 감추었다.

영호관은 눈앞에 명패 비스무리한 것이 휙 지나가는 것은 보았지만 워낙 빨리 사라진 통에 거기 뭐가 써 있는지 전혀 알아볼 수가 없었다.

"무슨… 일급감찰대? 내당 취의각 소속이라고? 무림맹 창건 당시부터 일원으로 참가해 온 본 가이오만 그런 기관이 있다는 말은 들어본 적이 없소!"

"들어본 적이 없을 수밖에. 본 부서는 말 그대로 비밀감찰대이니까. 불만이 있으면 나중에 취의각주이신 군사 한광우님께 가서 따지던가."

영호관은 눈을 번득였다.

"한광우? 그 여우가 또 무슨 수작질을 하는 것인가?"

"본좌의 상관을 함부로 들먹이는 것은 곤란하오."

영호관은 어이가 없는 듯 분통을 터뜨렸다.

"빌어먹을! 감히 본 가에게 이딴 수작을 하다니! 무슨 죄목으로 우리를 옭아매려는 꿍꿍이인가?"

"글쎄, 그건 본인이 더 잘 아실 텐데."

이세민은 품에서 봉서 하나를 꺼내었다.

그것은 영호관의 눈에 아주 익은 물건이었다.

"그, 그걸 언제……!"

이세민의 손에 들려 있는 봉서는 조금 전 그가 수하의 손에 들려 혁신회에로 보낸 밀서였던 것이다.

밀봉되어 있던 봉서의 끝은 찢어져 있었다.

"내용을… 보았나?"

"물론. 혁신회란 곳으로 보내는 편지더군. 맹주님이 마음에 들지 않으신가 보지?"

영호관은 몸을 부들부들 떨었다.

이것은 보통 문제가 아니었다. 가문의 주도권 쟁탈전이 전복되는 것은 물론이고 도덕성에 치명타를 입어 세가 전체의 존망이 위태로워질 수 있는 사안이었다.

영호관은 이 괴이한 상대를 무슨 짓을 써서라도 이 자리에서 요리해야겠다는 마음을 먹었다.

그는 넌지시 말을 걸었다.

"붉은 혜성[赤彗星] 샤아라고 하셨나?"

"사하요."

"사하 협사, 본 가는 결코 무림맹을 배신하려 한 것이 아니오."

영호관은 비지땀을 흘리며 말했다.

"여기 증거가 있소이다. 그 봉서를 보냄과 동시에 무림맹에 혁신회의 존재를 알리는 서신을 보내려 했소. 본 가는 혁신회와 접촉하는 척하며 무림맹에 그들의 음모를 고하려 한 것뿐이오."

"정말이오?"

"물론이오! 내 품 안에 무림맹으로 보낼 서신이 들어 있소이다."

영호관은 품속을 뒤적이며 이세민에게 다가왔다.

"이걸 좀 보시오."

그는 품을 뒤적이고 있던 왼손을 꺼내며 이세민에게 말했다.

그러나 품속에서 나온 손에는 아무것도 들려 있지 않았다.

반면 허리춤에 감추어져 있다 돌아 나오는 오른손에는 편지가 아닌 다른 것, 무시무시한 암경이 실려 있었다.

반투명한 옥빛으로 변한 영호관의 오른손! 그것은 옛 마교의 손꼽히는 절기인 명옥수(明玉手)였다.

왼손으로 이세민의 시선을 유도하고 오른손으로 필살의 일격을 날린 것이었다.

시퍼렇게 변한 영호관의 오른손이 지근거리에서 예상치 못한 속도로 닥쳐 올라오자 이세민은 본능적으로 좌수를 뻗었다.

손과 손이 정통으로 충돌했다.

콰앙!

폭죽이 터지는 소리와 함께 피를 뿌리며 뒤로 날아간 것은 영호관이었다.

이세민은 손을 꼼지락거리며 얼굴을 찡그렸다.

손이 아프기도 했지만 그보다 당황스러웠다.

꿍꿍이속이 있을 거라 생각했지만 검객으로 꼽히는 영호

관이 설마 이렇게 고강한 장력을 뿌릴 줄을 예상하지 못했기 때문이다. 하마터면 제대로 당할 뻔했다.

'죽었겠지?'

이세민은 아차 싶은 생각이 들었다.

본능적으로 뻗어낸 좌수에는 환음수의 공력을 발동했기 때문에 그에 적중한 영호관이 살아남았을 리 없었다.

땅을 후려쳤을 때 지진을 일으켰던 환음수가 아니던가. 창졸간에 발동시키긴 했지만 사람이 맨몸으로 견딜 수 있는 수준은 한참 넘어섰을 것이다.

때려주려고 온 것이긴 했지만 심문을 해야 할 상대를 죽인다는 것은 가히 좋은 결과가 아니었다.

그러나 이세민의 예상을 비웃듯 뜻밖의 상황이 발생했다.

쓰러졌던 영호관이 비치적거리며 몸을 일으키고 있었다.

입가에 선혈이 비치는 것으로 보아 좋지 않은 상태임이 분명했지만 절정의 환음수에 당한 것을 감안하면 멀쩡하다고 봐도 무방했다.

"크윽! 이, 이놈, 나의 명옥수를 깨뜨리다니… 대체 정체가 무어냐?"

이세민은 패배자의 대사를 열심히 뇌까리고 있는 영호관을 신기한 눈으로 바라보았다.

'저게 어떻게 살아남았지?'

그는 자신의 손을 내려다보았다. 환음수의 절고한 위력은 누구보다 그 자신이 잘 알고 있었다. 그런데 고작 저깟 놈을 피떡으로 만들지 못하다니―물론 그러길 바란 것은 아니었지만―설마 내공이 줄어들었나? 아니면 영호관이 생각보다 훨씬 고명한 고수인가?

잠시 생각하던 이세민은 그 원인이 짐작되었다.

'그러고 보니 느낌이 좀 달랐지?

조금 전 환음수를 발현할 때 이전과 같이 시원스런 맛이 없었다. 가지고 있는 힘을 마음껏 발산하지 못한 느낌이었다.

이세민은 좌수를 보았다. 환음수의 기운이 다 가시지 않은 듯 붉게 물들어 있었다.

환음수는 사성에 이르면 붉은색을 띠고 팔성에 이르면 투명해진다. 그리고 십성을 넘어가면 푸른 기운을 띠게 된다고 하는데, 그가 이전에 발휘할 때는 십성에 육박하는 경지를 보여주었다.

한데 지금은 붉은 기운만을 띠고 푸르기는커녕 투명하지도 않으니 분명 사성의 경지를 못 벗어나고 있었다.

이세민은 그 이유를 알 듯했다.

그것은 양상동의 장포 때문이었다.

검은색의 장포를 붉은색으로 변하게 하기 위해서는 좌측 어깨에 공력을 주입해야 한다.

어깨에 주입하는 공력의 양은 그리 대단한 것이 아니었지만 특정 부위에 공력을 늘 주입하고 있는 상태에서 손으로 무공을 쓰려 하다 보니 공력이 분산되는 효과가 일어난 것이다. 그 과정에서 발산하는 공력의 양이 자연스럽게 조절된 모양이었다.

조금 전의 느낌을 떠올리자 불현듯 깨달아지는 바가 있었다. 내공을 내고 거둠에 있어 몸 안의 내기를 어떻게 하면 적절히 조절할 수 있는지 본능적인 감이 느껴졌다.

새로이 깨달았다기보다는 아주 오랫동안 잊고 있었던 것을 다시 체득한 느낌이었다.

이세민은 속으로 쾌재를 불렀다.

'좋았어. 어쨌거나 사부가 노래를 부르던 내가기공의 조절법을 터득한 셈이군.'

이전까지의 그는 넘치는 힘을 주체하지 못해 어쩔 줄 몰라 해왔다. 마음껏 힘을 발산하면 상대가 피떡이 되기 일쑤였기 때문에 극악하여 반드시 죽여야 하는 자들을 제외하고는 공력을 쓰는 것을 최대한 조심해야 했던 것이다.

영호관만 해도 손을 과하게 쓰지 않으려고 적잖이 조심하던 차였다.

'후후후, 그럼 이제 마음껏 패줘도 괜찮겠지?'

이세민은 기분 좋게 웃었다. 복면으로 가려져 있어 표정은 드러나지 않았지만 그의 웃는 눈빛은 영호관으로 하여금 원인 모를 오한이 들게 만들었다.

이세민은 비치적거리고 있는 영호관에게 다가갔다.

"영호관, 귀하는 본 맹을 배신할 음모를 꾸미고 그것을 지적하는 요인에게 암살을 기도했다. 고로 즉결심판에 들어가겠다."

"무, 무슨 헛소리냐! 혁신회에 가입하려 한 것이 어찌 배신이 된단 말인가! 게다가 즉결심판? 무림맹의 그 누구에게도 그런 권한이 주어질 리 없어!"

"글쎄, 억울하면 군사님에게 가서 따지라니까. 혁신회에 대해 할 말이 있나 본데, 그럼 일단 그건 뒤로 미뤄두지. 먼저 본좌를 암습하려 한 죗값을 치러야겠다. 태형(笞刑) 열 대!"

"태, 태형? 날 치겠다는 거냐?"

"그러믄입쇼."

이세민의 주먹이 거침없이 날아가 영호관의 옆구리에 꽂혔다.

"커헉!"

영호관은 자지러지는 비명과 함께 바닥을 나뒹굴었다.

영호관은 정신이 아득해졌다. 태어나서 맞아본 중에 가장 아픈 일격이었다. 놈의 주먹을 통해 침투해 들어오는 경력이 온몸의 신경을 가닥가닥 끊어내고 뼈를 부수어 버리는 것 같았다.

'이걸 아홉 대나 더 맞아야 한다고?'

순간 아픔보다 더한 공포가 밀려왔다.

저승사자 같은 놈의 목소리가 머리 위에서 들려왔다.

"아참, 태형은 원래 볼기를 치는 거였지? 이거 실수했군."

말이 끝나기 무섭게 발이 날아와 엉덩이에 꽂혔다.

걷어차인 영호관은 석실을 붕 가로질러 반대편 벽에 처박혔다.

"끄어어어—"

영호관은 죽는소리를 하며 나뒹굴었다.

이세민이 다시 그에게로 다가갔다.

이세민의 발소리를 듣자 영호관은 죽을힘을 다해 외쳤다.

"그만! 이제 그만! 더 맞으면 죽을 것 같아! 제발 그만!"

이세민은 코웃음을 쳤다.

"타인의 목숨은 개똥만큼도 귀하게 여기지 않는 놈이 자기 목숨은 참 살뜰히 아끼는구나. 다행히도 본좌는 죽지 않을 만큼만 상대를 때리는 법을 기억해 냈다. 그러니 죽을 걱정은 안 해도 될 거야."

영호관에게는 뼈와 살을 분리해 내는 듯한 석 대의 응징이 추가된 후, 이세민은 징벌을 멈추었다.

그는 눈물 콧물 침물에 오줌까지 질질 싸고 있는 영호관을 내려다보며 말했다.

"네놈의 태도를 보아 나머지 다섯 대의 강도를 조절하겠다. 우선 혁신회가 무엇인지 아는 대로 실토를 해라. 조금이라도 거짓이 있다면… 굳이 설명하지 않아도 어떻게 될지 알겠지."

곤죽이 된 영호관에게는 거짓을 꾸밀 만한 심력(心力)이 남아 있질 않았다.

그는 자기가 아는 바를 줄줄 토해냈다.

"혁신회는 소림과 화산이 주축이 되어 무림맹을 개혁하려는 목적으로 결성된 비밀 결사요. 참가 문파는 그 두 문파 외에는 전혀 알려진 바가 없소. 다만 구파일방과 오대세가 중 상당수가 참여하고 있다는 것만은 확실하오."

영호관은 단정회와의 공조하에 오의단을 이용하여 영호정인을 죽이려 한 사실도 실토했다.

이세민은 자백을 글로 쓸 것을 요구했다. 영호관은 처음엔 거부했지만 이세민이 주먹을 살짝 치켜 올리자 일필휘지로 자백서를 휘갈긴 후 공손히 두 손으로 받들어 내밀었다.

영호관은 자백서를 품 안에 챙겨 넣는 이세민에게 간절한 어조로 말했다.

"이보시오, 오의단을 이용한 것은 분명 잘못이나 처음부터 그러려는 의도는 아니었소. 게다가 나와 둘째 형님을 숨아 넣어봐야 무림맹에 득이 될 것이 하나도 없소. 셋째 형은 둘째 형보다 곱절은 더 무림맹주를 증오하오. 왜냐하면 구 년 전 맹주 선출비무대회 당시 현 맹주에게 패한 바가 있기 때문이오. 그가 실권을 잡으면 가장 먼저 혁신회와 결탁하리라는 것은 내 장담할 수 있소."

이세민은 코웃음을 쳤다.

"적어도 죄없는 아이를 죽이려 하진 않겠지."

영호관은 말도 안 된다는 듯 손사래를 쳤다.

"취의각 소속이라며 이렇게 정보가 어둡나? 셋째 형은 둘째 형 이상으로 냉혹한 자요. 그가 정인이에게 손을 뻗지 않고 있는 것은 실권만 잡으면 언제든 죽일 수 있다는 자신감 때문이오. 우리가 있기 때문에 서로 견제하느라고 그나마 아이가 덜 위험했던 것이었소. 사실 우리가 단정회와 손을 잡은 것은 아이를 죽이기 위함보다는 광산의 실권을 거머쥐려 한 의도였소. 아이는 협상을 강화하려다 보니 어쩔 수 없이 휩쓸려 들어갔던 것뿐이오."

이세민은 잠시 고민했다.

사실 영호세가가 혁신회란 곳과 손을 잡는 것은 이세민이 알 바가 아니었다. 무림맹의 주인이 누가 되든 그와는 별 상관이 없는 일이었으므로.

다만 영호정인에 대한 언급에 대해서는 신경이 쓰였다.

영호관의 말을 전적으로 신용할 필요는 없지만 적어도 두 파벌이 공존해야 힘의 균형이 이루어지고, 그렇게 되면 아이가 그나마 덜 위험할 거라는 말은 어느 정도 일리가 있는 얘기로 들렸다.

이세민은 자백서와 봉서를 같이 흔들며 말했다.

"그럼 이렇게 하지. 일단 이 증거물들은 본좌가 보관하고 있겠다. 앞으로 영호세가의 세력 상황과 대외적 태도를 예의 주시하겠다. 특히 영호정인의 신변이 위협된다고 판단될 시 즉시 이 증거물을 만천하에 공개하겠다."

"어째서 아이의 신변이 판단의 기준이 된단 말이오?"

"당신이 말하지 않았나? 세력의 균형이 깨어지면 가장 먼저 위험해지는 것이 아이일 거라고. 당신 입으로 셋째 형이 득세하면 아이를 칠 것이라 했으니 이제부턴 당신들이 아이를 전력으로 보호하도록. 세력을 키워 셋째 형과 균형을 맞추던가, 아니면 그를 이기고 득세를 하라고. 이 증거가 있는 한 당신 패거리가 혁신회로 가는 일은 없을 테니 우린 아이가 무사한 것을 보고 당신들이 얼마나 분전하고 있는가를 판단하겠어."

영호관은 침을 꿀꺽 삼켰다. 상대가 무슨 요구를 하든 지금은 들어줄 수밖에 없는 상황이었다. 봉서에는 둘째 형의 자필과 서명이, 자백서에는 자신이 직접 쓴 온갖 죄목이 적혀 있기 때문이었다.

"알겠소. 우리가 이제부터 아이를 적극적으로 보호하리다."

"글쎄, 당신 말을 신용하기에는 아직 이른 것 같군."

이세민은 영호관을 끌고 석실을 나서 그의 집무실로 향했다.

날이 밝기 전이었지만 저택을 경비하는 무사들이 드문드문 보였다.

앞서 가는 영호관은 의아함을 금치 못했다. 왜 자신의 뒤에 시뻘건 자가 붙어달려 있는데 무사들이 아무 반응이 없는 것일까?

그는 뒤에 바짝 붙은 채 따라오는 이세민이 투영술을 발휘해 모습을 감추고 있다는 사실을 짐작조차 하지 못했다.

영호관의 집무실에 도착한 이세민은 영호관을 시켜 단정회와 거래한 기밀 서류 일체를 넘겨받았다.

그는 가짜 금란초로 가주를 독살하려는 계획을 포기하라는 한마디를 마저 남기고는 홀연히 사라졌다.

홀로 남은 영호관은 넋 나간 표정을 지었다. 저 괴물 같은 놈은 처음부터 끝까지 자신의 머리 위에서 놀고 있었던 것이다.

"한광우, 설마 유명마교라도 끌어들인 것이냐? 그렇지 않고서야 저런 괴물을 부릴 리가 없는데……."

그는 둘째 형에게 작금의 사태를 어떻게 설명해야 할지 감이 서질 않았다. 어쨌거나 가장 중요한 것은 지금부터 영호정인을 목숨 걸고 보호해야 한다는 사실이었다.

第四章

황의단의 위기

1

　임무를 마친 오의단은 영호세가를 떠나 낙양으로 향했다.

　이세민은 석별을 아쉬워하는 영호정인에게 금란초를 구하는 대로 연락하겠다는 약속을 했다.

　이세민은 영호선유와도 따로 만나 잠시 이야기를 나누었다.

　그녀에게 그가 물어본 것은 죽었다는 막내딸에 관한 내용이었다.

　"고모요? 고모는 십 년 전에 돌아가셨어요. 출가하셨다가 남편이 죽은 후 돌아와 아이와 함께 내원 한구석에서 조용히 사셨어요. 외로이 지내다가 돌아가셨죠. 너무 불쌍하신 분이셨어요."

영호선유는 그 당시 나이가 어렸던 까닭에 고모가 누구와 혼인을 했었는지도 알지 못했다. 다만 고모의 아들에 대해서 는 약간의 기억을 가지고 있었다.

"사촌 오빠는 어릴 적 같이 놀았던 기억이 있어요. 고모가 돌아 가신 후 어느 무가로 보내졌다는 얘기를 들었어요. 그러고 보니 그 후 안부를 들은 기억이 없네요."

'그 사촌 오빠라는 자가 살아 있다면, 내가 그 집에서 받았 던 익숙한 느낌이 무엇인지를 알 수 있을 텐데.'

이세민은 그녀보다 좀 더 많이 알고 있을 영호관을 불러 사 촌 오빠의 행적을 물을까도 생각했지만 얘기를 나눈 시점이 출발 직전이었기에 여유가 없어 그리 하지 못했다.

이세민은 만에 하나 그 사촌 오빠가 자신이 아닐까 하는 생 각을 잠시 해보았지만 이내 그 생각은 털어버렸다. 그랬다면 식구들 중 아무도 자신을 못 알아본다는 것은 말이 되지 않기 때문이었다.

이세민은 무림맹으로 돌아가서 영호세가에 대한 정보를 캐어보기로 마음먹었다. 설명할 수는 없었지만 계속 마음에 걸리는 무언가가 있었다.

태원을 떠난 오의단이 성 경계에 다다랐을 때였다.

객잔에서 쉬고 있는 이세민에게 진웅이 다가왔다.

"단주님, 비상 상황입니다."

"무슨 소린가?"

"본 맹의 흑화(黑話)가 객잔 벽에 표시되어 있었습니다."

"흑화가 뭔가?"

이세민의 물음에 진웅은 잠시 뜨악한 표정을 지었다.

"암호 말입니다."

이세민은 그제야 알았다는 듯 시치미를 뚝 떼고 고개를 끄덕였다.

"아아, 그거. 무슨 말이 써 있던가?"

"아무래도 황의단에 사단이 생긴 모양입니다. 신속한 지원을 바란다는 요청이었습니다."

"우리 같은 소수 인원이 굳이 끼어들어야 할 일인가?"

"황의단주 경서윤은 여간해서 우는소리를 하지 않는 자입니다. 어지간히 급한 문제가 아니라면 이런 식으로 지원을 요청하지는 않았을 겁니다. 게다가 그들이 있는 곳이 이곳에서 가깝습니다. 이 객잔은 본 맹의 비상 연락처로 쓰이고 있기 때문에 우리가 귀환하면서 흑화를 확인한 것도 나중에 상부에 보고될 것입니다. 지원 요청을 무시한 게 밝혀지면 추후 징계를 받을 가능성이 있습니다. 한마디로 더 귀찮아질 수 있다는 얘기지요."

이세민은 귀찮아 죽겠다는 표정을 지었지만 나중에 더 번거로울 수 있다는 말에 결국 지원을 가기로 결정했다.

오의단은 섬서성이 있는 서쪽으로 진로를 틀어 진령산맥으로 진입했다.

2

섬서성 동남부 운회봉(雲會峰).

성의 남쪽 경계를 구분 짓는 진령산맥의 한줄기에 우뚝 솟아 있는 운회봉에는 그 이름처럼 구름이 자욱하게 깔려 있었다.

무림맹 외당 산하 황의단주 경서윤은 봉우리 너머 하늘을 올려다보았다. 먹구름이 잔뜩 낀 형상이 꼭 자기 마음 같다는 생각이 들었다.

그의 앞에는 푸근한 인상의 한 도인이 부처님 같은 미소를 머금고 있었다. 늘 웃는 낯에 편안한 인상을 가진 탓에 도인임에도 활불검(活佛劍)이라는 별호를 가지고 있는 화산파 장로 범전위였다.

경서윤은 상황이 이 지경이 되었음에도 한결같이 웃는 낯을 유지하고 있는 범전위에게 학을 떼고 있었다.

"범 도장, 거듭 말하지만 운암동(雲巖洞) 내에 절진(絶陣)이 있음이 밝혀진 이상 그것을 돌파하기 위해서는 다수의 인원이 한꺼번에 투입되어야 합니다. 화산파에서도 더 이상 관망하지 말고 저희와 함께 작전에 들어가시지요."

범전위는 안타깝다는 듯 무량수불을 연신 읊어댔다. 그러나 특유의 웃는 낯은 계속 유지한 채였다.

"무량수불, 동굴로 들어간 황의단의 정영들이 실종된 것에 대해서는 빈도를 비롯한 본 파의 동도들 모두 참으로 유감으로 생각하고 있소. 하나 진법에 문외한인 우리가 단주 말씀처럼 위험한 절진에 우르르 몰려들어 갔다가는 황의단의 작업에 방해만 될 것이오."

"계속 말씀드리지만 저희 지시에만 잘 따라주시면……."

"그건 아니 될 말이오. 본 파와 무림맹은 엄연히 지휘 체계가 다르고 이 자리에서 황의단과 우리 동도들이 맡은 역할 또한 차이가 있지 않소. 황의단은 진로를 가로막는 진법과 함정을 파괴하고, 그리고 나면 우리가 들어가 흑랑방(黑狼幫) 놈들을 처리한다. 이게 정해진 수순이니 부디 단주께서 조금만 더 분투해 주시구려."

경서윤은 답답하여 가슴을 치고 싶은 심정이었다.

"지난 이틀간 진을 해체하고자 세 번에 걸쳐 동굴에 들어간 본 단의 정예 사십 명 중 단 한 명도 다시 돌아온 자가 없습니다. 오늘 아침에 들어간 마지막 조는 진법의 최고 전문가인 제일부단주가 지휘를 했음에도 똑같은 실패를 했습니다.

도장, 흑랑방을 소탕하겠다고 나선 것은 화산파입니다. 한데 조력을 요청받아 나선 저희에게만 이렇게 무거운 짐을 떠맡기는 것은 너무한 처사가 아닙니까?"

"허허, 경 단주!"

범전위는 혀를 끌끌 찼다.

"어찌 스스로를 단순한 조력자로 치부하는 게요. 강호에 만연한 사도를 척결하는 것이 무림맹 본연의 임무가 아니오. 본산에서 청정수행에 매진해야 할 본 파의 동도들이 검을 들고 강호로 나선 것은 섬서성 남부를 활개치며 백성을 수탈하는 흑랑방의 행패를 두고 볼 수 없었기 때문이오. 따지고 보면 무림맹이 해야 할 일을 대신하고 있던 셈인데, 조력자에게 짐을 떠맡기다니! 어찌 그런 무책임한 말을 한단 말이오!"

경서윤은 어이가 없어 말을 잇지 못했다. 대체 언제부터 화산파가 청정수행에 일로매진해 왔단 말인가. 천하를 호령하는 절대고수 검절 장남천의 위세를 빌어 무림맹의 실권을 잡기 위해 호시탐탐 눈을 부라리고 있는 것이 다름 아닌 화산파 아니던가.

경서윤은 당장이라도 다 때려치우고 물러나고 싶은 마음이 굴뚝같았다. 그러나 맹의 명예와, 동굴 안에서 절진에 빠져들어 무슨 고초를 겪고 있을지 모를 동료 단원들을 생각해서라도 그럴 수는 없었다.

가뜩이나 무림맹이 제 역할을 하지 못하고 있다는 강호의 여론이 비등하고 있는 시점이었다. 그러한 여론과 맞물려 내년의 칠석지약에 대비하여 현 맹주를 폐하고 청룡왕, 혹은 검절 장남천을 맹주로 추대하자는 목소리가 여기저기서 나오고 있는 상황이었다.

이런 때에 사도척결이라는 무림맹 본연의 임무를 외면하고 화산파에게 못난 꼴을 보인다는 것은 있을 수 없는 일이었다.

화산파가 끝끝내 공조를 거부한다면 결국 답은 한 가지뿐이었다. 황의단만으로 해결을 보는 수밖에.

경서윤은 이를 악물고 만했다.

"알겠습니다, 범 도장. 화산이 그렇게 나오신다면 우리가 한 번 더 힘을 써보겠습니다."

"오오, 경 단주. 훌륭하시오! 무림맹의 기개를 믿어보겠소!"

경서윤은 활짝 웃는 범전위가 이제는 부처보다는 나찰같이 느껴졌다.

"가기 전에 한 가지만 더 묻겠습니다. 저 안에 있는 놈들이 진정 흑랑방이 맞는 것입니까?"

"물론이오. 본 파에서는 놈들의 행적을 꾸준히 추적해 왔소."

"흑랑방은 이류 정도로 취급되는 사파입니다. 그런 놈들이 본 단의 정예가 깨뜨릴 수 없는 절진을 형성해 놓았다는 자체가 믿기 어려운 일입니다."

"흐음. 듣고 보니 그렇긴 하오만, 동굴 안의 진법이 얼마나 위험한 것인지 문외한인 빈도가 가늠할 수 있는 것은 황의단 주의 말씀뿐이오. 그러니 빈도가 내부에 흑랑방 말고 또 뭐가 있는지 유추해 낼 근거가 없소이다."

어렵게 꼬아 말했지만 결국 속뜻은 우리가 보기엔 별거 아닌 놈들인데 너희는 왜 그렇게 죽는소릴 하냐는 의미였다.

경서윤은 굴욕적인 심정으로 물러났다.

흑랑방이 잠복해 있다는 운암동은 봉우리 중턱부터 산 아래 계곡까지 관통하는 기다란 석회암 동굴이었다.

동굴 내에는 지하수가 흐르고 있기 때문에 비축 식량이 많다면 그 안에서 몇 달이고 버틸 수 있는 환경이었다.

더군다나 계곡으로 나가는 통로가 있기 때문에 진으로 막아놓은 중턱 입구가 뚫려도 흑랑방에게는 빠져나갈 퇴로가 확보되어 있는 것이었다.

반면 그들을 쫓는 화산파와 황의단은 계곡을 통해 동굴로 진입하기는 불가능했다. 그러려면 폭포를 거슬러 올라가야 하는 데다가, 동굴로 들어가는 통로가 가파르고 폭이 좁아 엉금엉금 기어올라 가다 느닷없이 튀어나오는 칼에 맞고 추락사하기 딱 알맞은 지형이었다.

결국 숨어 있는 흑랑방을 치려면 중턱의 널찍한 입구를 이용하는 방법뿐이었다.

경서윤은 동굴 입구에 대기하고 있는 단원들에게로 갔다.

"준비는 다 됐나?"

제이부단주 이도상이 준비 완료를 보고했다.

"맹의 지원군은 소식이 없나?"

"시간이 너무 촉박합니다. 어젯밤에 전령을 보냈으니, 이 주변을 지나치는 부대가 있지 않고서야 오늘 내로 지원군이 도착하기는 어려울 것입니다."

"좋아, 그럼 기다릴 것 없이 곧장 들어간다."

"단주님, 화산파는 같이 안 들어갑니까?"

"그렇다."

"단주님, 그건 말도 안 됩니다. 일부단주님이 실패한 마당에 본 단이 다시 단독으로 들어가는 것은 또 같은 실패를 반복할 수 있습니다."

경서윤은 짧은 한숨을 내쉬었다. 다른 단원들 또한 이도상과 같은 심경이리라. 사기가 잔뜩 꺾인 상황에서 이대로 들어간다면 결과는 필패(必敗)일 것이다.

그는 이도상을 비롯한 단원들에게 외쳤다.

"우린 무림맹의 무사이다. 위험하고 힘들다 해도 강호 정의를 위해 어쩔 수 없이 임무에 뛰어들어야 할 때가 있다. 지금이 바로 그때이다. 화산의 신의없음이 괘씸하다고 생각하기 전에 동굴 안에 갇혀 있을 동료들을 생각하라. 그리고 이류사파에게 능욕을 당한 본 단의 명예를 되새겨라."

몇 마디 말로 전의를 이끌어내기에는 역부족이었지만 각오를 새로이 다지는 정도의 효과는 있었다.

경서윤은 단원들의 눈빛이 살아 오르는 것을 느끼고는 임무 개시를 선언했다.

부장 세 명과 최정예 사 개 조가 준비되었다.

경서윤은 이들을 이끌고 직접 들어갈 작정이었다. 상황이 위험하니 최소한의 인원으로 최대한의 효과를 보려는 의도였다.

"세 부장과 내가 선두 조를 구성한다. 총 다섯 개 조는 능형(菱形:마름모꼴)으로 대열을 맞춰 진 내로 진입한다. 후위 일 개 조는 전방에서 사단이 있을 시 즉시 매듭 신호를 보내고 후퇴하여 진 밖으로 나가 부단주에게 상황을 보고한다."

명에 따라 능형 대열이 갖추어졌다. 후위 조원들은 모두 가느다란 실을 손목에 휘감았다. 실은 가느다랗지만 천잠사를 단단히 꼬아 만들어 웬만한 도검에 끊어지지 않을 강도를 가지고 있었다.

후위 조원은 이 실을 길게 풀어가며 진 내부로 진입한다.

그러다가 위험이 닥치거나 문제가 생겼을 때 미리 약속한 종류의 매듭을 신속히 만든 후 바닥에 끌러놓게 된다. 그러면 진 입구에서 대기하고 있던 단원들이 늘어진 실을 당겨 매듭의 모양을 확인하고 그 형태로 진입한 단원이 보낸 신호를 알아보는 체계였다.

앞서 네 번의 진입 시도 때 후위 조원들이 보내온 실의 끝에는 매듭이 없었다. 즉, 매듭을 묶을 찰나의 시간조차 없을 정도로 위험한 상황이 닥쳤다는 의미였다.

"명심하라! 우리의 임무는 진의 파괴와 정찰이다! 위험이 느껴질 시 즉시 후퇴한다. 결코 앞선 실패를 반복해서는 안 된다."

황의단 오 개 조는 경서윤의 지휘에 따라 운암동 내부로 들어섰다.

동굴의 퀴퀴한 냄새와 음침한 기운이 오감을 자극했다.

운암동은 내부로 들어갈수록 너비가 커지는 삼각주 형태였다. 동굴 안에는 자욱한 안개가 깔려 시야를 가리고 있었다.

선두 조의 부장들은 일 장에 달하는 목봉(木棒)으로 전면을 더듬으며 조심스레 전진했다.

그 뒤의 이 개 조는 망치와 비슷한 형상의 강철 곤(棍)을 들고 있다가 선두 조의 지시에 따라 진을 형성하고 있는 구조물을 부수며 전진하는 식이었다.

경서윤은 진을 헤쳐 나가며 의아함을 금치 못했다.

'이상하군. 안개가 끊임없이 발출되는 형상이 옛 밀교의 환영흑암진과 비슷하지만 오히려 생문(生門)의 개수가 더 많아. 까다로운 감이 없진 않으나 앞선 조들이 이 정도에 무너

졌을 리가 없다. 그렇다면…….'

경서윤은 한 가지 심증을 굳혔다.

"동굴 안에는 진뿐 아니라 매복이 도사리고 있을 가능성이 있다. 진세에만 신경 쓰지 말고 함정과 살기를 주의하라!"

경서윤은 단원들을 독려하며 신중하게 전진, 내부 깊숙이까지 들어갔다.

경서윤은 경계를 늦추지 않으면서도 마음 한구석의 의아함을 떨치지 못했다.

'분명 고명한 능력자가 설치한 진이다. 한데 생로를 찾는 것이 어렵지 않다. 이것은 마치 길을 헷갈리지 말고 목적지를 찾아오라는 식이 아닌가.'

경서윤은 순간 등골이 오싹해지는 느낌을 받았다.

진의 함정 중에 적의 매복이 포함되어 있을 거라는 것은 익히 주지하고 있는 사실이었다. 한데 마치 안내라도 하듯 생로로 길을 열어놓는다는 것은 누가 오더라도 상대할 자신이 있음을 피력하는 것 같지 않은가.

'과한 생각이다. 그렇게 자신이 있다면 굳이 이런 곳에 숨어 진을 펼칠 이유가 없지 않은가. 흑랑방 따위가 끌어들일 수 있는 능력자가 진의 달인일 수는 있어도 무예의 달인일 가능성은 없다.'

흑랑방은 이류사파였다. 그렇기에 그들을 상대하면서도 무력(武力)적 위험에 대해서는 은연중에 경시하는 마음이 있었던 게 사실이다.

경서윤은 자신이 지금 현실을 직시하기보다는 믿고 싶은 바대로 생각하고 있다는 것을 깨달았다.

'가능성이 희박하다 해도 최악의 경우를 염두에 둬야 한다. 만에 하나 진의 힘을 빌린 매복이 아닌 진짜 괴물들이 도사리고 있는 것이라면…… 상황은 돌이킬 수 없어질 것이다.'

그 순간, 갑자기 안개의 농도가 옅어지는 것이 느껴졌다.

공기의 밀도가 줄어든다는 것은 공간이 넓어졌다는 의미였다.

매복자가 공격하기 가장 좋은 상황은 지금처럼 공격 대상이 넓은 지역에 들어섰을 때이리라.

경서윤은 급히 외쳤다.

"조심! 매복을 경계하라!"

그 말이 떨어지기가 무섭게 앞쪽에서 숨넘어가는 소리가 들렸다. 귀에 익숙한 그 음성은 선두의 일부장 목소리였다.

"제길!"

경서윤은 목봉을 마구잡이로 휘두르며 앞으로 튀어나갔다. 안개 속에서 흐릿한 형상이 빠르게 움직이며 부장들을 쓰러뜨리는 것이 보였다.

"놈!"

경서윤은 목봉에 내공을 실어 그 형상을 향해 던지고는 즉시 검을 뽑아 연이은 공세를 펼쳤다.

그러나 거침없이 나아가던 그의 검은 갑자기 고삐 잡힌 말처럼 전진을 멈추었다.

경서윤은 말을 듣지 않는 자신의 몸을 내려다보았다.

복부에 길쭉한 것이 박혀 들어가 있는 것이 보였다.

그것은 목봉이었다. 방금 그가 던졌던 바로 그 목봉이 반 토막으로 부러진 채 하나는 그의 배에, 또 하나는 옆에서 쓰러지고 있는 사부장의 이마에 박혀 있었다.

"너무… 강하다… 처음부터 우릴 노린 함정… 절대… 안으로 들어서지 말……."

경서윤은 바닥에 쓰러지면서도 후위 조에게 들리길 바라며 최대한 목소리를 쥐어짰다. 그러나 그의 말이 채 끝나기도 전에 후위의 다섯 명은 모두 피를 뿌리며 쓰러지고 있었다.

3

황의단이 암동에서 피를 흘리며 쓰러지고 있을 즈음, 운회봉 기슭에서는 일단의 청년들이 산으로 올라가는 길목을 막고 있었다.

이들의 화산파의 이, 삼대제자들로, 민간인의 산 출입을 통제하고 있는 중이었다.

그들 중 맡은바 임무를 열심히 수행하고 있는 자는 한 명도 없었다. 모두들 홍안의 혈기방장한 청년들인지라 산 위로 올라가서 흉적들과 맞서 자신들의 의기를 드높이지 못함을 한결같이 한스러워하고 있었다.

출입 통제는 뒷전으로 미룬 채 삼삼오오 짝을 지어서 윗사람들과 무림맹 흉을 보고 있는 이들 중 특히 목소리가 드높은 사람은 장명진(將明眞)이란 이름의 청년이었다.

"내가 장담하지만 저 위에 올라가 있는 전력만으로는 절대 운암동을 장악할 수 없을 거야. 조금만 있으면 지원군을 부르라는 전갈이 내려올 테니 두고 보라고."

다른 청년들은 보초를 서고 있는 어린 삼대제자 둘을 뺀 모두가 그의 입을 주목하고 있었다.

"명진, 자넨 윗선에서 뭘 들은 게 있나 보지? 굴에 몰아넣은 흑랑방 따위를 여태 처리 못하는 이유가 대체 뭔가?"

장명진은 목소리를 낮추며 말했다.

"이건 비밀인데… 다들 딴 데 가서 말 안 한다고 약속하면 내 말해주지."

"이 친구 참! 우리 입 무거운 거 잘 알면서… 걱정 붙들어 매고 어서 말해보게! 저 안에 흑랑방 말고 무슨 전대 마두라도 숨어 있는 겐가?"

장명진은 고개를 끄덕였다.

"비슷해. 내가 들은 정보에 의하면 저 안에 숨어 있는 놈은 유명마교의 요인이라고 하더군."

"유명마교?"

청년들은 놀란 표정을 지었다.

유명마교는 근래 강호에 두려움을 던지는 이름이었지만 이들은 명문의 제자란 자부심과 패기를 가지고 있기에 놀랄지언정 두려워하는 자는 없었다. 오히려 호승심 어린 표정을 짓는 자들이 많았다.

"정확한 건가? 유명마교는 도시 지역에서 교세를 확장하는 특성이 있지 않나? 이런 외진 곳은 오히려 그놈들과 안 어울리는데."

누군가 긴가민가하는 어조로 묻자 장명진은 인상을 썼고, 주변에선 힐난이 쏟아졌다.

"이 친구 정신없군. 명진이가 언제 빈말하는 것 봤나?"

"명진이의 말을 의심하는 것은 누구 말을 의심하는 것인지 몰라서 그따위 소릴 하나."

장명진을 의심한 청년은 본전도 찾지 못하고 머릴 긁적이며 뒤로 물러나야 했다.

장명진은 그제야 만족한 표정으로 말을 이었다.

"내가 들은 바로는 저 동굴 안에 절진이 펼쳐져 있고, 그 안에는 강력한 마인이 숨어들어 있다는 거야. 놈은 흑랑방을 이용하여 이 근방 사파를 유명교로 끌어들여 본 파를 현혹할 의도였나 보더라고. 한데 운이 없게도 음모를 펼치기도 전에 우리에게 딱 걸린 거지."

"감히 본 파를 상대로 음모를 펼치려 했다면 보통내기가 아니겠는데."

"그렇기에 요인이라고 짐작하는 것이지. 어쩌면 유명마군일지도 모르고 말일세."

유명마군이란 말에 청년들은 눈을 크게 떴다. 유명교 정도는 우습게보는 그들도 천하오대고수의 명성을 넘나드는 유명마군이란 이름에는 긴장하는 표정이 역력했다.

한 청년이 다시 물었다.

"자네 아버님께 들은 말인가? 유명마군일지 모른다면 친히 나서신다는 말을 하지 않으셨나?"

장명진은 쓴웃음을 지으며 말했다.

"사실 아버지께 들은 말은 아니고, 저 위에 있는 범 사숙한테 들은 것이네."

그 말에 청년들은 일제히 실망한 표정을 지었다.

"범 사숙이라면 공갈에 일가견이 있는 양반 아냐."

"허풍의 대가이기도 하지. 유명마군이 있다고 하니 마교 중급 고수쯤 있다고 보면 되겠군."

장명진은 킥킥거리며 말했다.

"나도 그렇게 생각하네. 별것도 아닌데 괜히 우리에게 겁을 먹게 하여 올라오지 못하게 할 심산인 것 같더군."

"명진, 이대로 가만있을 건가?"

"물론 아니지. 마교 중급 고수라면 우리 정도 실력으로도 충분히 처리할 수 있지 않겠나. 범 사숙은 지원 나온 무림맹 돌대가리들에게 동굴을 맡기고 손도 까딱 안 하실 거라고 하셨네. 무능력한 돌대가리들은 오늘 내에 시체가 되어 끌려 나올 것이니, 그때 틈을 보아 우리가 안으로 슬쩍 들어가면 마인을 때려잡을 기회가 있지 않겠어?"

장명진의 호기로운 말에 청년들은 일제히 고개를 끄덕였다. 실전 경험이 거의 전무한 어린 제자인 이들은 마인 앞에 나아가 검만 뽑으면 그들이 상상했던 독보강호의 꿈이 활짝 펼쳐질 것이라고 굳게 믿고 있었다.

그때 보초를 서고 있던 막내 제자가 헐레벌떡 달려왔다.

"시커먼 놈들이 산 위로 올라가겠다고 하고 있습니다."

"시커먼 놈들? 흑랑방인가?"

장명진들은 일제히 검을 들고 벌떡 일어섰다.

"아니오. 무림맹원이라고 하는데요? 지원 나왔다고 합니다."

막내 제자가 가리키는 쪽을 보니 까마귀처럼 새까만 옷을 입은 자들이 산길로 들어서서 그들이 있는 쪽을 바라보고 있었다.

"차림새를 보니 무리맹 외당 오의단이군. 정말 듣던 대로 영락없는 까마귀 떼일세."

한 청년의 말에 다른 청년들은 폭소를 터뜨렸다.

장명진만이 웃지 않은 채 오의단을 보며 눈을 빛내고 있었다.

"잘됐군. 저놈들을 이용하면 되겠어."

그는 막내 제자를 대동하고 오의단이 있는 곳으로 달려갔다.

"산 위에 오르시려면 신분을 확인해야 합니다. 대표자가 누구십니까?"

검은 비단 장포를 멋들어지게 차려입고 관운장처럼 긴 수염을 기른 남자가 앞으로 나왔다.

"오의단주 이세민이오. 만나서 반갑소이다, 장명진 소협."

장명진의 입이 순간 헤벌쭉 벌어졌다. 화산파 사람이 아닌 외인(外人)이 자신을 먼저 알아보고 아는 체를 하는 것은 처음 겪는 일이었다. 항상 꿈꿔오던 강호 대협들의 통성명이 바로 이런 맛이 아니던가!

"이세민 단주님의 맹활약은 귀에 따갑게 들어왔습니다. 흠모하던 차에 이렇게 존안을 뵈니 기쁘기 그지없군요."

장명진은 기세 좋게 공수를 했고, 이세민도 씩 웃으며 그의 인사를 받았다.

"제가 산 위까지 안내해 드리겠습니다. 오의단 여러분은 저를 따라오시죠."

장명진은 너무 기분 좋은 나머지 이세민의 명패조차 확인하지 않은 채 오의단을 대동하고 앞장섰다.

그는 가는 길에 청년들 중 몇몇에게 손짓을 했다. 수신호를 받은 청년들은 즉시 그의 의중을 눈치 채고 재빨리 따라붙었다. 장명진은 오의단의 길안내를 핑계 삼아 운암동에 가볼 생각이었던 것이다.

앞서 가던 장명진들을 보고 있던 정명운은 나란히 걷고 있는 진웅에게 물었다.

"저자가 정말 장명진이 맞는 거야?"

진웅이 대답했다.

"본인이 직접 자기 이름이 장명진이라고 하는 거 들었잖아?"

정명운은 고개를 끄덕이면서도 의아한 어조로 말했다.

"호부 밑에 견자 없다는 말이 마냥 맞는 것은 아닌가 봐. 아버지완 달리 무지하게 경망스러운걸?"

뒤따라오며 대화를 듣고 있던 왕대범이 낄낄거렸다.

"명운이 네가 저 녀석 아버지를 보기라도 했냐? 뭘 안다고 아는 척이야?"

정명운은 뒤를 돌아보며 인상을 썼다.

"누가 봤대? 보지 않았어도 검절이 어떤 사람인지 모르는 강호인이 어디 있어?"

왕대범은 깜짝 놀란 표정을 지었다.

"저 녀석 아비가 검절이야? 정말이냐?"

정명운은 한심하다는 표정을 지으며 혀를 찼다.

말없이 걸으며 둘의 대화를 듣고만 있던 진웅이 문득 고개를 갸웃거렸다.

"한데 좀 이상한 게 있어."

"뭐가?"

"단주 말이야. 보초가 저자에게 보고하러 갔을 때 나한테 갑자기 묻더라고. 장명진의 아버지가 누구냐고."

"그랬어?"

"장명진이 누군가 잠시 생각하다 보니 검절의 아들 이름이 그와 같다는 생각이 떠오르더라고. 그래서 그대로 대답해 줬지."

"그런데 그게 뭐가 이상하다는 거야?"

"이상하지. 강호에서 이름을 날린 바가 없는 장명진의 이름을 내가 아는 것은 그가 순전히 검절의 아들이란 이유 때문이야. 검절이 청년 시절 화산파의 손님으로 온 장백노조 앞에서 매화검무를 추어 그를 감탄케 했다는 유명한 일화가 있어. 장백노조는 검무의 보답으로 자기가 차고 있던 보검을 그에게 하사했는데, 그 검의 이름이 명진(明眞)이었지. 검절은 그 검을 아껴 검명(劍名)을 새로 태어난 아들에게 선사한 거고."

"오호, 나도 얼핏 들어본 얘기 같은데."

"한데 단주는 검절은 모른 채 아들 이름을 먼저 들먹이니 그게 이상한 일이 아닌가."

정명운은 피식 웃었다.

"난 또 뭐라고. 보초한테 장명진의 이름을 들었나 보지. 보아하니 저 무리의 책임자 같은데."

정명운의 대답에도 불구하고 진웅의 미심쩍은 표정은 풀리지 않았다.

"그러면 장명진이 누구냐고 물어봤어야지 왜 그의 아버지를 뜬금없이 들먹인 걸까?"

"아마 누구의 아들이라는 것만 기억하고 검절의 아들이란 게 갑자기 생각 안 났나 보지. 진웅 너는 다 좋은데 너무 생각을 깊이 하는 게 탈이라니까."

정명운의 핀잔에 진웅은 '그런가?' 하고 중얼거리면서도 여전히 고개를 갸우뚱했다.

생각이 깊은 진웅이었지만 이세민이 보초가 있는 위치에 서 있는 동안 이십 장 밖에 있는 장명진들의 대화를 낱낱이 엿들었다는 것은 상상조차 하지 못했다.

4

운암동 부근 기슭에서는 협력자 간의 고성이 오가고 있었다.

"범 도장! 정말 이런 식으로 나오실 겁니까!"

피를 토하듯 고래고래 고함을 치고 있는 자는 황의단 부단주 이도상이었다.

"이 매듭을 보십시오! 다섯 개의 실 중 단 한 개가 돌아왔습니다. 그것이 최악의 위험을 알리는 표식입니다! 동굴 안으로 들어간 전원의 목숨이 위험한 상태가 아니라면 이런 매듭은 나올 수가 없습니다!"

활불검 범전위는 특유의 부처님 미소를 서글프게 지은 채로 차분하게 대꾸했다.

"진정하시오, 이 부단주. 빈도 또한 경 단주 이하 황의단원들의 안위가 너무도 걱정되오. 하나 이럴 때일수록 냉정해야 하오. 진법 파훼의 달인이라 불리던 경 단주가 제대로 된 신호조차 보내지 못한 채 소식이 끊겼다는 것은 동굴 안에 그야말로 용담호혈의 절진이 펼쳐져 있다는 말에 다름 아니지 않소. 이 같은 상황에서 우리 인원만으로 무작정 밀고 들어간다는 것은 섶을 지고 불에 뛰어드는 것과 같은 짓이오."

"왜 말이 매번 바뀌십니까! 경 단주가 들어가시기 전만 해도 아주 손쉬운 상대라며 본 단에게 모든 것을 떠맡기시더니 사태가 이 지경에 다다르고 보니 겁을 집어먹으신 겁니까? 이러고 있을 동안 안에서 실종된 우리 단원들의 생사가 갈리기라도 한다면 그 책임은 누가 질 것입니까!"

"어허, 이 부단주!"

범전위의 웃는 눈이 짜증 어린 빛을 발하며 샐쭉해졌다.

"방금 말씀은 본 파를 무시하는 무례한 말씀이오. 동료들이 위험에 처한 상황에서 나온 실언이라 이해하고 그냥 지나치겠소만 이후의 언사는 조금 더 조심해 주시길 바라외다."

"실언? 실언이 아니라면 어쩌실 겁니까?"

이도상의 언성이 더욱 높아졌다.

범전위의 웃는 눈에 어린 짜증은 이내 서슬 퍼런 살기로 바뀌었다. 활불검이란 별호는 그의 외모와 관련있는 호칭일 뿐, 그의 실제 성격은 부처와는 거리가 먼 것이었다.

한 명 남은 부장이 분위기의 경색됨을 느끼고 이도상을 말렸지만 이도상은 한 치의 물러섬이 없이 범전위를 죽일 듯 노려보았다.

누구라도 칼을 뽑기만 하면 피를 볼 듯한 살기가 둘 사이의 공간을 가득 메웠다.

팽팽한 긴장감은 아래 기슭 쪽이 소란스러워지면서 해소되었다.

범전위가 먼저 살기를 거두고 시선을 아래로 향했고, 이도상은 이를 악물고 뒤로 물러났다.

검은 옷을 입은 무리가 올라오고 있었다.

"뭐지, 저건?"

의아한 표정을 짓던 범전위는 검은 무리의 앞에서 올라오고 있는 장명진을 보고는 살짝 입을 비틀었다.

"저, 저… 봉우리 위로 올라오지 말라고 그토록 일렀거늘… 에잉, 철없는 것! 장 대협이 알면 무슨 소리를 들으려고……."

이도상과 부장은 올라오는 무리를 보고 황당해하는 표정

을 짓고 있었다.

"저 옷은… 오의단?"

"저치들이 여긴 웬일이죠? 설마 지원군은 아니겠죠?"

우려는 현실이 되었다.

이도상을 비롯한 황의단원들은 두 달이 넘도록 외부 근무를 하고 있었기 때문에 오의단 단주가 새로 부임한 사실조차 모르고 있었다. 그들의 인식 속에 있는 오의단은 지휘 체계도 갖춰지지 않은 오합지졸들이었고, 그러한 자들의 지원이 그다지 달갑지 않게 느껴지는 것은 당연한 현상이었다.

이도상은 속이 터져 한숨만 푹푹 쉬었고, 그 대신 송강이란 이름의 부장이 작금의 전황을 오의단에게 설명해 주었다.

"…상황이 아주 안 좋습니다. 앞서 말했듯이 단주님 이하 다섯 개 조가 실종된 지 반 시진이 지났습니다. 이대로 넋 놓고 있다간 그들의 생명을 장담할 수 없으니 한시라도 빨리 내부로 진입해야 합니다."

"한데 왜 즉각 진입하지 않고 여기서 이러고 있었습니까? 동굴 앞에서 대기하고 있는 자들이 꽤 많던데요."

송강의 보고를 듣고 있던 이세민이 의아한 듯 물었다.

송강이 뭐라 답하기도 전에 이도상이 성질을 버럭 내며 말했다.

"보면 모르겠소! 저기 모여 계신 화산의 고상한 도사님들께서는 진을 깨부수는 따위의 궂은일은 품격에 맞지 않아 못하겠다고 하시지 않소!"

오의단원들은 뜨악한 표정을 지었다. 처지가 안 좋은 것은 알겠지만 상황이 이렇게 된 게 그들 잘못은 아니지 않은가.

식식거리던 이도상은 눈을 번들거리며 말했다.

"오의단의 지원은 고맙지만 이 이상의 희생은 무의미하다 생각하오. 손발이 맞지 않는 사람끼리 저렇게 위험한 절진으로 들어가면 떼죽음당하는 것 외에 다른 결과는 없을 거요. 죽이 되든 밥이 되든 본 단의 잔여 인원들이 모두 안으로 들어가 진과 싸워볼 터이니 여러분은 나중에 시체나 회수해 주시오."

한마디로 죽으러 가겠다는 말이었다.

송강은 흥분한 이도상을 뒤로 물리고는 안타까운 표정으로 이세민에게 말했다.

"이 단주께서 화산파에 가셔서 설득을 좀 해주십시오. 이류방파가 펼쳐 놓은 진법도 뚫지 못한 채 이대로 물러난다면 본 단뿐 아니라 맹의 위신이 바닥으로 떨어지는 겁니다."

뒤로 물러섰던 이도상이 버럭 소리를 질렀다.

"그게 바로 저놈들이 바라는 것일세! 우리에게 개망신을 주려는 게 처음부터 놈들의 목적이었어! 협객의 탈을 쓴 승냥이 떼 같은 놈들!"

그의 목소리는 하도 커서 화산파 있는 곳까지 다 들릴 지경이었다. 그러나 화산파 쪽에서는 아무 반응이 없었다. 일부러 모른 척하는 모양이었다.

가만히 있던 이세민이 입을 열었다.

"저 안에 있는 게 흑랑방이란 놈들뿐이오?"

송강이 대답했다.

"그렇습니다."

"화산파가 그렇게 가르쳐 줬소?"

"예."

"흠."

이세민은 수염을 만지작거렸다. 밑에서 장명진의 얘기를 엿들은 바로는 분명히 유명마교인가 뭔가 하는 곳의 요인이 숨어들었다고 했다. 한데 여기 올라와 보니 황의단은 그에 대해 아는 바가 없는 듯했다. 그 이유가 뭘까?

이세민은 화산파에 뭔가 꿍꿍이속이 있다는 느낌을 받았다. 그게 뭔지 궁금해지자 모처럼 흥미가 일었다.

"일단 말을 한번 해보리다."

그가 일어나자 이도상은 코웃음을 쳤다.

"헛수고 마시구려. 쇠귀에 경 읽기일 텐데."

이세민은 그의 말에 반응하지 않고 화산파가 있는 쪽으로 향했다.

"신임 오의단주시라고요?"

"그렇습니다."

"앞서 황의단에도 말씀드렸지만 본 파가 나서는 것은 이치에 맞지 않소이다."

"어째서죠?"

"진법과 함정은 무림맹 황의단의 전문 분야이외다. 그래서 본 파는 그들에게 지원 요청을 했고, 진법의 해체를 일임한 것이오. 한데 그 기본적 임무를 못해낸 채 진법에 문외한인 우리보고 나서라 하는 것은 무책임한 행위이오."

"한데 흑랑방 척결은 원래 화산파가 할 일이었다면서요."

"우리에 앞서 무림맹이 할 일이었지요. 무림맹이 결성된 목적이 바로 사마의 척결입니다."

"그러나 화산파도 무림맹의 일원 아닙니까? 강호 정의를 원하는 문파들의 집합체가 무림맹으로 알고 있는데요."

이세민의 지적에 범전위는 잠시 멈칫했지만 이내 특유의 부처님 웃음을 흘렸다.

"그렇긴 하오만 거듭 말씀드리듯이 진의 해체는 황의단의 전문 분야요. 맡은바 임무에만 충실하는 것이 인명 피해를 줄이고 승리를 이끌 수 있는 원칙이오."

"한데 황의단주님까지 실종되고 해서 황의단에게 더 이상 여력이 없지 않습니까? 상황이 이쯤 되면 도와주는 게 인지상정 아닙니까?"

범전위는 피식 웃었다.

"여력이 없으면 물러서면 그만이오. 본 파는 장기전으로 갈 준비도 되어 있소이다. 산을 둘러싼 채 포위를 지속하면 언젠가는 놈들도 기어나오겠지요."

실패한 것은 황의단이고 물러나면 망신당할 것은 무림맹이니 자기들은 손해 볼 것이 없다는 태도였다.

"우리가 물러서면 동굴 안에서 실종된 사람들의 목숨은 누가 책임집니까?"

"그거야 제대로 임무를 수행하지 못한 스스로의 책임이지요. 무인이 자기 앞가림을 못한 것을 누가 대신 책임질 수 있겠소?"

"아하, 그렇군요."

이세민은 고개를 끄덕였다.

"범 도장님이라고 하셨나요? 넉넉하신 인상에 비해 냉정하신 면이 있군요."

"허허, 맺고 끊을 줄 아는 사람이 지혜로운 자가 아니겠소?"

범전위가 너털웃음을 터뜨리자, 이세민도 따라 웃었다.

웃고 있는 이세민의 눈은 범전위가 아닌, 그의 어깨 너머로 모여 있는 화산파 제자들을 보고 있었다.

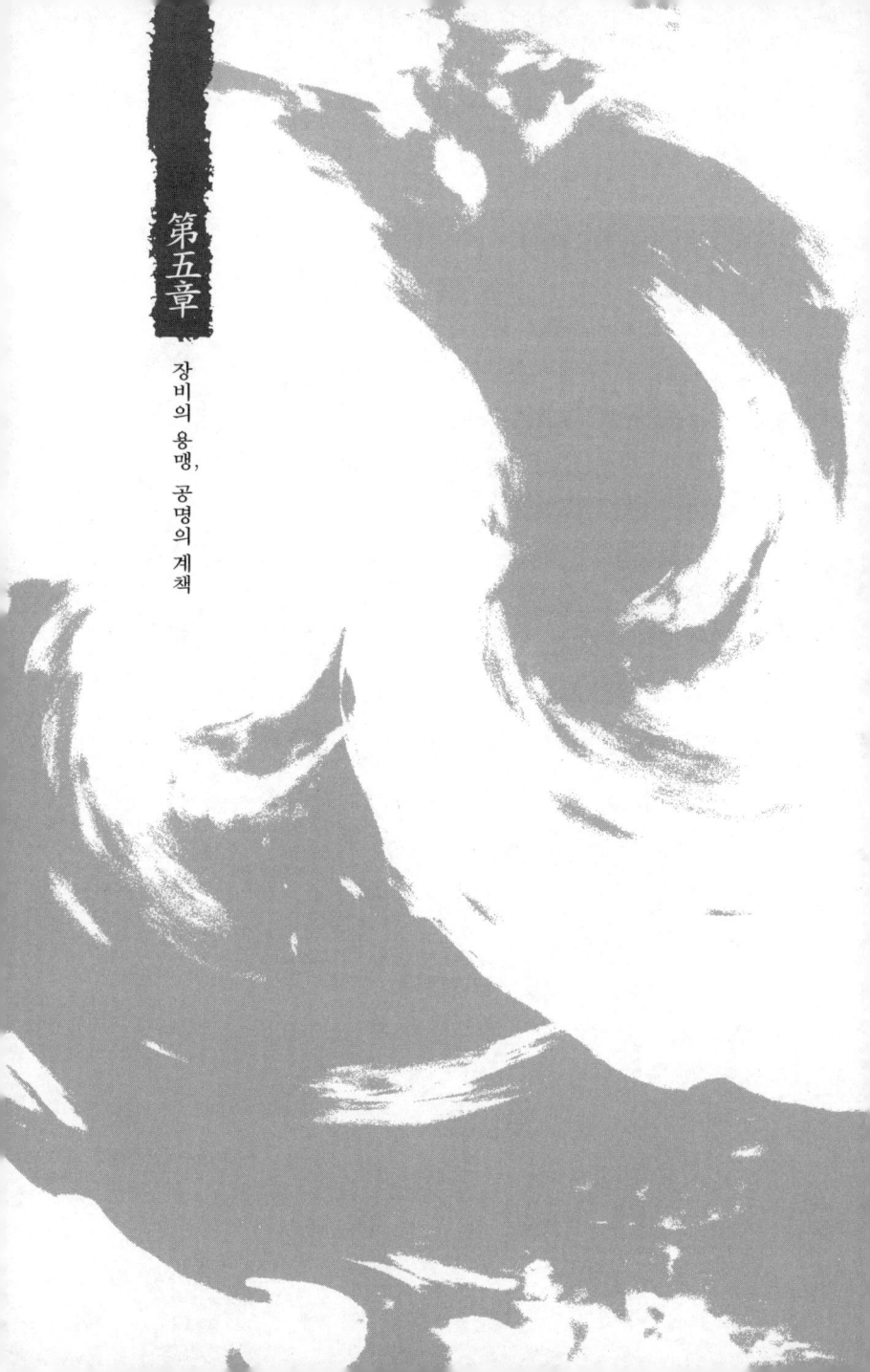

第五章

장비의 용맹, 공명의 계책

1

한광우는 무릎을 공손히 꿇은 후 제단에 초를 밝혔다.

제단 뒤 태상노군 상의 온화한 얼굴이 촛불 빛을 받아 번들
거렸다.

이곳은 무림맹 총단 내에 있는 태상노군의 사당이었다.

무림맹의 주축인 구파일방 중에는 도교와 불교의 종파들
이 상당수 있었기 때문에 총단 내에는 교파 소속의 맹원들을
배려해 만든 사당과 불당이 존재했다. 이 사당은 그중 하나였
다.

천지불인 이만물위추구(天地不仁 以萬物爲芻狗)

―천지가 어질지 않아 만물을 추구(芻狗:건초로 만든 개)로 보는구나

　한광우가 도덕경의 한 구절을 읊조리자 놀랍게도 태상노군이 대답을 했다.

　성인불인 이백성위추구(聖人不仁 以百姓爲芻狗)
　―성인이 어질지 않아 백성을 추구로 보는구나

　조각상이 말을 함에도 불구하고 한광우는 전혀 놀라는 빛이 없었다.
　그는 준비해 온 술을 잔에 따라 노군 상을 향해 들고는 마치 술자리에서 친구에게 얘기하듯 편안한 어조로 말을 이었다.
　"호교사자의 은신술은 언제 봐도 놀랍소. 본 맹이 이빨 빠진 호랑이가 된 지 오래이긴 하나 이렇게 제집 드나들듯 왕래할 수 있는 곳은 아닌데 말이오."
　태상노군 상이 훗 하고 웃었다.
　"본래 감시에 인력이 많이 투입된 곳일수록 허점이 많아지는 법이오. 자기 관할 구역이 아니면 눈길을 주지 않기 때문에 사각지대가 발생하게 마련이거든. 본좌가 드나들기 가장 편안한 곳이 황실과 무림맹이오."

"오늘은 무슨 바람이 불어 누추한 소생을 보러 친히 왕림하셨소? 정기 보고를 한 지 얼마 되지도 않았건만."

"우선 혁신회 건은 어떻게 돌아가는지 명확한 보고를 듣고 싶소."

한광우는 들고 있던 술잔을 입에 대고 홀짝였다. 그는 잠시 뜸을 들인 후 입을 떼었다.

"혁신회 쪽과의 연계는 이제부터 시작이오. 그러니 보고서에 별로 적어 넣을 게 없었지."

"혁신회 쪽에 기별을 넣었나? 무림맹의 군사인 당신이 그쪽을 지지하겠다고 한다면 반색을 할 것 같은데."

"지금 당장 그런 짓을 하는 것은 좋은 방법이 아니오."

한광우는 다시 술을 홀짝였다.

"내 대외적인 평판은 맹주께 절대적인 충성을 바치는 자로 알려져 있소. 이런 내가 이제 갓 출범한 혁신회에게 손짓을 한다면 머리가 조금 있는 자라면 내가 이중 첩자 노릇을 하려 하는 것이라고 판단할 거요."

"후후, 이중 첩자는 아니지. 이미 지금 본 교의 간세 노릇을 하고 있으니 그렇게 되면 삼중 첩자가 아닌가."

"별로 재미있는 말장난은 아니구려. 어쨌거나 그러한 이유로 지금 당장 혁신회 쪽과 직접적인 연락을 하는 것은 무리가 있소. 그래서 음성적으로 그들이 세를 확장할 수 있도록 도와주려 하는 중이오."

"어떤 식으로 말인가?"

"최근 혁신회 쪽에서는 본 맹의 위상을 깎으려는 움직임을 보이고 있소. 본 맹에 지원을 요청하여 어려운 임무를 떠안기고 실패를 유도하는 식의 수작을 시도하더구려."

태상노군 상이 비웃음을 흘렸다.

"클클, 강호 정의를 외치는 명문정파들이 그따위 협잡질을 한다는 것인가. 어이가 없군."

"한데 가식과 위선을 떠는 데 익숙해져 있는 자들이 갑자기 제대로 나쁜 짓을 하려 하니 그게 잘될 리가 있겠소. 그래서 내가 은밀히 거들어주고 있는 중이오."

"그 소리였군. 혹시 요번에 귀혼마인(鬼魂魔人) 두 명을 데려간 이유가 그 때문이오?"

"그렇소. 호교사자가 온 이유가 그들의 용처를 물어보려 함 같소만."

"맞았소. 아무리 당신이라 해도 용도를 밝히지 않고 귀혼마인을 둘씩이나 데려가는 것은 문제가 있다고 판단했소."

"워낙 사정이 급했던 것이니 이해해 주시오. 그들은 지금 화산파의 영역에 있는 운회봉이란 곳에 숨어 있소이다."

"혁신회의 대표주자인 화산파를 도우러 갔단 말인가?"

한광우는 고개를 가볍게 저었다.

"도와준다는 말에는 다소 어폐가 있소. 난 그저 그들을 흑랑방이란 이류사파의 본거지에 심어놓고 화산파에 유명마교의 요인이 그들의 영역에 숨어 있다는 정보를 슬쩍 흘린 것뿐이니까."

태상노군 상은 흉소를 흘렸다.

"화산파로서는 이게 웬 떡이냐 싶었겠군. 생각지도 못한 강적이 나타났으니 당연히 무림맹에 지원 요청을 했겠구려."

"물론이오. 지원을 요청하는 서신을 받아보니 아니나 다를까, 유명마교의 고수가 잠복해 있다는 말은 쏙 빠져 있더군."

"쯔쯔, 당신이 내어준 미끼를 덥석 물었구먼. 도가의 명문을 타락시키다니, 한 군사 당신은 태상노군 뵙기가 두렵지도 아니한가?"

한광우는 피식거렸다.

"이번 우스갯소리는 좀 웃기구려. 아무튼 귀혼마인을 데려간 해명은 다 된 것으로 알아도 되겠소?"

"그 건은 이제 되었소. 한데 귀혼마인의 노출에 대해서는 방비가 되어 있소? 아직 백일하에 드러낼 물건은 아니지 않소."

"걱정 놓으셔도 되오. 독로(毒老)가 관리하고 있고, 게다가 흑랑방의 본거지에는 귀문육합진(鬼門六合陣)을 펼쳐 놓았으니까. 지진이라도 일어나 산이 쪼개지지 않는 한 그 진이 깨어지는 일은 절대 없을 거요."

2

"화산파는 안 낀답니다."

무림맹 진영으로 돌아온 이세민의 말에 황의단 간부들은 그럼 그렇지 하는 표정을 지었다.

"내가 뭐랬소. 어차피 시간 낭비라 하지 않았소. 오의단은 부디 맹으로 돌아가서 우리가 어떻게 돼졌는지 보고나 잘 해 주시오."

황의단 부단주 이도상은 코웃음을 치며 몸을 일으켰다.

그를 비롯한 남아 있는 황의단원들은 독이 오를 대로 오른 상황이었다. 단주 이하 과반의 동료가 절진에 삼켜지고 화산 파에게 모욕을 당한 상황, 죽기 아니면 살기로 진 안에 들어 갈 작정이었다. 동료를 구하지 못할 것이면 같이 죽기라도 하 겠다는 각오였다.

이도상을 따라 대기하고 있던 황의단원들도 따라 일어났 다. 모두 결의에 찬 눈빛이었으나, 동료들을 닥치는 대로 집 어삼킨 동굴이 주는 원초적인 공포감 때문인지 분위기는 크 게 가라앉아 있었다.

그때였다. 돌아서는 이도상의 등에 대고 누군가 버럭 소리 를 쳤다.

"어이, 당신!"

침울할 정도로 조용한 분위기였기 때문에 사람들은 난데 없는 고함성에 깜짝 놀라 소리 난 쪽을 보았다.

소리친 사람은 다름 아닌 좌구작이었다.

그는 벌떡 일어나더니 느닷없이 이도상에게 삿대질을 하며 목소리를 높였다.

"그 태도가 대체 뭐야? 아까부터 내내 눈에 거슬리는데 우리 단주님한테 그따위로밖에 못하겠나?"

분위기와는 전혀 안 어울리는 그의 호통에 모여 있는 사람들은 어안이 벙벙한 표정을 지었다.

"부단주면 엄연히 단주보다 아래 직급인데 통보하듯 '보고나 잘 하시오'? 우리 단주님을 대체 뭘로 보고 그따위로 건방지게 구는 거야?"

이도상을 비롯한 황의단원들은 어이가 없었다. 평상시라면 문제가 될 수도 있는 태도겠지만 지금 그들은 단주 이하 수많은 동료를 잃은 상태가 아니던가.

게다가 지금 이도상을 비롯한 황의단원 모두는 죽기를 각오하고 절진 안으로 뛰어들 작정을 하고 있었다.

비록 말을 거칠게 하긴 했지만 오의단에게 돌아가라고 한 것은 그들조차 개죽음을 당할 필요는 없다는 나름의 배려였다. 그것을 감안하지 못한 채 태도 운운하며 시비를 걸고 있으니 황당함을 넘어 분노가 일었다.

이도상은 싸늘해진 목소리로 말했다.

"돌아가기 싫다면 우리랑 같이 들어가시던가. 어차피 죽으러 가는 거, 인원 몇 명 는다 해도 우린 아무 상관 없소."

좌구작은 요란한 몸짓을 하며 그를 비웃었다.

"크하하! 죽긴 누가 죽는단 말인가! 본 단의 단주님께서는 죽음의 계곡을 뚫고 들어가 영호세가의 종손을 구해내는 것 정도는 눈 감고도 해치우실 수 있는 능력을 가진 분이다. 용맹하기가 장비보다 더하고 지혜롭기가 제갈량을 능가하시니, 단주께서 마음먹고 신위를 발휘하신다면 저깟 쉰내 나는 동굴의 진법이야 발치에 걸리는 돌멩이같이 하찮아지리라!"

그는 이세민을 향해 활짝 웃으며 두 손을 벌렸다.

"단주님, 눈을 뜨고도 진인(眞人)을 알아보지 못하는 자들에게 능력을 보여줍시다. 저깟 함정 정도야 단주님의 용맹한 전술과 신묘한 전략이라면 가뿐히 짓밟아 버릴 수 있지 않겠습니까?"

장내의 분위기는 싸늘하다 못해 황량해졌다.

이도상을 비롯한 황의단원들은 어디서 아부에 환장한 놈이 하나 들어와 미친 지랄을 하는구나 하고 생각했고, 오의단원들은 평상시에도 제정신이 아닌 것 같던 작 부장이 드디어 실성을 했구나 하는 생각을 했다.

그러나 좌구작의 헛소리에 진지한 반응을 보인 사람이 딱 한 명 있었으니, 바로 찬양의 대상인 이세민이었다.

그는 천천히 입을 열었다.

"일부장이 어떻게 알았는지 모르겠지만 내가 한 가지 방법이 있긴 한데……. 한 번 해보시겠소?"

황의단 부장 송강이 어안이 벙벙한 표정으로 반문했다.

"방법이란 게 무얼 말씀하시는 겁니까?"

"화산파가 알아서 먼저 동굴로 달려들어 가게 만들 방법이 있소."

'미친놈이 하나가 아니었군.'

그 순간 장내에 있는 모든 사람의 머릿속에 스치는 공통적인 생각이었다.

3

"거참, 도대체 무슨 생각인 거야, 신임 단주는?"

좌구작은 삽을 땅바닥에 꽂은 채 손잡이에 허리를 기대고 투덜거렸다.

"부장님, 빨리 파야지 쉴 틈이 어디 있습니까. 이각 내로 사람 다섯이 들어갈 구덩이를 파라고 했다면서요."

홀쭉이 영무용이 그의 옆에서 삽질을 하며 투덜거렸다.

그들은 지금 인적이 없는 산속 깊숙한 곳에서 땅을 파고 있는 중이었다. 이세민의 명을 받고 하는 일이었다.

좌구작은 부하의 재촉은 들은 채도 않고 계속 빈둥거리며 말을 이었다.

"난 신임 단주가 당연히 못하겠다고 할 줄 알고 그렇게 띄워준 거거든. 원래 한껏 기대감을 높여놓았는데 그걸 못하겠다고 하면 기대했던 사람들은 실망하게 마련이잖아."

어떻게 해서든 이세민을 단주 직에서 끌어내리고 그 자리에 앉고 싶은 좌구작은 단원들이 이세민에게 실망하도록 하기 위해 나름대로 머리를 쓴 것이었다.

그리고 그 덕분에 그와 영무용은 음지에서의 삽질이라는 임무를 부여받은 상태였다.

"한데 이렇게 깊은 구덩이를 파라고 한 이유가 뭘까요? 정말 누구 생매장이라도 하려 하는 걸까요?"

"글쎄. 그놈 머릿속에 대체 뭐가 들어 있는지 알 수가 있어야지. 느닷없이 땅을 파라지 않나, 술법을 펼친다고 하지 않나. 지가 호풍환우(呼風喚雨)하는 도사라도 되는 줄 아나보지?"

"오의단주가 술법을 펼친다고?"

범전위는 부처님 미소를 풀며 눈을 치떴다.

"도사도 아닌 놈이 무슨 조화라도 펼치겠다는 말인가?"

그에게 보고한 화산 무인이 말했다.

"무슨 대단한 술법을 펼치겠다는 것인지 동굴 입구에 있던 우리 제자들을 다 내쫓았습니다. 술법을 펼치는 동안 백 장 이내로 접근하지 말라고 하더군요."

범전위는 껄껄 웃었다.

"이젠 하다하다 별짓을 다 하는군. 맘대로 하게 해줘. 대체 무슨 대단한 술법인지 구경이라도 가볼까나?"

"우리 쪽 사람은 접근을 불허한다고 하니……."

"아참, 그렇지. 그래, 그 정도는 맞춰줘야 욕을 안 먹겠지."

뭐가 그리 좋은지 연신 껄껄거리던 범전위는 갑자기 생각난 듯 무인에게 물었다.

"참, 명진이는 하산시켰나?"

"예, 안 가겠다고 고집을 피우는 것을 애들을 시켜 강제로 내려보냈습니다."

"잘했어. 이렇게 위험한 곳 근처를 얼쩡거리다 횡액이라도 당하게 되면 내가 무슨 낯으로 검절을 보나."

범전위는 한시름 놓은 표정을 지었다.

한편, 범전위의 강권으로 인해 하산하던 장명진과 그의 동료 청년 네 명은 엉뚱하게도 길을 잃은 상태였다.

그들을 이끌고 내려가던 범전위의 제자가 갑자기 자취를 감추었기 때문이다.

"백 사형! 백 사형!"

"이 양반 길 안내 하다 말고 어딜 간 거야, 대체?"

청년들이 목이 터져라 불러보아도 사라진 백 사형은 나타나지 않았고, 그 대신 뜻밖의 인물이 나타났다.

"어? 이 단주님 아니십니까?"

숲 속에서 홀연히 나타난 이세민은 장명진이 아는 체를 하자 반색을 했다.

"장 소협, 저 위에 계시지 않고 어디 가시는 겁니까?"

"하하, 노친네들이 걱정이 많아서 위험하다고 자꾸 내려가라 하는 바람에… 한데 이 단주님이야말로 저 위에 계셔야 할 분이 여긴 웬일로?"

"예, 대법을 준비하기 위해 산의 지세(地勢)를 읽고 있는 중이었습니다."

"대법이요?"

"예, 동굴의 절진을 깨뜨릴 수 있는 비술을 제가 알고 있어서, 그걸 발휘해 보려 합니다."

"호오, 술법을 할 줄 아십니까?"

장명진은 호기심이 이는 눈빛을 발했다.

"부족하나마 한가락 하는 편입지요."

"무슨 술법을 펼치시려고 하십니까? 동굴 안의 무서운 절진을 부술 정도라면 여간 대단하지 않고는 어려울 것 같은데요."

"후후, 대단하지요. 이 대법이 성공하면 천둥 벼락이 치고 비바람이 몰아치니 말 그대로 호풍환우(呼風喚雨)하는 술법이라 할 수 있지요."

이세민의 말에 어린 청년들은 깜짝 놀란 표정을 지었다.

"그런 대단한 술법이 있단 말입니까?"

"그럼요. 이 천하공공건곤이감음양화합어동육서대법은 제

가 장백산에서 도를 닦을 때 어느 선인에게 하사받은 술법으로서, 천시와 지시, 인시가 융화되지 않으면 결코 성공하기 어려운 술법입니다. 그러나 일단 성공하기만 하면 동굴 안의 같잖은 진법을 파괴하는 따위의 일은 손바닥 뒤집듯이 하찮은 일이 될 것입니다."

이세민의 대답을 들은 어린 청년들은 이름이 하도 길어 기억도 못할 그 술법이 얼마나 대단한 것인지 보고 싶어하는 기색이 역력했다. 말로만 듣던 풍운조화의 술법을 부릴 수 있는 사람을 만났으니 그가 부리는 재주가 보고 싶어지는 것은 당연한 심리였다.

이세민은 그런 그들을 보며 넌지시 운을 떼었다.

"혹시 구경하고 싶으시면 저랑 같이 가셔도 좋습니다."

장명진을 비롯한 청년들은 반색을 했다.

"그, 그래도 됩니까?"

"물론이지요. 대신 워낙 위험한 대법이므로 동굴 안에 들어서서는 제 말에 전적으로 따라주셔야 합니다."

"당연히 그래야지요."

도술 구경에 애가 달은 청년들은 아무 생각 없이 한목소리로 그의 말에 동조했다.

이세민은 미묘한 웃음을 띤 채 그들을 이끌고 산 위로 향했다.

운암동에 도착한 이세민은 청년들을 이끌고 동굴 입구로 들어섰다. 안쪽에 자욱한 안개가 깔려 있었다. 절진이 만들어내는 안개였다.

안개가 시작되는 지점에는 누가 갖다 놓은 듯 제단 모양의 넓적한 바위가 놓여 있었고 그 위에 술병 등 몇 가지 음식이 올려져 있었다.

"사람들은 다 어디 갔습니까?"

장명진이 주변을 둘러보며 의아한 듯 물었다. 그의 말마따나 동굴 주변과 입구에는 인기척이 없었다. 심지어 보초 서는 무사조차 보이지 않았다.

"제가 다 비켜 있게 했습니다. 대법에 방해가 되니까요."

"한데 저희는 구경해도 됩니까?"

"제 말씀에만 따라주시면 안전합니다. 걱정되시면 구경 안 하셔도 되고요."

풍운조화의 술법을 보겠다고 여기까지 따라온 청년들이 말만 따르면 안전하다는데 이제사 물러설 까닭이 없었다.

"그냥 구경하죠, 뭐. 저흰 이 단주님만 믿겠습니다."

"좋습니다. 대법이 시작될 때가 가장 위험하니 여러분은 일단 저쪽에 서 계십시오."

이세민은 어두컴컴한 한구석을 가리켰다.

청년들은 시키는 대로 가서 섰다.

"그냥 서 계시면 위험합니다. 모두 두 손을 머리 뒤로 올려

깍지를 끼고 쪼그려 앉으십시오. 그리고 눈을 꼭 감고 고개를 숙이세요."

청년들은 시키는 대로 하면서도 의아한 듯 구시렁거렸다.

"눈을 감으면 구경은 어찌합니까?"

"제가 주문을 끝내고 나서 봐도 된다고 말해 드리겠습니다. 그때까진 눈 감고 입 닫고 고개는 바짝 수그리고 있어요!"

술법의 대가가 그리하라는데 거역할 수야 있나. 청년들은 고분고분 그 말에 따라 눈을 꽉 감고 고개를 수그렸다.

이윽고 이세민이 뭔가를 외우는 듯한 소리가 들려오기 시작했다.

"황현지천 황홍주우 측영월일 장렬숙진……."

몹시 그럴듯해 보이는 주문성이었지만 왠지 모르게 귀에 익다는 느낌이 들었다. 그러나 이세민이 천자문을 네 자씩 거꾸로 외우고 있다는 것을 알아차린 청년은 아무도 없었다.

어느 순간, 갑자기 주문성이 뚝 그쳤다.

'주문이 끝났나? 눈 떠도 되나?'

순간 이세민의 벼락같은 비명 소리가 들렸다.

"아, 안 돼! 대법이… 위험하다! 모두 피해! 어어, 저기 홀딱 벗은 여자가……!'

청년들 중 한 명은 위험하단 소리에, 또 한 명은 피하란 외침에, 장명진을 포함한 나머지 셋은 홀딱 벗은 여자란 말에 일제히 눈을 뜨고 고개를 쳐들었다.

그 순간 뒤통수에 벼락이 치고 별이 반짝였다.

다섯 명은 사이좋게 쓰러져 대 자로 뻗었다.

그들 뒤의 뒤통수를 후려친 것은 그들 뒤 구석에 숨어 있다 기어나온 오의단원들이 휘두른 몽둥이였다.

"단주님, 모두 기절했습니다."

진웅의 보고에 이세민은 흡족한 표정을 지으며 말했다.

"떠메고 나가. 동굴 오른쪽으로 돌아가다 보면 숲이 나올 거야. 거기 가면 작 부장이 구덩이를 파고 있을 테니 그 안에 집어넣어."

두 명을 떠메고 있던 왕대범이 설마 하는 표정을 지으며 물었다.

"생매장하라는 말씀이십니까?"

이세민은 고개를 끄덕였다.

"뒤끝 없게 하려면 그게 가장 좋은 방법이지."

질문한 왕대범뿐 아니라 그 자리에 있던 진웅, 정명운 등 모두가 뜨악한 표정을 지었다.

"단주님, 그건 절대 안 됩니다."

진웅이 단호하게 말하자, 이세민은 피식 웃으며 대꾸했다.

"농담이야. 수혈을 짚어서 한나절만 깨어나지 못하게 해 놔. 구덩이는 덮어놓되 숨구멍은 트여주고."

단원들은 안도의 한숨을 내쉬었다.

화산파 청년들을 암매장(?)한 후 이세민은 황의단과 오의단 나머지를 동굴 입구로 호출했다.

　이도상을 비롯한 황의단원들은 동굴로 들어와 이세민의 행색을 보고 의아함을 금치 못했다.

　머리와 옷은 잔뜩 헝클어져 있고 입에 핏기 같은 것이 비치고 있어서 노상강도라도 당한 사람처럼 보였고, 그 뒤에 있는 길쭉한 바위에는 술병과 음식 접시가 깨져 뒹굴고 있었다. 무슨 대단한 소동이라도 일어난 듯한 분위기였다.

　"대법을 한다더니 무슨 사고라도 저지른 거요?"

　이도상이 탐탁지 않은 어조로 물었다. 그는 이 괴상한 신임 오의단주가 여전히 마음에 들지 않았다.

　지금만 해도 무슨 괴상한 대법을 한답시고 시간을 질질 끄는 통에 한시라도 빨리 진 안으로 들어가려는 그들의 발을 붙잡고 있지 않은가. 시간이 갈수록 진 내의 동료들은 위험해질 거고 결사항전을 외친 황의단원들의 각오는 약해질 것이었다.

　"화산파를 끌어들일 수 있다고 하더니 어떻게 된 거요? 괜히 쓸데없는 수작으로 시간을 끌 작정이면 당장 비켜나시오. 우린 지금 진 안으로 들어가겠소."

　이세민은 진정하라는 듯 손을 내밀었다.

　"잠시만 기다리시오. 이제 곧 범전위가 버선발로 뛰어올 테니까. 그리고 이 부단주에게 함께 진 안에 들어가게 해달라고 통사정을 할 거요."

"그게 대체 무슨 헛소리……."

이도상이 말을 잇기도 전에 바깥이 소란스러워지더니 누군가 구르듯 안으로 뛰쳐 들어왔다.

"아이들은! 아이들은 어디 있나!"

새파랗게 질려서 소란을 떠는 그는 다름 아닌 범전위였다. 그의 얼굴에 늘 서려 있던 부처님 같은 미소는 온데간데없었고, 새파랗게 질린 얼굴은 부처라기보다는 강시 같았다.

이세민이 침착하게 그를 맞았다.

"어서 오십쇼, 범 도장. 누굴 찾으십니까?"

범전위는 이세민을 보고는 칼이라도 뽑을 기세로 달려왔다.

"우리 아이들이 여기 왔다고 들었소. 한데 무슨 사고가 있었다고? 아이들은 대체 어디 있소?"

이세민은 슬픈 표정을 지었다.

"조금 전 절진을 무력화시키기 위해 천하공공건곤이감음양화합홍동백서대법을 펼치다가 그만 사고가 있었습니다. 한데 그 사고 때 저 구석에서 구경을 하고 있던 화산파의 다섯 공자가 그만 풍파(風波)에 휩쓸려 절진 안으로 빨려 들어가고 마셨습니다."

"뭐, 뭐라고?"

"저마저도 빨려 들어갈 뻔했습니다만, 하늘이 도우셔서 운

좋게도 몸을 보전할 수 있었습니다."

"그 무슨 개소린가! 아이들만 동굴 안으로 빨려 들어가다니! 나보고 그 말을 믿으라고?"

범전위는 노호성을 터뜨렸다.

"믿기 어려우면 안 믿으셔도 됩니다만, 이걸 보시면 어떨는지……."

이세민은 시치미를 뚝 떼고 검 하나를 내밀었다.

"이게 뭐야?"

검을 받아 든 범전위는 그것을 보고는 화들짝 놀라고 말았다.

명진(明眞)이란 두 글자가 검집에 아로새겨진 그 검은 장백노조가 검절에게 선물한, 그리고 다시 그의 아들에게 내려온 유명한 보검이었다. 바로 장명진의 애검이었다. 그리고 장명진이 이 자리에 있었다는 것을 절대적으로 증명하는 물건이기도 했다.

범전위는 몸서리를 쳤다.

장명진뿐 아니라 휩쓸려 들어간 그의 동료들 또한 전원이 화산파 간부와 속가명문의 자제들이었다. 그들이 횡액을 당했다면 그 책임은 전적으로 제자들을 이끌고 있는 자신이 져야 하는 것이었다.

혹시라도 사고가 날까 두려워 운회봉에 데려오기를 꺼려했고, 이곳에 와서는 절대 사고가 나지 않을 산 아래 경비를 맡겼다. 그런데도 이런 사단이 나다니!

범전위는 눈앞이 아득해졌다.

진법의 대가라는 황의단 정예들을 남김없이 집어삼킨 극악한 절진이었다. 더군다나 그만이 아는 정보에 의하면 동굴 내에 유명마교의 요인이 숨어 있다고 했다.

휩쓸려 들어간 아이들이 생존할 가능성이 과연 얼마나 될까. 모르긴 해도 시간이 흐를수록 줄어들 것이다. 한시라도 빨리 진 안으로 들어가 구조를 해야 한다.

"당장 구조대를 꾸리고 진 안으로 들어가야겠소! 오의단주는 황의단을 준비시켜 진입조를 꾸려주시오!"

범전위는 다그치듯 말했다. 그러나 이세민은 꿈쩍도 하지 않은 채 귀만 후벼댔다.

"내 말 안 들리오! 당장 준비하지 않고 뭐 하는 거요!"

이세민은 이 양반이 왜 이러나 하는 듯한 표정을 지었다.

"좀 기다리시지요. 천하공공건곤이감음양화합어동육서대법을 펼친 뒤라 몸이 많이 피곤합니다. 조금 쉬었다 들어가도 늦지 않습니다."

"무, 무슨 헛소리를! 당신들이 미적대고 있는 동안 안에 들어간 애들이 무슨 위험을 당할지 몰라서 하는 소리요?"

내내 딴청을 피우던 이세민은 그 말이 끝나기가 무섭게 서늘한 눈으로 범전위를 응시했다.

"어디서 많이 들어본 말 같군요. 아까 도장께서는 뭐라 하셨습니까? 무인이 자기 앞가림을 못한 것을 누가 대신 책임질 수 있겠냐고 하신 것 같은데요."

범전위는 말문이 콱 막히는 것을 느꼈다.

잠시 식식거리던 그는 갑자기 버럭 소리를 쳤다.

"개소리 마라! 너희 놈들이 천하… 뭐라는 대법을 제대로 못했기 때문에 아이들이 사고가 난 것이 아니냐! 네놈들이 낸 사고이니 네놈들이 책임을 져야지!"

범전위의 거친 말에도 불구하고 이세민은 표정의 흐트러짐 없이 차분히 대답했다.

"제가 쓰는 대법은 언제나 실패의 위험이 따릅니다. 그랬기 때문에 화산파보고 백 장 밖으로 물러나 있으라 한 것이지요. 위험을 미리 경고했음에도 구경하고 싶다고 들어온 것은 공자님들입니다. 그리고, 그토록 책임 소재가 명확하신 분들이 왜 자기들의 적을 황의단에 떠맡기고 나 몰라라 하셨습니까?"

범전위는 거친 숨을 몰아쉬었다. 이제 그의 얼굴은 부처님이 아닌 흉신악살처럼 일그러져 있었다. 무슨 말을 하려 해도 앞서 자신이 한 말이 고대로 되돌아오니 뭘 어떻게 해볼 여지가 없었다.

이세민이 그런 그를 안쓰럽다는 듯 보며 말했다.

"안으로 들어간 제자들을 구하고 싶으시면 황의단에게 협조를 구하십시오. 물론 그들의 마음을 움직이려면 사과를 먼저 하셔야겠지요."

범전위는 이를 악물고 말했다.

"좋소. 내 사과하리다."

"허허, 그렇게 뻣뻣하셔서야 어디 마음이 움직이겠습니까?"

"그럼 뭘 어쩌란 말인가!"

"지은 죄가 많으시니 참회의 몸짓을 보이셔야지요. 무릎을 꿇고 간청하십시오. 그러면 혹시 황의단원들의 마음이 움직일지 모르지요."

"대화산의 장로인 나보고 무릎을 꿇으라고?"

범전위의 화가 마침내 폭발했다.

"이건 어떠냐? 건방진 놈!"

허리에 채워져 있던 그의 검이 보이지 않는 속도로 빠르게 뽑혀져 나왔다.

이세민의 수염이 공중에 나풀거렸다.

범전위는 검을 민첩하게 검집에 꽂아 넣으며 차가운 목소리로 말했다.

"이번에는 수염뿐이다. 그러나 다음에 잘리는 것은 네 목일 것이다. 목이라도 지키려면 당장 진입조를 꾸려라."

"이 영감이 어디서 감히!"

왕대범이 버럭 소리를 지르며 검을 뽑고 이세민의 앞을 막았다. 뒤이어 정명운과 진웅이 검을 뽑아 나섰다. 그 뒤로 좌구작이 미적미적 주변 눈치를 살피며 삽을 들었다.

범전위는 차가운 웃음을 흘렸다.

"네깟 놈들이 감히 본도를 막겠다는 게냐? 어디, 다 같이 덤벼보지 그래. 죽고 싶다면 뭔 짓을 못하겠나."

왕대범들은 이를 악물었다. 당장이라도 양측이 충돌할 듯한 팽팽한 분위기가 조성되었다.

그때 뒤에서 한마디가 들려왔다.

"모두 물러서. 난 멀쩡해."

이세민의 한마디에 왕대범들은 한 발짝 뒤로 물러섰다.

의기양양해하던 범전위는 사람들에 가려져 있던 이세민의 모습이 다시 보이자 눈을 크게 치떴다. 이세민의 기다란 수염이 멀쩡하게 턱에 붙어 있었기 때문이다.

'저런! 분명 검기로 그었는데?'

수염이 검에 걸려 위로 치솟는 것까지 봤기 때문에 당연히 잘라졌으리라고 생각했던 것이다. 한데 이세민의 수염은 한 올도 잘린 바가 없이 그의 턱에 자리 잡고 있었다.

이세민은 미묘한 웃음을 흘리며 말했다.

"이거 어쩝니까? 제 턱수염이 멀쩡하니 아직 목 걱정까지 할 단계는 아닌 것 같은데."

그의 말에 주변에 있는 왕대범 등이 낄낄 웃었다.

"이… 이……!"

범전위는 입술을 파르르 떨며 침음성을 흘렸다.

그러나 다시 손을 쓰기에는 상황이 좋지 않았다. 우선 자신의 일격을 어떻게 피했는지도 모르게 피해낸 오의단주가 마음에 걸렸고, 또한 급하게 여기까지 달려온 자신은 혼자인 데 반해 상대는 다수였다. 이 이상 무력으로 뭔가를 해결하려는 것은 어리석은 짓이었다.

　뒤를 보니 어느새 이도상 이하 황의단원들이 와 있었다. 그들의 눈은 마치 그를 죽일 듯이 이글거리고 있었다.

　범전위는 결국 장탄식을 하며 검을 떨어뜨렸다. 그리고는 이도상들에게 무릎을 꿇었다.

　여기서 더 미적거리다 아이들이 죽기라도 하는 날에는 그의 인생은 끝장이리라. 치욕적이지만 몰락하지 않기 위해선 피치 못할 선택이었다.

第六章

진입, 그리고 진압

1

이도상과 황의단원들은 범전위의 사과를 일단 받아들였다. 범전위가 보여준 작태는 여전히 괘씸했으나, 동굴 내에 갇혀 있을 동료를 구하려면 화산파와의 공조가 필요한 상황이기 때문이었다.

운회봉에 오른 이래 진법이 펼쳐져 있는 동굴 근처에는 얼씬도 하지 않던 화산파의 백이십 정예 무사들이 순식간에 집결하여 출동 태세를 갖추었다.

그들을 인솔하고 있는 장로 범전위는 동굴 진입 작전의 지휘권을 전문가인 이도상에게 전적으로 위임했다.

이도상은 남아 있는 황의단원 삼십여 명 전원과, 화산파에서는 범전위가 일급 고수라고 꼽은 스물다섯 명만을 진입조로 선발했다.

이도상은 오의단에게는 다섯 명 정도를 선발해 달라고 요청했다.

이세민은 앞서 영호세가에서 손발을 맞춘 정명운, 왕대범과 진웅, 그리고 그의 시선을 열심히 피하는 좌구작을 선발했다.

범전위는 동굴에 들어가기에 앞서 이도상에게 귀띔을 했다.

명확하지 않은 정보임을 강조하면서 내부에 흑랑방을 조종하는 강력한 적이 숨어 있는 것 같다는 말을 했다.

이도상은 그 사실을 좀 더 일찍 말하지 않은 범전위를 날카롭게 노려보았지만 실상 그도 어느 정도 짐작을 하고 있던 바였다.

"진법의 대가인 본 단의 단주님과 제일부단주가 실패한 것을 미루어보면 내부에 절진과 함정뿐 아니라 강력한 매복이 숨어 있을 가능성이 농후합니다. 그래서 진입 시에는 본 단의 진법 파괴조가 앞장을 서고 그와 동수의 호위조가 바로 뒤에 붙어서 매복에 대비합니다. 호위조의 수를 더 많이 뽑지 않은 것은 사람 수가 많아지면 진법에 미혹될 확률이 그만큼 높아지기 때문입니다. 뒤따르는 호위조는 반드시 앞사람이 발을 디디는 곳만 디뎌야 합니다."

출정에 앞선 이도상의 당부였다.

무림맹 양 단과 화산파를 망라한 총 육십삼 명의 연합군이
운암동 내부로 들어섰다.

동굴의 초입 부는 이미 앞서 들어간 진입대가 손을 댄 바가
있기 때문에 진입 속도가 빨랐다.

시야를 가리는 안개가 걸리적거릴 뿐, 예상외로 진입 속도
는 빨랐다.

이도상은 경각심을 늦추지 말라며 대원들을 끊임없이 독
려했다.

오의단이 속한 조는 맨 후위에 처져 있었다.

이세민 또한 앞서 더듬더듬 나아가고 있는 황의단원을 신
중히 쫓아가고 있었다. 지금 그의 심경은 죽을 맛이었다.

대체 진법이라는 것이 무엇이기에 앞서 가는 놈 발 위치까
지 똑같이 디뎌야 하는 것인지 궁금해 미칠 지경이기 때문이
었다.

그는 진법이 뭔지, 절진이 뭔지 정확히 아는 바가 없었다.
물론 어렴풋이 떠오르는 기억과, 다른 사람들이 말하는 낌새
로 보아 풍수와 지세를 이용하여 사람을 현혹시키는 수법이
라는 것을 알 수 있었다. 다만 그게 무엇인지 구체적으로 보
고 싶은 마음이 굴뚝같았던 것이다.

'설마 발 한 번 잘못 디뎠다고 죽기야 하랴?'

한 번 그런 마음이 들기 시작하자 발을 헛디뎌 보고 싶다는 욕망이 물밀 듯 밀려왔다.

그러던 어느 순간, 그의 발은 앞서 가는 황의단원이 디딘 곳과는 멀찍한 위치를 딛고 있었다.

'멀쩡한데? 아무 변화 없잖아.'

이세민은 코웃음을 쳤다.

그러나 그 순간, 그와 나란히 걷고 있던 다른 조원들은 당황하고 있었다.

"단주님 어디 가셨지?"

"글쎄? 갑자기 안 보이네."

"쉿! 입 다무시오! 집중에 방해되오."

앞서 가는 황의단 조장이 잡담하지 말라며 나직이 소리쳤다.

진웅이 말했다.

"단주님이 사라지셨소. 어떻게 된 겁니까?"

그 말에 앞서 가던 황의단 조원들이 걸음을 멈추고 뒤를 돌아보았다.

조장은 사람이 하나 없어진 것을 확인하고는 인상을 구겼다.

"언제부터 안 보였소?"

"조금 전까지는 계셨는데……. 앞을 보고 있다 곁눈질을 해보니 없어지셨소."

정명운의 대답에 조장은 혀를 찼다.

"진세에 갇혔나 보군."

"그게 무슨 소리요? 내동 옆에 있던 분이 어딜 갔단 말이오?"

정명운의 질문에 조장이 대답했다.

"아무래도 디디지 말아야 할 곳에 발을 디딘 것 같소. 지금 쯤 우리와는 전혀 엉뚱한 방향으로 나아가고 있을 거요."

"방금 전까지 바로 옆에 있었는데? 찾아보면 이 근처에 있을 거요."

진웅의 말에 조장은 고개를 저었다.

"어렵소. 이 진은 함정과 연계되어 사람을 죽음에 이르게 하는 물리적 위험은 없는 구조이지만 눈을 현혹시켜 환각을 일으키는 미혹의 요소가 대단히 강하오. 그렇기에 한 번 엉뚱한 방향으로 발을 들이면 다시 올바른 길로 들어서기가 불가능하오."

"그럼 속히 구조를 해야 할 것 아니오?"

"지금은 안 되오. 우리 또한 앞서 길을 인도하는 조들의 뒤를 정확히 따르지 않으면 진의 미혹에 걸려 환각 상태에 빠질 공산이 크오. 차라리 속히 전진하며 진을 형성하는 구조물을 파괴하는 길이 실종자를 구조할 수 있는 더 좋은, 아니, 유일한 방법이오."

이세민은 점점 느낌이 이상했다. 앞서 가는 황의단원이 아무래도 수상쩍었기 때문이다.

조금 전부터 발소리가 들리지 않았다. 물론 조심스레 천천히 걷고 있긴 했지만 예민한 그의 귀에 바로 앞에서 딛는 발소리가 들리지 않는다는 것은 있을 수 없는 일이었다.

'진의 효과로 소리가 차단되는 건가? 그런 것 같지 않은데.'

아무래도 이상하다고 생각한 그는 검을 들어 슬쩍 앞서 가는 사람의 등을 건드렸다.

검집으로 건드렸는데 검이 등을 뚫고 들어갔다. 손에는 아무 느낌이 전해지지 않았다.

황의단원이 뒤를 돌아보았다. 그의 두 눈은 뻥 뚫려 있고, 뚫린 눈 안에서 뱀 두 마리가 기어나오며 혀를 날름거렸다.

강심장인 이세민이었지만 이런 광경을 보고도 놀라지 않을 자는 없었다.

이세민은 당황하여 옆을 보았다. 나란히 걷고 있던 진웅이 보였다. 한데 그의 머리가 안 보였다. 머리 없는 몸이 이세민에게 왜 그러냐는 듯 꿈쩍이고 있었다.

"뭐야, 이건?"

별로 상대하고 싶지 않은 놈들이었다.

이세민은 지체없이 몸을 돌려 냅다 뒤로 뛰었다.

눈구멍에 뱀을 꽂은 황의단원과 목 없는 진웅이 그의 뒤를 쫓아왔다. 그 외에 자세히 보지는 않았지만 어딘가 결격 사유가 있어 보이는 정명운과 왕대범 등도 따라오는 것 같았다.

'이거, 체면이 말이 아닌걸.'

비로소 황의단의 말을 안 들은 것을 후회하는 이세민이었다.

"클클클, 쥐새끼들이 또 기어들어 오는군."

왜소한 키에 어울리지 않은 커다란 괴장(拐杖)을 짚은 노인이 흉소를 흘렸다.

노인은 눈을 헝겊으로 가리고 있었다. 그것은 그가 장님이기 때문이었다.

노인의 옆에 서 있는 도육은 침을 꿀꺽 삼켰다.

흑랑방을 이끈 지난 십오 년을 포함해 삼십 년 넘게 강호의 밑바닥을 구르면서 별의별 꼴을 다 보고 살아온 그였지만 이 운암동 내에 들어와서 마주한 것들만큼 괴이하고 숨통을 조여오는 두려움을 주는 경험은 한 적이 없었다.

동굴 중앙부에 있을 강시도 아니고 사람도 아닌 두 괴물은 처음 보았을 때 배짱 하나는 남부럽지 않다고 생각한 그가 오줌을 지릴 정도의 위압감을 주었다. 그리고 지금 옆에 있는 장님 노인 또한 무섭기는 그에 못지않았다.

눈도 안 보이는 자가 손을 공중에 쳐들기만 하면 몇 리에 달하는 동굴 내의 모든 움직임을 손바닥 들여다보듯 간파해

냈다.

　게다가 엄청난 독공의 고수였다. 눈이 안 보인다고 앞에서 깐죽대던 그의 수하가 손짓 한 번에 핏물로 녹아버린 이후 방주인 자신을 비롯한 흑랑방 전원은 이 악 노야라 불리는 이름도 모르는 노인의 말 한마디에 설설 기고 있는 형편이었다.

　"이봐."

　노인이 부르는 소리에 도육은 화들짝 놀라 대답했다.

　"예, 옛! 말씀하십시오."

　"자넨 신기하지 않나? 눈이 안 보이는 노부가 자네보다 더 멀리 보는 것이 말일세."

　"노야의 혜안이 명철하시기 때문이 아니겠습니까."

　도육은 행여 노인의 심기를 거스를세라 최대한 조심하며 대답을 했다.

　"클클, 이 친구 아부하는 재주가 있군. 이번에는 가장 많은 수가 들어왔어. 대략 육십 명은 되는 것 같구먼."

　노인은 손을 살랑살랑 흔들며 말했다.

　"이 귀문육합진은 과거 밀교의 비전 진법을 본 교의 책사 하나가 개조한 것이지. 복잡한 구조물을 쓰지 않고도 인간의 정신을 현혹시키는 미혼 효과를 극대화할 수 있는 데다가, 그 외에도 아주 결정적인 특징이 하나 더 있네."

　노인은 묘하게 사람의 궁금증을 불러일으키는 화법을 구사했다. 가뜩이나 천성적으로 호기심이 강한 도육은 두려운 것도 잊고 입을 열었다.

"그 특징이 뭡니까?"

"그것은 이 진 내의 시간을 자시와 축시 사이로 붙들어놓는다는 것이지."

도육은 노인의 말이 이해가 가지 않았다.

"그럼 이 안에 있으면 시간이 정지된다는 말입니까? 나이도 안 먹고 늙지도 않고, 뭐 그런 건가요?"

"클클, 그러면 얼마나 좋겠냐마는 그런 것은 아니고, 그저 대지의 기가 그 시간대와 부합하게 형성된다는 말이다."

도육은 노인의 말을 점점 더 알아들을 수가 없었다. 기의 흐름이 새벽 시간처럼 유지되는 게 무슨 득이 있단 말인가?

"그렇게 되면 뭐가 좋은 겁니까?"

노인은 갑자기 고개를 쳐들어 도육을 보았다.

도육은 흠칫했다. 그를 보는 노인의 눈은 헝겊에 가려져 있었지만 그 안에서 살기가 번득이는 듯 느껴졌기 때문이다.

"알고 싶나?"

"아, 아니, 별로……."

노인은 다시 클클거렸다.

"알려줘도 좋지만 넌 그걸 알고 나선 입을 다물어야 한다. 그래도 좋다면 상관없지."

도육은 침을 꿀꺽 삼켰다. 입을 다물리겠다는 말은 곧 죽이겠다는 말에 다름 아닌 뜻이리라.

"아닙니다! 전혀 알고 싶지 않습니다!"

도육은 식은땀을 흘렸다. 호기심이 지나친 나머지 이미 너무 많이 알게 된 것이 아닌가 하는 두려운 마음이 치밀었다.

"따라와."

노인은 갑자기 앞장서 걸어가기 시작했다.

그 괴물들이 있는 중심부 쪽 방향이었다.

"어, 어딜 가시려고요?"

"모처럼 볼거리가 생겼는데 구경을 해야 하지 않겠느냐."

도육은 따라가면서도 이해할 수 없었다. 진 안으로 들어온 적들을 그 괴물들이 살육하는 광경을 보고 싶어하는 것 같은데, 눈도 안 보이는 자가 대체 무슨 구경을 하겠다는 것인가?

연합군의 선두를 맡고 있는 이도상은 동굴을 가득 메우고 있는 안개의 밀도가 갑자기 옅어지는 것을 느꼈다.

그 역시 앞서 들어왔던 경서윤과 같은 생각을 떠올리고는 버럭 소리를 쳤다.

"매복이 있을지 모른다! 모두 경계하라!"

말이 끝나기가 무섭게 정면에서 벼락같은 살기가 뻗쳐 왔다.

대비를 하고 있던 이도상은 다가오는 적을 향해 지체없이 장봉을 찔러갔다.

빠직!

그의 내기가 한가득 실린 장봉이 수수깡처럼 부러져 나갔
다.

일합에 장봉을 부숴 버린 적은 그것도 모자라 이도상의 목
을 부러뜨리려는 듯 순식간에 들이닥쳤다.

이도상은 상상도 못할 정도로 빠른 적의 공세에 정신을 못
차렸다.

적의 시커먼 손이 그의 목을 잡으려는 찰나, 검광이 번득이
고 이도상은 뒤로 확 밀려났다.

'범전위!'

이도상은 떠밀려 넘어지면서 자신을 구한 것이 뒤에서 따
라오고 있던 범전위라는 것을 깨달았다.

범전위는 대화산파의 장로답게 적의 표홀한 움직임을 따
라붙는 전광석화 같은 쾌검으로 맞서고 있었다.

뒤에서 비명이 들려왔다. 돌아보니 시커먼 형상이 동에 번
쩍 서에 번쩍 하며 대원들을 살육하고 있었다.

이도상은 이해할 수가 없었다. 이렇게 사람을 미혹하는 진
이 동굴 전체에 펼쳐져 있는데 어떻게 매복자가 저리 자유롭
게 움직일 수 있단 말인가? 매복자 또한 사람일진대 진 내의
생로(生路)를 따라 움직이지 않고 마구잡이로 돌아다니면 당
연히 진의 미혹에 빠져들어야 한다.

한데 지금 나타난 적들은 거침없이 사방팔방으로 움직이
며 동료들을 주살하고 있지 않은가. 그들을 피해 움직이던 동

료들은 생로를 벗어나는 바람에 환각에 빠져 허우적거리고 있었다. 그런 그들을 적은 사정없이 주살했다.

"크헉!"

범전위의 비명이 들렸다. 싸우던 중 생로를 이탈하는 바람에 환각에 빠져 적의 공격을 허용한 것이다.

'이대로 가단… 공멸(共滅)이다.'

이도상은 눈이 아득해졌다. 앞서 들어간 단주와 동료들의 최후가 어떠했을지 선명하게 상상이 되었다.

"클클, 거 볼 만하군."

광장처럼 널찍한 중앙부의 뒤켠에 선 노인은 흉소를 연신 흘리며 감탄성을 냈다.

그 뒤에 뻣뻣이 서 있는 흑랑방주 도육은 아무리 눈을 크게 뜨고 중앙부를 보아도 뭐가 뭔지 알 수가 없었다. 안개로 인해 시야가 가려져 뭔가 시커먼 게 빠르게 움직인다는 것 외에는 아무것도 파악이 되지 않았다.

"'그들'이 이기고 있는 겁니까?"

노인은 별소리를 다 한다는 듯 대꾸했다.

"당연하지! 여기서만큼은 '그들'은 천하무적이야."

"천하무적이요? 칠성신군이나 청룡왕도 이길 수 있단 말입니까?"

노인은 코웃음을 쳤다.

"천재지변이 일어나 진이 깨어지지 않는 한 그들을 이길 자는 천하에 없어."

그때였다. 갑자기 벼락이 치는 것 같은 엄청난 괴성이 들리더니 땅바닥이 마구 흔들리기 시작했다.

도육은 비틀거리며 혼비백산했다.

"지, 지진인가?"

태산이 무너져도 꿈쩍 안 할 것 같던 노인은 대경실색한 얼굴이 되었다.

"이게 무슨 조화야?"

우지지지직!

땅이 갈라지는 소리가 들려왔다.

도육이 바닥을 보니 정말 땅이 갈라지고 있었다.

"도, 동굴이 무너지려나 봅니다!"

노인은 망연한 표정으로 중얼거렸다.

"그럴 리가… 천기(天氣)를 읽은 바로는 지진이 일어날 때가 아닌데?"

와지지직!

동굴 위에 종유석들이 바닥으로 떨어지고, 땅바닥은 두 쪽으로 갈라져 좌우로 벌어졌다.

그러자 자욱하게 깔려 있던 안개가 서서히 걷히기 시작했다. 천장의 갈라진 틈으로 햇살이 미약하게 들어와 동굴을 밝혔다.

"안 돼! 대체 무슨 조화야, 이게!"

노인은 하늘이 무너지기라도 하는 듯 부르짖었다.

이세민은 다소 당황한 표정으로 눈을 깜박였다.

시야를 가리던 안개는 말끔히 걷혔고, 그의 오른손은 동굴 바닥에 깊숙이 박혀 있었다.

박힌 오른손으로부터 시작된 균열은 저 멀리 보이지 않는 곳까지 길게 이어져 있었다.

방금 전 내리친 일장으로 인해 동굴이 아작 난 모양이었다.

"좀만 더 세게 내리쳤으면 천장까지 무너졌겠군."

이세민은 안도의 한숨을 내쉬며 오른손을 빼고 몸을 일으켰다.

사실 방금 전의 일장은 그로서는 피치 못할 선택이었다.

신체에 결격 사유가 있는 조원들을 비롯해 머리가 동굴 너비만 해진 현명자와 야멸치게 노려보는 눈이 전신에 달린 상연미 등 영 대면하기 꺼림칙한 군상들이 마구잡이로 들이닥쳐 그를 못살게 굴었고, 결정적으로 온몸에 입이 달린 사부 위세척이 정면에서 달려오며 그 수많은 입으로 연신 떠벌거리며 뭔가를 시키자 도저히 견딜 수가 없었다.

순간적으로 극성으로 끌어올린 구중파천권이 '입 다물어!' 라는 기합과 함께 사부의 떠버리는 수많은 입을 향해 내리꽂혔고, 그 결과가 바로 눈앞에 펼쳐진 상황이었다.

동굴의 진동이 멎을 즈음, 저 멀리서 싸우는 듯한 소리가 들렸다. 이세민은 지체없이 소리나는 쪽을 향해 달려갔다.

"진이… 깨졌다!"

이도상은 눈이 밝아지는 것을 느꼈다. 안개가 걷히고 빛까지 들어와 주변을 밝히고 있었다.

시야가 확보된 것뿐 아니라 눈을 현혹시키는 사특한 기운이 물러나는 것을 감으로 느낄 수 있었다.

벌떡 일어나는 그의 눈에 쓰러진 범전위를 향해 몽둥이를 내리꽂고 있는 산발괴인의 모습이 비쳐졌다.

괴인이 적이란 것을 직감한 이도상은 궁신탄영(弓身彈影)의 수법으로 몸을 튕겨 괴인의 등짝을 향해 벼락같이 날아갔다.

그리고 온몸의 기를 끌어 모은 쌍장을 괴인의 등을 향해 내리꽂았다.

범전위를 공격하던 괴인은 놀랍게도 뒤에서 다가오는 이도상의 기운을 감지한 듯 공격의 방향을 변환하여 몽둥이로 이도상의 쌍장을 후려쳤다.

빠직!

몽둥이가 부러지는 소리가 나고, 이도상은 비틀거리며 뒤로 물러났다. 괴인은 거침없이 다가왔다. 안개가 걷혔지만 괴인의 움직임은 여전히 보이지 않을 정도로 빠르고 거침이 없었다.

괴인은 순식간에 이도상에게로 다가와 그의 목에 몽둥이를 꽂아 넣었다.

뒤에서 다가온 화산파 무사 둘이 이도상의 앞을 가로막았지만 괴인의 손짓 두 번에 피를 뿌리며 날아갔다.

"천검만화진(天劍滿花陣)을!"

비틀거리며 일어난 범전위가 버럭 소리를 쳤다.

우왕좌왕하던 화산파 제자들이 고함을 듣고 그의 주변으로 모여들었다.

순식간에 열 명으로 이루어진 검진(劍陣)이 형성되어 괴인을 막아섰다. 연수합격(聯手合擊)으로 한 수 위의 고수를 상대하겠다는 의도였다.

괴인의 공격이 다시 들이닥쳤다. 범전위의 호령과 함께 전위(前衛) 다섯 명의 검이 괴인을 향해 솟아올랐다.

콰직!

괴인의 일격에 검 두 자루가 부러져 날아갔다. 이도상과 싸울 때 반쯤 부러졌던 괴인의 몽둥이 또한 반 토막으로 부러졌다.

무기를 잃고 내상을 입은 무사들은 피를 흘리며 즉시 후위로 물러나고 그 빈자리를 후위 무사들이 채웠다.

무기를 잃고 잠시 물러선 괴인은 바닥에 굴러다니는 다른 몽둥이를 주워들었다. 그리고는 망설임없이 검진을 향해 뛰어들었다.

"매화란형(梅花卵形)!"

범전위의 구령에 맞추어 검진은 원형으로 응집하며 물샐 틈없는 검막(劍幕)을 형성했다. 그러나 그 조밀한 검막을 디밀고 들어오는 괴인의 몽둥이는 거침이 없었다.

"크억!"

두 명의 무사가 피를 뿌리며 쓰러졌고, 그들을 보호하려던 다른 두 명의 검이 부러져 나갔다.

검진을 지휘하는 범전위의 표정은 암담해졌다.

단 이 합 만에 두 명이 전투 불능이 되고 여섯 명이 병기를 잃었으니 이대로 십 초만 공수를 주고받아도 검진이 남아나지 않을 듯했다.

적은 경악스러운 고수였다. 상상을 불허하는 빠르기와 거침없는 공격은 그가 겪어본 최고의 고수 검절 장남천을 상회하는 것이었다. 저런 괴물을 둘씩이나 보유하고 있는 유명마교는 대체 어떤 곳이란 말인가.

유명마교는 이제껏 무림맹에서 전담하여 상대해 왔고 무당, 소림 등 여타 문파들도 중부 지방에서 왕성한 활동을 펼치는 유명마교와 전투를 벌인 경험이 있지만 섬서성에 오롯이 위치한 화산파는 그들과 직접적으로 부딪친 바가 아직까지 없었다.

유명마교의 무서움에 대한 소문은 파다했지만 콧대 높은

화산파는 은연중에 그들을 경시해 온 것이 사실이었다.

범전위만 해도 이곳에 유명마교의 요인이 숨어 있다는 정보를 접했을 때 놀라긴 했지만 두려워하는 마음은 없었다.

황의단의 실패를 옆에서 지켜보며 그들의 능력 부재를 비웃었고, 화산파가 나서기만 하면 간단히 제압할 수 있을 거라 생각했다.

그러나 막상 그들과 정면으로 맞부딪친 이 순간, 범전위는 자신의 짧은 판단을 뼈저리게 후회했다.

후위에서도 비슷한 상황이 전개되고 있었다. 또 하나의 괴인은 종횡무진하며 화산파와 황의단 무사들을 주살하고 있었다.

황의단은 무공보다는 진법과 함정 파괴가 전문이었기 때문에 괴인의 공세에 속수무책으로 당했고, 화산파 무사들은 전위와 마찬가지로 천검만화진을 형성했지만 수도 모자라고 지휘 무사도 범전위보다 능력이 떨어져 일방적으로 밀렸다.

"커억!"

열두 명째 무사가 피를 뿌리며 바닥에 몸을 뉘었다. 후위의 괴인은 앞의 괴인과는 달리 검을 쓰고 있었기 때문에 살상력은 더 뛰어났다.

그때 괴인의 앞에 왕대범이 등장했다. 왕대범은 진의 구조물로 보이는 집채만 한 바위를 번쩍 들어 괴인을 향해 던졌다.

괴인은 다가오는 바위를 보고는 공중으로 몸을 띄웠다. 그리고는 검을 들지 않은 왼손으로 날아오는 바위를 넙죽 받더니 왕대범을 향해 되던졌다. 바위는 왕대범이 던진 힘에 괴인의 공력까지 더해져 엄청난 속도로 왕대범을 덮쳤다.

"피해!"

진웅이 몸을 날려 왕대범을 덮쳤다. 둘은 바닥을 데굴데굴 구르며 간신히 바위를 피했다.

괴인은 바닥을 구르는 둘을 향해 돌진했다. 정명운이 둘 앞을 가로막으며 스물네 자루의 비수를 한꺼번에 날렸다.

괴인은 공중으로 몸을 띄우며 비수의 절반은 피하고, 나머지 절반은 손으로 모두 낚아챘다. 그리고 공중에 뜬 채로 열두 자루의 비수를 오의단원들에게 뿌렸다.

정명운은 결사적으로 날아오는 비수를 쳐냈지만 비수의 속도가 워낙 빨라 한 자루가 그의 허벅지에 박혔고, 다른 두 자루가 그의 뒤에서 일어나고 있던 왕대범과 진웅의 몸에 박혔다.

"크윽!"

세 명은 모두 신음을 흘리며 땅에 쓰러졌다. 몸에 박힌 비수에 실린 내기가 강력하여 내상을 입었기 때문이다.

오의단의 고수 세 명까지도 단숨에 제압한 괴인은 여유있는 자세로 땅에 착지했다.

한데 그가 착지한 곳에는 아직 멀쩡한 한 사람이 있었다. 그는 바로 동굴 바닥을 열심히 파고 있던 좌구작이었다.

몸을 숨길 구덩이를 만들고자 돌바닥을 힘겹게 파 내려가고 있던 좌구작은 낌새가 이상함을 느끼고 눈을 들었다. 바로 앞에서 그를 주시하고 있는 괴인이 보였고, 그 뒤로 피를 흘리며 쓰러진 채 그를 보고 있는 오의단 동료들이 보였다.

"허걱!"

좌구작은 숨이 턱 막혔다. 그는 진웅과 정명운, 왕대범 등의 실력을 잘 알고 있었다. 연줄이 없어서 부, 조장을 하고 있을 뿐 세 명 다 어디 가도 제 몫을 할 수 있는 일급 고수들이었다. 그런 녀석들을 단숨에 제압한 괴물이 홀로 있는 그에게 다가오고 있는 것이었다. 산발머리에 가려진 괴인의 눈에서는 시퍼런 광망이 흘러나오고 있었다.

"크크크크……"

괴인은 흉소를 흘리며 그에게 접근했다.

좌구작은 침을 꿀꺽 삼키며 삽을 부여잡았다.

"작 부장님! 피해요!"

정명운이 애타게 외치는 소리가 들렸다.

좌구작은 그러나 물러나지 않았다. 오히려 버럭 소리를 지르며 용감하게 전진했다.

"끄아아아!"

괴인은 갑자기 좌구작이 삽을 미친 듯이 휘두르며 달려오자 움찔하며 멈춰 섰다. 괴인은 검을 가다듬고 다가오는 좌구작의 공격을 맞받아 치려는 자세를 취했다. 허점이 많은 적을 상대하는 지극히 정상적인 대처법이었다.

그 순간, 좌구작의 휘돌리던 삽이 갑자기 땅으로 처박혔다.

당연히 자신에게 날아오리라 생각했던 삽이 전혀 엉뚱한 방향으로 꽂히자 괴인의 시선이 바닥으로 향했다.

"먹어라!"

무른 땅에 박혔던 좌구작의 삽이 용수철처럼 튀어 올랐다. 삽으로 떠올린 흙이 괴인의 얼굴을 향해 분수처럼 솟구쳤다.

"크아아악!"

괴인은 눈을 싸잡으며 고통에 찬 비명을 질렀다.

좌구작은 이때다 싶어 재빨리 줄행랑을 놓았다. 애초부터 괴인과 맞서 싸울 생각은 전혀 없던 그였다.

"크아아아!"

괴인은 분노한 듯 눈을 싸잡은 채로 좌구작의 뒤를 쫓았다. 눈이 안 보이는데도 불구하고 괴인의 발걸음은 거침없었고, 좌구작은 순식간에 따라잡혔다.

"거머리 같은 새끼!"

좌구작은 학을 떼며 삽을 휘둘렀지만, 괴인이 마구잡이로 휘두르는 검에 걸린 삽은 반 토막이 난 채 날아가 버렸고, 좌구작은 그 힘에 밀려 나뒹굴어졌다.

"크아아!"

괴인은 괴성을 지르며 넘어진 좌구작을 덮쳤다.

"염병할!"

좌구작은 이제 죽었구나 생각했다. 삽도 없어졌으니 더 개겨보려 해도 방법이 없었다.

한데 무의식적으로 품속을 뒤지던 그의 손에 뭔가 묵직한 게 걸렸다.

좌구작은 그것이 뭔지 즉시 알아챘다. 그의 원래 무기였던 바둑판은 놓고 온 상태였지만 바둑돌은 아직 가지고 있었던 것이다.

그는 앞뒤 가릴 것 없이 바둑돌을 끄집어내어 코앞까지 육박한 괴인을 향해 뿌렸다.

촤악!

흑백의 바둑돌들이 비산하며 괴인을 덮쳤다.

좌구작은 얼결에 바둑돌을 던졌지만 큰 기대는 하지 않았다. 그는 암기술에 능하지 않았다.

지금 뿌린 바둑돌에도 독 대신 기름이 발라져 있었다. 암기가 아닌 다른 용도로 쓰이는 물건이었기 때문이다.

그런데 뜻밖의 상황이 발생했다.

괴인이 갑자기 비명을 지르며 비틀거리기 시작했다.

좌구작은 어리둥절한 표정으로 괴인을 보았다.

놀랍게도 괴인의 몸 여러 곳에 흑백의 바둑돌이 박혀 있었다.

"어라?"

좌구작은 위급한 상황에서도 고개를 갸웃거렸다. 암기술에 능하지 않은 그가 던진 바둑돌에는 공력이 거의 실려 있지 않았다. 맞아도 조금 아프기나 할 뿐 별 위력이 없는 물건이었고, 순전히 기름칠한 바둑돌에 미끄러져 시간이나 벌게 해주길 바라는 마음으로 던진 것이었다.

그런데 놀랍게도 바둑돌은 괴인의 전신에 빽빽이 박혀 있었고, 박힌 부위에서 거뭇한 피가 흘러나오고 있지 않은가. 도저히 이해하기 어려운 일이었다.

'이거 봐라? 생명이 백척간두(百尺竿頭)에 놓인 상황에서 드디어 나의 잠재력이 폭발한 것인가?'

좌구작은 망상에 가까운 착각을 하며 용기백배하여 일어섰다.

"받아라, 이놈!"

그는 품속에 남아 있는 바둑돌 하나를 집어 비치적거리는 괴인을 향해 있는 힘껏 던졌다.

날아간 돌은 뒤돌아 있는 괴인의 왼쪽 손목에 정통으로 맞았다. 그러자 괴인의 왼손이 팔과 분리되어 땅으로 툭 떨어졌다.

"우왓! 이거 진짜잖아!"

손목이 날아간 괴인보다도 좌구작이 더 큰 소리를 질렀다.

멀리서 보고 있던 진웅과 정명운 등은 어안이 벙벙한 표정을 지었다.

절대적인 신위를 발휘하던 괴인이 고작 작 부장이 던진 바둑돌에 맞고 손이 날아간다? 도저히 있을 수 없는 일이 벌어지고 있었다.

눈이 안 보이는 데다가 한 팔까지 잃은 괴인은 괴성을 지르며 하나 남은 손을 마구잡이로 휘둘렀다. 손에서 장풍이 뿜어져 나와 사방을 휘저었다. 장풍의 위력은 천 근짜리 망치처럼 강력하여 벽과 바닥에 꽂히는 족족 커다란 구멍을 만들어냈다.

의기양양해하던 좌구작은 어마나! 하며 장풍을 피해 땅으로 몸을 굴렀다.

좌구작의 위치를 못 찾고 마구잡이로 장풍을 발산하던 괴인은 천장을 후려쳤다. 그러자 천장이 부서지며 종유석이 떨어져 내렸다.

날카롭고 뾰족한 종유석 하나가 괴인의 좌측 어깨로 떨어졌다. 그러자 괴인의 어깻죽지에서부터 팔이 뚝 떨어져 나갔다.

그것을 멀리서 보고 있던 진웅은 무릎을 쳤다.

"놈의 약점을 알았어! 피부가 완전히 두부나 마찬가지로군!"

옆에 있던 정명운이 물었다.

"그게 무슨 소리야? 피부가 두부라니?"

"작 부장의 바둑돌에 손목이 떨어져 나가고, 높지도 않은 천장에서 떨어진 종유석에 팔이 잘리니 몸이 두부같이 연하다고밖에 볼 수 없지."

왕대범이 어안이 벙벙한 표정을 지었다.

"그게 말이 돼? 좀 전에 정예 무사 수십 명과 싸우면서도 멀쩡하기만 했잖아."

"아까 싸울 때를 생각해 봐, 저 괴물이 우리와 손을 섞으면서 단 한 대라도 맞은 적이 있는지."

그러고 보니 괴인은 워낙 기쾌한 신법과 완벽한 검술을 구사했기 때문에 그들의 공격을 단 한 번도 허용한 바가 없었다.

"얘길 듣고도 믿을 수 없군. 절대적인 무공을 갖추고 있는데 몸이 연두부처럼 약하다고? 대체 저것의 정체가 뭔 거야?"

"그건 지금 알 바가 아니야. 일단 쓰러뜨리고 나서 생각하자고."

진웅은 바닥에 떨어진 종유석의 잔해들을 한 움큼 주웠다. 정명운과 왕대범도 그의 의도를 눈치 채고 따라서 돌을 잔뜩 준비했다.

셋은 장풍을 난사하며 비치적거리고 있는 괴인에게로 살그머니 다가갔다.

"검을 쓰는 마인이 사고를 당한 것 같습니다. 한 팔이 없어지고 행동도 부자연스럽습니다."

멀리서 싸움을 지켜보고 있던 흑랑방주 도육은 노인에게 상황을 열심히 보고하고 있었다.

진이 형성되어 있을 때만 해도 앉아서 천 리를 꿰뚫어 보던 노인은 진이 깨어지고 나자 힘없는 장님 노인으로 변한 듯 전세를 전혀 파악하지 못했다. 그는 도육에게 전황을 말로 표현하라고 연신 다그치고 있었다.

"행동이 부자연스럽다는 게 무슨 소리야? 팔은 누가 자른 거지?"

"제자리에서 빙빙 돌고만 있습니다. 눈이 안 보이는 듯… 근데 웬 놈들이 접근하고 있습니다. 손에 돌을 한 가득 쥐고 있는데요."

"빌어먹을! 눈치 챘나 보군!"

노인은 분통을 터뜨렸다.

그는 주문 비슷한 것을 중얼거리기 시작했다. 그러자 전위에서 화산파의 검진을 일방적으로 몰아붙이던 괴인이 움찔하더니 후위로 벼락같이 움직였다.

"하나, 둘, 셋! 던져!"

진웅의 호령에 맞추어 셋은 괴인을 향해 힘차게 돌을 뿌렸다.

수백 조각의 종유석 덩어리들이 비수처럼 괴인에게로 날

아갔다.

괴인은 본능적으로 위기를 느낀 듯 미친 듯이 하나 남은 팔을 휘돌렸다.

그 결과 상반신으로 꽂힌 종유석들은 괴인의 장풍에 휘감겨 모두 튕겨 나갔다. 그러나 하반신까지 방어가 되진 못했고, 괴인의 두 다리에는 무수한 종유석 덩어리가 꽂히며 하반신이 산산이 분해되었다.

"크아아아악!"

괴인은 한 팔만 남은 처참한 몰골로 바닥을 뒹굴었다. 그 순간 뒤에서 다가온 좌구작이 냅다 괴인의 골통을 걷어찼고, 괴인의 머리는 뇌수를 뿌리며 산산조각이 났다.

"크하하하! 봤느냐? 이 좌구작님의 놀라운 신위를!"

천하의 강적을 물리친 좌구작은 앙천광소를 터뜨렸다.

그 순간 누군가가 버럭 소리를 쳤다.

"작 부장님! 피해요!"

"어떤 버릇없는 놈이 감히 작 부장이라고……! 어라?"

언제 날아온 것인지 뭔가 시커먼 것이 몽둥이를 든 채 공중에서 그를 향해 떨어져 내리고 있었다. 자세히 보니 분위기가 앞서 골통을 부순 그놈하고 똑같은 놈이었다.

"죽고 싶은 놈이 더 있는 게로군!"

좌구작은 자신만만해하며 품속에 남은 바둑돌들을 끄집어 하늘을 향해 힘차게 뿌렸다.

그러나 행운은 자주 반복되는 것이 아니었다.

두 눈이 멀쩡한 이번 괴인은 공중에서 몽둥이를 휘둘러 날아오는 바둑돌들을 가볍게 튕겨 버리고는 연속 동작으로 좌구작의 골통을 향해 몽둥이를 내뻗었다. 워낙 기민한 동작인지라 좌구작은 멍하니 머리로 떨어지는 몽둥이를 구경하고 있었다.

그 순간, 뒤늦게 종유석을 긁어모은 세 명이 괴인의 배후로 돌을 뿌렸다.

괴인은 뒤에서 날아오는 파공음을 듣고는 몸을 옆으로 돌리며 좌구작에게 뻗어가던 몽둥이를 반대편으로 휘돌렸다.

파파파파팡!

괴인은 닥쳐드는 수백 개의 종유석들을 내기가 뻗어 나오는 몽둥이로 휘감고는 날아온 방향을 향해 다시 흩뿌렸다. 종유석들은 날아온 속도 이상의 빠르기로 진웅들을 향해 되튕겨졌다.

"우욱!"

진웅들은 얼굴을 팔로 가린 채 쏟아지는 종유석 덩어리들을 피해 바닥을 뒹굴었다.

귀찮은 적을 처리한 괴인은 다시 좌구작 쪽으로 고개를 돌렸다. 좌구작은 살아보겠다고 벌써 도망치는 중이었지만 몇 걸음 못 간 상태였다.

괴인은 선 자리에서 좌장을 활짝 펼쳤다.

굉음과 함께 손바닥에서 장풍이 폭발하듯 터져 나왔다.

터져 나온 장풍은 달아나는 좌구작의 등을 향해 섬전처럼 뻗어나갔다.

그 순간 좌구작이 뭐에 걸린 듯 넘어졌고, 넘어지는 좌구작을 타 넘으며 등장한 이세민이 날아오는 장풍을 투명해진 손으로 맞받아 쳤다.

콰앙!

산을 뒤엎을 정도로 강력한 두 개의 내기가 정면으로 충돌하면서 화산이 폭발하는 듯한 엄청난 굉음이 동굴을 뒤흔들었다. 서 있던 사람들은 모두 귀를 감싸며 주저앉았다.

모든 사람이 정신을 못 차릴 정도의 굉음이었지만 가장 큰 충격을 받은 사람은 청각이 예민한 장님노인이었다.

가뜩이나 전투 상황을 알고자 한껏 귀를 기울이고 있던 노인은 굉음에 충격을 받아 혼절해 버렸다.

역시 소리에 놀라 쓰러졌다가 일어난 도육은 멀리 전투 장소를 보고는 눈을 치떴다.

몽둥이를 들고 있던 마인이 사라지고 웬 시커먼 옷을 입은 놈 하나가 그 자리에 우뚝 서 있었기 때문이다.

자세히 보니 마인의 사지 같은 것이 시커먼 놈 주변 바닥에서 꿈틀거리고 있었다.

조금 전 원인을 알 수 없는 충격이 마인의 온몸을 발기발기

찢은 모양이었다.

"빌어먹을!"

전세가 완전히 기울었다는 것을 깨달은 도육은 혼절한 노인을 떠메고 동굴 안쪽으로 달아났다. 상황이 이렇게 된 이상 동굴 안 깊숙이 대기하고 있을 방도들과 합류하여 계곡 방향으로 도망치는 것이 상책인 듯했다. 그쪽에도 화산파가 대기하고 있겠지만 그들이 모르는 개구멍이 하나 있었다. 그곳을 이용해야 할 성싶었다.

"염병, 유명마교가 천하없는 괴물들을 가지고도 강호제패를 못하는 이유가 다 있었군. 아무리 세면 뭐 하나, 몸이 순두부같이 부서지는데."

투덜거리면서 뛰어가던 도육은 갑자기 노인이 했던 말이 떠올랐다.

"진이 깨어지지 않는 한 그들을 이길 자는 천하에 없다."

"결국 진이 깨어졌기 때문에 몸이 연두부처럼 변했다는 건데……"

중얼대던 도육은 노인의 다른 한마디를 떠올렸다.

"이 진의 결정적인 특징은 진 내의 시간을 자시와 축시 사이로 붙들어놓는다는 것이지."

"그럼 저 마인들은 자시와 축시 사이에만 몸이 딴딴하단 말인가?"

애석하게도 도육은 이 한마디를 입으로 중얼거린 탓에 명이 크게 짧아지고 말았다.

왜냐하면 그의 등에 업혀 있던 노인이 깨어난 상태에서 그 말을 들었기 때문이다.

독로(毒老) 악종의는 자신이 심혈을 기울인 역작 귀혼마인의 약점을 알아챈 자를 살려둘 위인이 아니었다.

2

동굴을 울리는 굉음에 충격을 받고 쓰러진 무림맹과 화산파의 무사들은 하나둘 정신을 차리기 시작했다.

진웅 등 오의단원들 또한 고개를 흔들며 몸을 일으켰다.

"으응, 대체 어떻게 된 거야?"

"갑자기 앞쪽에서 뭐가 번쩍 하더니……."

말을 주고받으며 일어난 진웅과 정명운, 왕대범은 사라졌던 단주가 눈앞에 보이자 반색을 했다.

"단주님!"

"무사하셨군요!"

이세민은 아무렇지도 않은 표정으로 말했다.

"별일없었네. 걱정했나 보지?"

정명운은 기쁜 표정으로 고개를 끄덕였고, 진웅은 멋쩍게 웃고 왕대범은 민망한 듯 딴 곳을 쳐다보았다.

오의단원들은 이세민의 주변에 널린 괴인의 잔해를 보고는 놀람을 금치 못했다.

"혹시 단주님이 해치우신 겁니까?"

이세민은 고개를 저었다.

"아니, 이 앞까지 달려왔을 때 쾅 하는 소리가 나기에 쳐다보니 일부장이 넘어지고 이 녀석이 산산조각나던데."

"설마 이놈까지 작 부장님이 처리했단 말입니까?"

단원들은 믿을 수 없다는 눈빛으로 좌구작을 보았지만 그는 아무런 대답도 할 수 없는 상태였다. 왜냐하면 코앞에서 일어난 굉음의 충격으로 인해 아직까지도 기절해 있는 중이었기 때문이다.

동굴을 채우고 있던 안개가 완전히 사라지자 황의단 측에서 비통한 탄식이 흘러나왔다. 싸움터의 구석 자리에 앞서 들어간 동료들의 시체가 널려 있었기 때문이다.

황의단주 경서윤 이하 전원이 모두 처참하게 난자된 시체로 발견되었다. 안개로 시야가 가려지고 절진의 미혼 효과로 정신을 빼앗긴 상황에서 괴인들에게 무자비한 살육을 당한 것이었다.

황의단의 일부에게 시체 수거를 맡기고 연합군은 흑랑방을 잡기 위해 동굴 내부로 치달았다.

　신속한 대처는 결실을 맺었다. 동굴 끝까지 치달은 연합군은 막 계곡 밖으로 탈출하려던 흑랑방 일당들의 덜미를 잡았다.

　그전까지의 과정에서 겪었던 어려움과는 상반되게 흑랑방과의 전투는 너무도 손쉽게 끝났다. 흑랑방은 싸울 의욕이 없는 듯 금세 자멸했고, 대부분이 생포되었다.

　그러나 애석하게도 흑랑방주 도육만은 이미 어디론가 홀연히 사라진 상태였다.

　이도상은 잡힌 포로들에게 그들을 조종하고 절진을 설치한 배후를 다그쳤고, 범전위는 시체 틈에서 발견하지 못한 화산파의 청년들이 어디 있는지 실토하라며 칼을 휘둘렀다.

　그들의 위협에도 불구하고 포로들은 자신들은 아는 것이 없다며 세차게 고개를 흔들었다.

　포로들의 말에 의하면 흑랑방이 이곳에 진을 치고 들어앉은 것은 방주의 뜻이 아니라 어느 날 갑자기 들이닥쳐 무력으로 방을 점거한 괴노인의 지시였다고 한다.

　괴노인과 그가 부리는 마인들의 능력이 워낙 압도적인지라 흑랑방도들은 그저 시키는 대로 할 수밖에 없었고, 노인의 진정한 목적을 아는 것은 사라진 방주뿐이라고 했다.

　"그렇다고 해도 붙잡은 포로가 있는지도 모른다는 게 말이 되느냐."

애가 닳은 범전위는 검을 들고 당장에라도 목을 칠 듯이 호통을 쳤다.

포로들은 벌벌 떨면서도 아무런 대꾸를 하지 못했다. 있는 사실도 아는 게 없는 그들이, 존재하지 않는 포로의 행방을 대답할 수 있을 턱이 없었다.

실종된 화산파 청년들이 발견된 것은 그때로부터 만 하루가 지난 다음날이었다.

그들은 흑랑방이 있던 동굴 끝이 아닌, 동굴 입구 근처의 으슥한 구석 큰 돌 밑에 처박혀 있었다.

그 근처를 '우연히' 지나던 오의단원들이 그들을 발견했고, 구조되어 정신을 차린 청년들은 아무것도 기억하는 것이 없었다. 이세민의 대법을 구경하러 동굴 안에 들어갔다가 대법 도중 정신이 혼미해졌다는 것이 그들의 마지막 기억이었다.

운회봉의 혈투는 그렇게 많은 수수께끼만을 남긴 채 마무리되었다.

무림맹과 화산으로서는 망신에 가까운 결과였기 때문에 이 사건은 기밀로 처리되었고, 그 내막은 급전으로 무림맹에 전달되었다.

第七章

무림맹 정례회의

　무림맹 총단 취의청.

　지금 이곳에서는 무림맹 정례회의가 열리고 있었다. 원로
원을 구성하는 각료들이 일 년에 한 차례씩 모여서 무림의 중
대사를 논하는, 무림맹의 가장 중요한 행사 중의 하나였다.

　회의가 한창 진행 중인 취의청 내에는 고성이 오가고 있었
다.

　"천마봉인(天魔封印)을 또다시 연다는 것은 있을 수 없는
일이오!"

　백 염의 노승이 창노한 목소리로 말했다. 그는 소림사 방장
대행으로 회의에 참석한 무지 대사였다.

"대사의 말이 맞습니다. 맹주께선 무림맹의 사료에 버젓이 남아 있는 육십 년 전의 혈사(血事)를 기억 못하시는 겁니까?"

무지 대사의 의견에 찬동하며 목소리를 높이는 자는 화산파의 장문 대행으로 참석한 천의자였다.

무림맹주 상유운은 곤혹스러운 표정을 지었다. 본래 회의에 참석해야 할 장문인들도 아니고 대행들이 저리 목소리를 높인다는 것은 참으로 경우에 맞지 않는 행태였다.

"진정들 하십시오. 본 맹주는 지금 여러분의 확답을 듣고자 하는 게 아니라 나중에 돌아가셔서 각파의 수장들을 비롯한 수뇌진과 면밀히 상의를 해보라는 말입니다."

그 말에 대다수의 참석자들은 불쾌한 표정을 감추지 않았다.

"그러니까 맹주의 말은 우리가 사문의 대표자로서는 자격이 떨어지니까 딴말할 것 없이 맹주가 하는 통보를 사문에 가서 똑바로 전해주기나 하라, 이런 말이오?"

공동파의 장문 대행으로 온 동진자가 격앙된 어조로 말했다.

맹주 상유운의 뒤에 시립해 있던 군사 한광우는 속으로 비웃음을 참지 못했다.

'본인들이 함량 미달인 것은 스스로도 알고 있을 텐데. 참으로 뻔뻔스럽군.'

지금 회의에 참석해 있는 구파일방과 오대세가의 상임 원로 열다섯 중에 본 회원은 맹주 상유운의 출신 문파인 종남파의 장문인 송요림 한 명뿐이었다. 나머지 원로들은 단 한 명도 참석하지 않고 전부 대리자가 대신 와서 회의에 참가하고 있었다.

그것도 모자라서 맹주의 한마디 한마디에 너도나도 딴죽을 걸고 있으니, 무림맹주의 권위가 얼마나 바닥으로 떨어져 있는지를 절실히 체감할 수 있는 광경이었다.

상유운은 땀을 흘리며 화난 대리자들을 달래려 애썼다.

"그런 게 아니라 워낙 중차대한 사안이니 본 회의에서 결론을 지을 게 아니라 각 문파 내에서도 충분한 논의를 하고 의견을 수렴하여 현명한 결정을 짓자는 말입니다."

"논의고 뭐고 길게 끌게 뭐 있소! 이 자리에 있는 자 중에 맹주 말고 그 위험한 봉인을 깨뜨리자는 자가 한 명이라도 있소이까?"

동진자가 계속 언성을 높이자 유일한 원로원 회원인 종남파의 송요림이 참다못해 소리쳤다.

"그쯤 하시오, 동진 도장! 대리고 뭐고를 떠나서 당신이 공동파 장문인이라 해도 맹주께 그딴 식의 태도를 보여서는 안 되오. 예를 차리지 못하겠소?"

동진자도 지지 않고 맞받아쳤다.

"송 장문인은 맹주와 동문이라 또 거드는 거요? 그럼 내 한 가지 물읍시다. 천마봉인을 열었을 때 육십 년 전과 같은 비극이, 아니, 더한 참극이 벌어지면 그 책임을 장문인께서 지시겠소? 무림맹과 종남파가 질 수 있냔 말이오!"

송요림은 잠시 말문이 막혔다.

천마봉인은 무림삼비 중의 하나로 꼽히는 신비(神秘)였다.

무림맹은 백오십 년 전 강호에 암약하는 마교의 잔당을 소탕하기 위해 창건되었다. 당시 마교의 교주였던 천마(天魔)를 쓰러뜨린 무림맹주는 마교의 모든 힘이 축적된 신비지(神秘地) 천마동을 발견하고 그것의 힘이 세상으로 새어나가지 못하도록 비술을 써서 봉인했다.

그리고 봉인을 열 수 있는 열쇠를 당시 무림맹의 주축 오대문파 장문인들의 손에 나누어 맡겼다.

강호에 큰 위기가 도래했을 때 천마봉인을 풀고 그 안의 힘을 빌리라는, 다만 그 힘은 오직 정의를 위해서 써야 한다는 말과 함께였다.

그 후 무림맹이 해체와 재결성을 반복하면서 오랜 시간 잊혀졌던 천마봉인은 지난 육십 년 전 돌연히 그 모습을 드러냈다.

당시 무림맹주와 오대문파 장문인이 합심하여 봉인을 푼 이유는 오로지 파천일기란 당대의 천하제일인을 해치우기 위함이었다.

천부적 무재와 경이적인 내공으로 천하무림을 평정한 파

천일기는 사욕이 없는 인물이었다. 그는 무림 위에 군림하되 무림에 영향을 끼치는 아무런 정치적 행위도 하지 않았다.

그러나 출신조차 불분명한 인물의 장기간의 군림은 구파일방을 위시한 전통의 명가들에게 극심한 불안과 초조감을 안겼다. 파천일기에 짓눌려 오랜 기간 쌓아 올린 자신들의 강호에서의 지위가 서서히 추락하는 모습을 견디기가 어려웠던 그들은 마침내 극단적인 방법을 강구한 것이다.

그것이 천마봉인의 해제였다. 무욕(無慾)한 통치자를 욕망이란 이름으로 처단하기 위하여 미증유의 힘이 개봉되었다. 그러나 초대 무림맹주의 뜻을 거스른 이 선택은 결국 비극을 낳았다.

한 용자(勇者)가 오대문파의 장문인에게 선택되어 개정대법(開頂大法)과 벌모세수(伐毛洗髓)를 받고 천마동으로 들어갈 자격을 얻었다.

동굴로 들어간 용자는 석 달 후 천마의 힘을 얻어 밖으로 나왔다.

그러나 그가 밖으로 나왔을 때 세상은 달라져 있었다.

한없이 군림할 것 같던 파천일기가 돌연 강호 은퇴를 선언하고 은거한 것이었다. 죽었다는 소문이 강호에 파다하게 돌고 있었다.

어이없는 상황에 직면한 무림맹주와 오대문파 장문인은 고민 끝에 힘을 얻은 목적을 상실한 용자를 다른 사람에게 보냈다.

그자는 파천일기의 수제자로 알려진 자였다. 은거했든 죽었든 여전히 파천일기의 그늘이 두려웠던 그들은 수제자라 알려진 그를 죽이면 더 이상 파천일기 때문에 악몽을 꾸는 일이 없을 거라 판단한 것이다.

그러나 용자가 찾은 파천일기의 제자는 무사가 아닌 문사에 가까운 자였다. 그는 산골 마을에서 청년들에게 몸을 튼튼히 하는 도인술을 가르치고 아이들에게는 글을 가르치고 있었다.

용자는 아무런 힘도 없어 보이는 그를 차마 죽일 수 없었다. 그러나 맹주와 장문인들은 되돌아온 그를 다그쳐 다시 제자에게로 보냈고, 결국 용자는 제자에게 손을 썼다.

제자는 저항했지만 그의 힘은 하잘것없었다. 그는 용자의 두 수도 받지 못한 채 절명했다.

수제자가 죽자 그가 키우고 있던 어린 제자들이 용자에게 덤벼들었다. 용자는 그 일이 강호로 새어나가는 것을 막기 위해 어쩔 수 없이 그들도 죽여야 했다.

결국 입막음을 위해 수제자가 살던 마을이 불타고, 그 안에 있던 모든 사람이 죽었다. 정파무림의 대표자가 살인멸구(殺人滅口)를 한 것이다.

무림맹으로 돌아온 용자는 죄책감을 못 이겨 몇 날 며칠을 몸부림치더니 갑자기 미쳐 버렸다.

그런데 그게 단순히 미친 것이 아닌, 마성에 물든 모습으로 돌변하고 말았다. 그는 닥치는 대로 살수를 날려 무림맹의 동료들을 죽이고, 밖으로 뛰어나가 무고한 사람들을 쳐죽였다.

그의 모습을 뒤늦게 본 무림맹주와 오대문파의 수장들은 숨을 멈추었다. 마성에 물든 용자의 모습은 전설처럼 내려오던 천마의 모습과 똑같았던 것이다.

그들은 그제야 뼈저리게 후회했다. 정의가 아닌 그릇된 욕망을 위해 끄집어낸 천마의 힘이 본색을 드러내고 만 것이다.

용자는 희대의 살성이 되어 걸리는 모든 것을 죽이고, 파괴했다. 무림맹은 쑥대밭이 되었고, 용자는 맹의 영역 밖으로 나가 일반 양민까지 살육하기 시작했다.

그때 어느 득도한 고승이 홀연히 나타나 항마의 주문을 읊은 것이 무림맹으로서는 천행이었다.

주문을 들은 용자는 한순간 정신을 차렸지만 끝내 마성에서 완전히 벗어나진 못했다. 그러나 자신의 심각한 상태를 알아차린 그는 즉시 손으로 자신의 천령개를 내리쳤고, 자살함으로써 미증유의 비극을 스스로 막아냈다.

불과 만 하루 동안 벌어진 일이었지만 무림맹이 얻은 피해는 엄청났다. 무림맹 무사의 팔 할이 목숨을 잃었고, 용자를 막아서던 오대문파의 수장 중 세 명이 죽고 다른 두 명과 무림맹주 또한 내상을 입어 무공을 크게 손실하고 말았다.

그러나 이 비극은 외부로 새어나가지 않고 무림맹 내에서 차단되었다. 천마동이 열린 것을 세상에 알려서는 안 된다는 고승의 조언 탓이었다.

죽은 사람들은 그 일이 있은 직후 벌어진 광세비록의 참극에 휩쓸려 사망한 것으로 처리되었다.

파천일기가 저술했다는 광세비록은 사실 용자가 죽인 그의 수제자가 있던 마을에서 나온 것이었다. 불타 버린 마을을 뒤처리하던 무림맹 무사 중 하나가 그걸 발견하고 몰래 빼돌린 것이 어찌어찌 소문이 나면서 물고 물리는 비급 쟁탈전으로 이어졌다.

나중에 광세비록을 입수한 독고세가의 가주, 그리고 무림맹주는 모두 용자와 싸우다가 부상을 입어 내공을 크게 손실한 상태였다. 그들은 광세비록을 익혀 내공을 회복하려 했으나, 오히려 비록의 부작용으로 모두 혈맥이 터져 죽고 말았다.

결국 삐뚤어진 욕망으로 천마봉인을 푼 모든 사람이 비참한 최후를 맞이하고 만 것이다.

이상이 육십 년 전 벌어진 천마봉인과 광세비록이 연루된 무림맹의 비사였다.

그 후유증이 추후 수십 년간 이어졌기 때문 각파의 원로들이 펄쩍 뛰는 것은 당연지사였다.

반대의 목소리가 거세지는 가운데, 맹주 뒤에 서 있던 군사 한광우가 한 발짝 앞으로 나왔다.

"제가 감히 원로들께 한 말씀 올리자면, 일 갑자 전의 비극은 전적으로 천마동을 여는 동기가 잘못되었기 때문입니다. 초대 맹주께서는 정의를 위해 천마동을 사용하라 하셨는데 그 당시 사람들은 오로지 파천일기를 꺾기 위한 불순한 동기로 그것을 열었습니다. 그렇기에 혈사가 일어났던 것이지요. 강호 정의를 세우기 위해 봉인을 푼다면 비극이 반복되는 일은 없을 겁니다."

공동파의 동진자가 꽝 소리 나게 탁자를 후려쳤다.

"헛소리! 자네 정말 무림맹의 군사 맞나? 육십 년 전의 선배들이 파천일기 때문에 봉인을 푼 것을 불순한 동기로 격하시키는 것도 동의할 수가 없지만, 그래, 일단 자네 말대로 불순한 동기라고 치세. 하면 금번 칠성신군을 치기 위해 봉인을 푸는 것이 대체 육십 년 전 파천일기 때문에 봉인을 푼 것과 다를 바가 무어란 말인가?"

한광우는 미소를 지었다.

"틀립니다."

"뭐가 틀린데?"

"동진 도장의 가정이 틀렸다는 말씀입니다. 저는, 아니, 맹주님은 칠성신군 때문에 봉인을 푼다고 하신 적이 없습니다."

"뭐라?"

뜻밖의 말에 중인의 시선은 맹주 상유운에게로 쏠렸다.

상유운은 곤혹스러운 표정으로 고개를 끄덕이며 말했다.

"군사의 말이 맞습니다. 본 맹주는 칠석지약 때문에 여러분에게 봉인을 풀자고 한 것이 아닙니다."

원로들은 어안이 벙벙한 표정을 지었다. 맹주가 회의 시작하자마자 밑도 끝도 없이 천마봉인을 열자는 제안을 꺼내기에 당연히 내년 칠석지약을 대비하기 위함으로 알아들었다. 그런데 그 때문이 아니라니?

"그럼 대체 뭣 때문에 그 위험한 봉인을 풀자는 거요?"

"유명마교 때문입니다. 그들의 잠재된 저력은 파헤치면 파헤칠수록 끝을 알 수 없어 두렵습니다. 그들의 본모습이 백일하에 드러나는 날에는 강호에 큰 겁난이 도래할 것입니다. 그것을 미연에 방지하기 위해서라도 보다 강력한 힘이 필요한 시점입니다."

"그런 말도 안 되는!"

동진자뿐 아니라 착석한 모든 원로들이 어처구니없다는 반응을 보였다.

"있을 수 없는 일이오! 그깟 사교 하나 때문에 천마봉인을 푼다고?"

"칠성신군 때문이라면 최소한의 이해를 할 수 있는 제안이겠지만 이건 좀 심하군. 광검살성의 난 이후 유명마교의 기세는 극도로 움츠러들고 있는 실정이지 않소?"

"맹주, 사교 척결이 아닌 무슨 다른 목적이 있는 것 아니오? 무림맹의 힘을 그렇게 키워서 뭐에 쓰려고 하는 겁니까?"

상유운은 중구난방으로 흘러나오는 반대의 목소리가 잦아들기를 기다렸다가 말을 이었다.

"다른 목적이 있다는 것은 가당치 않습니다. 사 년 전 광검살성의 난 이후 겉으로 드러나는 놈들의 활동은 줄었지만 오히려 보이지 않는 곳에서의 포교 활동은 더욱 짜임새가 단단해졌습니다. 그뿐 아니라 최근 강호를 전복하려는 놈들의 불순한 움직임이 곳곳에서 포착되고 있습니다. 한 달 전 개봉천웅방에서 일어났던 소요에 대해서 다들 익히 들으셨을 겁니다. 한빙검을 노리고 비무대회를 습격한 마졸 중에 혼천마군 방연소가 끼어 있었습니다. 전대의 최고수 중 하나로 꼽히는 그를 일개 마졸로 부릴 정도라면 현재 유명마교의 세가 어느 정도로 확장되어 있는 것인지 능히 짐작이 될 겁니다."

화산파의 천의자가 코웃음을 쳤다.

"혼천마군은 은퇴한 지 이십 년이 넘은 한물간 자요. 다 죽어가는 노인네 한 명이 유명마교에 가입했던들 그게 뭐 그리 대수겠소?"

"단순히 그 사건뿐 아니라 관과 무림, 심지어 상계에까지 놈들의 세력이 미치고 있다는 정황이 포착되고 있습니다. 그리고 오늘 아침 급전으로 보고를 받은 바에 의하면, 놈들이 인간의 경지를 넘어서는 마인을 키우고 있다는 것이 밝혀졌습니다."

"마인?"

"그렇습니다. 아마 화산파에도 보고가 들어갔을 것입니다만 섬서 경계의 운회봉이란 곳에서 놈들이 부리는 마인 두 명이 화산파와 본 맹의 정예 무사들과 격돌하여 백 명 가까운 사상자를 냈다고 합니다. 생존자들의 증언에 의하면 마인들의 무위가 천하오존에 버금갔다고 하니, 그들의 잠재된 힘이 얼마나 대단할지 그 누가 알겠습니까?"

원로들은 맹주의 말에 놀라기보다는 어처구니없다는 반응을 보였다.

"너무 과장된 것 아닙니까? 천하오존이라니! 그런 마인을 둘씩 거느린 자들이 여태껏 천하를 지배하지 못할 까닭이 없지 않소?"

"글쎄 말입니다. 게다가 천하오존에 버금가는 마인을 두 명씩이나 상대하고 생존자들이 남아 있었다고요? 그럼 그 마인들을 결국은 잡았다는 말입니까?"

너도나도 떠드는 가운데 화산파의 천의자가 손을 들었다.

"지금 말씀하신 사건에 대해서는 빈도도 여기 오는 도중에 보고를 들었습니다."

좌중의 시선이 그에게로 몰렸다.

"무림맹 측과 저희 제자들이 그 사건을 보는 시각이 조금 다르군요. 물론 사건의 결과는 맹주님 말씀처럼 다수의 사상

자가 나온 상황입니다만, 저희는 그렇게 된 원인이 그 마인이
란 것들 때문이 아닌 동굴에 펼쳐진 절진을 무림맹의 황의단
이 제대로 파쇄하지 못했기 때문이라고 보고 있습니다."

화산파는 동굴에서 겪었던 마인들의 경천동지할 신위가
절진이 완전히 깨지지 않은 상태에서 무사들이 진의 환각에
사로잡혀 있었기 때문에 일어났던 상황이라고 보고 있었다.

"천하오존의 신위를 발휘하던 마인들이 고작 돌팔매질 따
위에 팔다리가 뚝뚝 부러져 나갔다는 자체가 말이 안 되는 일
이지요. 처음부터 마인의 강함은 진의 환각에서 비롯된 것입
니다."

사건의 결과가 워낙 말도 안 되게 마무리되었기 때문에 누
가 보아도 무림맹주의 말보다는 천의자의 해석이 타당해 보
였다.

상유운은 유명마교의 무서움을 거듭 강조했지만 원로들의
강경한 반대를 결국 꺾지 못했다.

"맹주, 이런 말 하긴 죄송스럽지만 맹주께선 아직 유명마
교를 공적인 시각으로만 보고 있지 못하는 것 같소. 오늘 회
의는 이쯤으로 마무리합시다. 천마봉인의 제안은 사문에 돌
아가서 일단 보고는 하겠소."

소림사 무지 대사의 말에 상유운은 참괴한 표정으로 입을
다물었다. 다른 원로들은 자기들이 하고 싶은 말을 무지 대사
가 해준 듯 다들 시원해하는 표정을 지었다.

오직 종남파의 송요림만이 무지 대사를 향해 칼이라도 뽑을 듯한 기세를 내뿜고 있었다.

회의가 파하고, 원로들은 취의청 복도로 나오며 말을 주고받았다.

"맹주가 돈 거 아닙니까? 천마봉인이라니! 그것도 유명마교를 상대로? 나참, 어이가 없어서……."

"내 말이 그 말입니다. 지 마누라 복수를 하고 싶으면 자기 스스로 하면 되지 공적인 자리를 이용해 힘을 빌릴 생각을 하다니… 참으로 가증스러운 자가 아니오."

당사자가 없는 곳에서 하는 얘기라고는 하지만 무림맹 취의청 복도에서 맹주를 가리켜 가증스러운 자라고 비아냥대는 원로들의 행태는 상식에 어긋나는 것이었다. 그러나 그들의 어조는 너무도 당당하여 마치 무림맹이 아닌 자기 집 안방에서 나누는 대화 같았다.

그들이 그렇게 떠들며 복도를 지나간 후, 복도 좌우에 서 있던 위사 중 한 명이 취의청을 향해 걷기 시작했다.

다른 한 명이 걸어가는 위사를 불렀다.

"사매, 기다려! 근무지를 이탈하면 안 돼!"

그러나 부름을 받은 위사는 들은 척도 않고 걸음을 계속했다.

서 있던 위사는 한숨을 길게 내쉬며 고개를 흔들었다.

"이보게, 곽 소협."

그를 부른 사람은 조금 늦게 취의청에서 나온 종남파의 송요림이었다.

"송 장문인."

서 있던 위사, 청의단주 곽현은 송요림에게 허리를 굽혔다.

원로원 정례회의가 열릴 적에는 취의청 주변을 무림맹 각 부서의 간부 급 이상이 보초를 서게 되어 있었다. 곽현 또한 그래서 이곳에 대기하고 있던 거였다.

송요림은 취의청 쪽을 돌아보며 물었다.

"지금 저 안으로 들어간 게 혹시 연미 아닌가?"

곽현은 무거운 표정으로 고개를 끄덕였다.

"그렇습니다."

"나도 못 알아보고 그냥 지나가던데, 무슨 일인가?"

"……조금 전 원로들이 여길 지나치면서 말하더군요, 사매의 어머니 얘기를……."

"그자들이 정녕……!"

송요림은 주먹을 부르쥐었다.

"회의 중에도 결국 그 소릴 꺼내더군. 내 성질 같아선 당장이라도 무지 대사에게 비무 신청을 하고 싶은 심경일세. 대사란 이름을 달고 있는 자가 어떻게 그리 무례할 수 있단 말인가? 그것도 맹주님께!"

관현은 씁쓸한 얼굴로 고개를 수그렸다. 안에서 무슨 일이 벌어졌을지 듣지 않아도 상상이 갔다. 정식 원로도 아닌 대리자들까지 맹주를 무시하는 행태를 하루 이틀 본 것도 아니었다.

그렇다고 해도 죽은 사모에 대한 얘기를 꺼내는 일은 최소한의 예우 차원에서 금기시되어 왔던 일인데, 오늘은 그것조차도 무시된 모양이었다.

"사매가 걱정입니다. 상처가 클 텐데요."

"그러게 말일세."

취의청 문이 거칠게 열렸다.

문을 열고 안으로 들어간 상연미는 넓은 탁자에 홀로 앉아 있는 상유운을 보았다.

그녀의 아버지는 탁자에 팔을 괴고 두 손으로 얼굴을 감싼 채 말없이 앉아 있었다.

그녀는 그 쓸쓸한 광경에 측은지심이 잠시 일었지만 그 몇 곱절의 분노가 가슴속에서 솟구쳐 다른 모든 감정을 뒤엎어 버렸다.

빙심(氷心)을 얻기 위해 희로애락을 잊으려 노력 중인 그녀였지만 복도에서 원로들이 어머니에 대해 떠드는 소리를 들었을 때부터 이미 부동심은 날아간 상태였다.

"그 꼴이 대체 뭐예요!"

그녀는 버럭 소리를 질렀다.

상유운은 두 손에서 얼굴을 떼고 고개를 들었다.

"연미야."

"그 꼴이 대체 뭐냐고요! 맹주 노릇 하느라고 자기 부인도 못 지킨 사람이면 그 노릇이라도 똑바로 해야 할 거 아녜요! 왜 무시하는 자들을 꾸짖지 못하는 거죠? 왜 당당하지 못하고 항상 그렇게 못난 거냐고요? 대체 왜요? 왜!"

상연미는 발을 쾅쾅 구르며 울부짖었다.

상유운은 무거운 어조로 말했다.

"미안하다. 아비 나름대로 최선을 다하곤 있는데……."

"그놈의 미안하단 소리 정말 지겨워 죽겠어요! 누가 미안하래요? 맹주면 맹주답게 좀 행동해 봐요. 정말 끔찍해요! 가정도 다 포기한 채 일로매진한 결과가 고작 이 정도뿐인가요? 그렇게밖에 못해요?"

상유운은 서글프게 웃었다.

"그래, 난 이 정도밖에 못하겠구나. 이게 내 그릇인 것을 어떡하겠니."

상연미는 아버지를 향한 분노와, 상심한 아버지를 더 거세게 다그치는 자신에 대한 혐오와 죄책감이 뒤범벅되어 가슴이 터질 것 같았다.

"정말 싫어요. 세상에서 당신이 가장 싫고 끔찍해요!"

그녀는 결국 참지 못하고 문을 박차고 뛰쳐나갔다.

상유운은 그녀가 뛰쳐나간 문을 한참 동안 쳐다보다가 천장을 보며 긴 한숨을 내쉬었다.

"이젠 딸한테까지도 좋은 소리를 못 듣는군."

문밖에서 인기척이 들렸다.

"누군가?"

"맹주, 청의단주 곽현입니다."

"오, 곽현 군이로군. 들어오게."

곽현이 안으로 들어왔다.

그는 미안한 표정으로 고개를 수그렸다.

"죄송합니다. 사매를 저 앞에 세워놓는 것이 아니었는데…… 제가 실수했습니다."

상유운은 고소를 지었다.

"아닐세. 딸아이 야단에 정신이 번쩍 나는걸. 좋은 자극이 되었다네."

"사매가 말은 저리해도 맹주님 생각을 늘 끔찍이 합니다. 오늘만 해도 오의단은 비번인데 굳이 자기가 취의청 경비를 서겠다고 자청을 하더군요."

"그런가."

곽현은 잠시 머뭇거리다가 입을 떼었다.

"맹주, 저는 이제 곧 본 가의 부름을 받고 맹을 떠나야 할 상황인지라 외람됨을 무릅쓰고 한 말씀 올립니다. 저를 비롯한 무림맹의 모든 무사들은 맹주를 존경하고 맹주께서 어떤 결정을 내리시든 강호의 정의를 이루고자 하는 신념에의 발로라고 믿고 있습니다. 그러니 사익을 좇는 자들의 망언에 상심하지 마시고 앞으로도 본 맹을 굳세게 이끌어주십시오."

상유운은 피식 웃었다.

"이 친구, 아부가 많이 늘었군. 자네가 이렇게 아부를 잘하는 걸 진작 알았다면 영호세가로 못 가게 하고 내 옆에 꾹 앉혀뒀을 텐데 말이야."

"그러게 말입니다."

곽현과 상유운은 함께 웃었다. 상하 간의 굳은 신뢰와 이제 곧 있을 석별의 아쉬움이 묻어나는 웃음이었다.

*　　　*　　　*

정례회의가 있은 지 이틀이 지난 후, 무림맹을 떠난 소림의 무지 대사는 낙양에서 삼백 리 떨어진 삼문협(三門峽) 절벽의 허름한 객잔 안으로 들어서고 있었다.

그가 들어선 지 얼마 지나지 않아 화산의 천의자가 변복을 한 채 나타나 객잔 안으로 들어섰다.

그가 삼층으로 올라가자, 안에는 앞서 들어간 무지 대사가 있었다. 그리고 그와 마주 앉은 소림사 방장 무유 대사와 화산파 장문인 천학자가 보였다.

"회의 내용은 무지 대사께 다 들었네."

천학자의 말에 천의자는 고개를 끄덕였다.

"천마봉인을 열려 한다는 것도 들으셨겠군요."

"그렇네."

"걱정입니다. 무림맹주가 저러다가 천마동을 스스로 열기라도 하는 날에는……."

천의자의 말에 천학자는 말도 안 된다는 듯 고개를 저었다.

"있을 수 없는 일이야. 오대거파가 가진 다섯 개의 열쇠가 없이는 그것을 열 수 없네."

"꼭 그렇다고 볼 수는 없소."

무유 대사의 말에 나머지 세 사람은 깜짝 놀란 표정을 지었다.

"대사, 그게 무슨 뜻이시온지? 설마 열쇠 없이도 천마동을 열 수 있단 말씀입니까?"

"솔직히 말하면 잘 모르겠소이다. 어쨌거나 천마동의 위치를 아는 것은 천하에 무림맹주 단 한 명뿐이지 않소? 백오십 년 전 초대 맹주의 명에 의해 역대 무림맹주 외에는 그 누구도 천마동의 위치를 모르게 되어 있으니 말입니다. 천마동이 무슨 신묘한 기관절학에 의해 봉해져 있는지는 모르지만 자물쇠가 제아무리 튼튼해도 그걸 열 수 있는 도둑이 없다고 장담할 수는 없는 것이외다. 무림맹주가 무림의 뜻을 거스르면서까지 그것을 열기로 작심을 한다면…… 나무아미타불."

천학자가 경색된 표정으로 말했다.

"방장 대사의 말씀을 듣고 보니 지배욕에 사로잡힌 맹주라

면 그러고도 남겠다는 생각이 드는군요. 강호의 평화를 위해
서라도 그를 반드시 하야시켜야겠습니다."

"장문인의 뜻에 전적으로 공감하오. 유약해 보이는 겉모습
뒤에 도사리고 있는 그의 야욕이 너무 위험하구려. 이대로 내
년 칠석지약까지 그에게 맹주를 맡겼다간 정파무림의 근간이
흔들릴 것 같소. 이제부터는 극단적인 수를 써서라도 그를 퇴
출시킬 빌미를 만들어야겠소이다."

무유 대사의 말에 나머지 세 명은 굳은 표정으로 고개를 끄
덕였다.

第八章

유유상종(類類相從)

1

"군사가 부재중이시라고요?"

무림맹으로 복귀한 이세민은 외당주에게 그간의 경과를 보고하고 있었다. 그러던 중 신경 쓰이는 군사 한광우에 대해 넌지시 물어보자 돌아오는 대답이 그가 출타를 했다는 것이었다.

"그렇네. 자네들이 귀환에 앞서 급전으로 보내온 보고 서신 때문에 맹이 발칵 뒤집혔었다네. 유명마교가 강하다는 것이야 피부로 느끼고 있었지만 설마 그렇게 무시무시한 마인들을 키우고 있었다는 것은 상상할 수 없었지. 해서 때마침 열린 원로원 정례회의에 이 안건이 상정되었고, 맹주님은 각 문파에 유명마교에 대한 보다 강력한 대책과 지원을 요청했네. 한데 원로들이 그걸 거절했고, 결국 맹주님과 군사를 비롯한 맹의 수뇌진은 강호의 주요 문파를 직접 찾기로 했다네. 각파의 수장들과 얼굴을 마주하고 그들을 설득하려고 말일세."

이세민은 고개를 갸웃거렸다.

"굳이 직접 찾아가야 합니까? 무림맹주 정도 되면 '모두 모여라!' 호령 한마디에 구파일방 수장들이 제꺽 집합을 해야 하는 것 아닌지요?"

외당주 봉득은 고소를 지었다.

"자넨 강호 돌아가는 물정을 모르는구먼. 예전의 무림맹 같았으면 그랬겠지. 그러나 작금의 맹은 힘이 모자라고, 그 반면 구파일방과 오대세가의 힘은 강력하네. 원래 원로원 정례회의 때에는 십오대거파의 수장들이 전원 참석해야 하네. 한데 이틀 전 열린 회의에 온 원로들은 대다수가 그들의 대리였지. 올해뿐 아니라 지난 구 년간 십오대거파의 수장들이 과반 이상 회의에 참석한 경우는 발족 첫해 한 번뿐일세. 결국 맹주님이 그들을 만나려면 그들이 있는 곳으로 직접 찾아가는 수뿐이 없는 것이지."

'무림맹주도 못해먹을 직업이군.'

이세민은 속으로 생각했다. 명색이 정파무림의 맹주라는 자리가 그따위로 권위가 없단 말인가. 누가 시켜준다고 해도 그는 사양할 성싶었다.

"동굴 속에서 맞닥뜨렸다는 괴인의 시체는 가져왔나?"

"예, 화산파가 일부를 가져가고 나머지는 우리가 가져왔습니다만, 오는 도중에 많이 부패했습니다."

운암동의 전투가 끝난 직후 마인들의 시체에서 채집한 피부와 뼈는 지극히 괴이한 상태의 것들이었다. 피부는 물컹물컹하고 속이 문드러져 있어 마치 익사한 시체의 그것 같았고, 뼈 또한 단단함이 없이 푸석푸석해 세게 잡으면 으깨지기까지 했다.

한마디로 시체나 다름없는 상태였기에 강시가 아닐까 하는 의견이 나왔지만 이내 묵살되었다. 일반적으로 알려진 강시는 몸이 강철같이 단단하고 동작이 굼뜬 데 반해, 동굴의 마인은 동작은 비호같고 몸이 약하니 극과 극이라 할 수 있었다.

게다가 그렇게 완벽한 무공을 발휘하는 자가 생기가 다 빠져나간 시체일 리가 없었다.

결국 현장에서는 결론이 나지 못한 채 시체를 수거하여 무림맹으로 이송한 것인데, 맹에 도착할 때 즈음에는 피부가 모두 썩어버려 뭔가 더 조사할 건덕지가 없어진 상태였다.

"보고서의 내용대로라면 경천동지할 무위를 보였다고 하던데?"

봉득의 질문에 이세민은 어깨를 으쓱했다.

"전 싸우는 자리에 없었기 때문에 잘 모르겠습니다. 보고서는 놈들과 싸웠던 황의단 이도상 부단주가 서술한 겁니다."

"자넨 없었다고? 여기 보면 오의단의 맹활약으로 괴인들의 약점을 발견하고 무찔렀다고 써 있던데?"

"그 말은 맞습니다. 저희 단원들이 맹활약을 했지요."

"그런데 자넨 그 자리에 없었다? 그럼 대체 어디서 뭐 하고 있었나?"

"잠시 길을 잃어서……."

봉득은 이세민의 대답이 못마땅한 듯 혀를 찼다. 오의단이 영호세가의 임무를 완수하고 황의단 지원까지 완벽하게 처리했다는 말에 기분이 좋았었는데, 막상 이세민의 보고를 듣고 보니 하나같이 별게 아닌 것처럼 느껴졌다.

영호세가 쪽의 일은 그쪽이 이미 구 할 이상 해결한 상황에서 손 안 대고 코 푼 격인 듯했고—보고에 의하면 인질 구출 상황에서 별다른 저지를 받지 않았고, 적의 매복은 오폭으로 자멸했다고 하니 그렇게 받아들일 수밖에 없었다—화산파 운회봉 사건도 마인의 무력이 엄청났다고 하긴 하는데 무슨 바둑돌에 팔다리가 뚝뚝 부러졌다고 하니 도무지 현실감이 느껴지지 않았다. 심지어 이놈들이 절진이 일으키는 환각에 집단 빙의되었던 것을 현실로 착각하고 보고서를 올린 거 아닌가 하는 생각마저 들었다.

"뭐, 어찌 되었든 수고 많았네. 부임하자마자 사건의 경중을 떠나 유력 문파들과 결부된 사안을 두 건이나 해결했으니 시작이 아주 좋아. 피곤할 텐데 그만 돌아가서 푹 쉬게."

"알겠습니다."

"그렇다고 너무 긴장을 풀진 말게. 언제 다시 출동해야 할지 모르는 상황이니까. 자네네뿐 아니라 외당 전체가 요 근래 숨 돌릴 틈이 없다네. 사건은 하루가 멀다 하고 터지고 맹의 소속 문파들은 무슨 작심이라도 한 것인지 뻔질나게 지원을 요청하고 있네. 지들 손쓰기 거북한 일을 우리에게 떠맡기겠다는 심보더군. 마음 같아서는 차라리 무림맹을 해체하는 게 낫지 않을까 싶은 것이 요즘 심경일세."

이세민은 전부터 궁금해하던 것을 그에게 물었다.

"그 소속 문파라는 게 구파일방, 오대세가 뭐 이런 곳들을 말하는 겁니까?"

"그들이 아니면 누구겠나?"

"원래 무림맹이란 곳이 그들이 연합하여 만든 연맹이 아닙니까?"

"그렇지."

"그럼 무림맹의 무사들도 모두 그 문파들이 보내준 무인들로 이루어져 있겠군요."

"대부분은."

"한데 당주님 말씀을 들어보면 그들은 본 맹을 악착같이 이용해 먹으려는 것 같습니다. 마치 자기들과는 상관없는, 전혀 다른 조직처럼 말이지요."

"흐흥, 자넨 정말 강호 돌아가는 물정을 모르는군."

봉득이 혀를 차고는 찬찬히 설명을 시작했다.

"구 년 전 창건 당시만 해도 자네 말마따나 무림맹은 정파무림의 연합 그 자체였네. 무림맹을 구성하는 무사들도 모두 구파일방과 오대세가, 총칭 십오대거파의 직전제자들이었지. 한데 시간이 흐르면서 맹을 떠받들던 정예 무사들은 다 그들의 원 문파로 소환이 되었고, 그 빈자리는 속가나 방계무사들, 또는 추후 맹에 가입한 신진 문파 소속 무사들이 차지를 하게 되었네."

"왜 그렇게 변질이 된 겁니까?"

"글쎄, 이유는 여러 가지이네. 각 문파 간의 이권 다툼도 결부되어 있고, 서로 좋은 제자를 아끼려다 보니 점차 맹에 대한 헌신적 지원이 줄어든 이유도 있지. 그러나 뭐니 뭐니 해도 가장 결정적 이유는 맹주님의 권위를 그들이 인정하지 않았기 때문일세."

봉득은 침울해진 얼굴로 말했다.

"맹주께서는 정정당당히 무림맹의 수좌를 차지했건만 그들은 걸핏하면 탈락자들과 맹주님의 실력을 비교하며 무림맹의 권위를 깎아내렸네. 권위가 땅에 떨어진 단체가 어찌 융성할 수가 있겠는가. 십오대거파의 맹에 대한 인적, 금적 지원은 해가 갈수록 구색 맞추기에만 급급했고 실속이 없었네. 특히 유명마교가 본색을 드러내기 전까지의 몇 년 동안은 맹의 살림이 정말 어려웠네. 무림맹이 해체되었다고 해도 전혀 이상하지 않았을 게야."

"그럼 유명마교가 활동을 하는 바람에 맹이 되살아났단 말씀이십니까?"

"우습게 들리겠지만 그렇다네. 나라에서는 무림인들의 일은 무림에서 해결해 주기를 바라는데, 속사정이야 어쨌든 무림맹이 무림의 대표 단체 아닌가. 그러니 민간에 해를 끼치는 사교의 퇴치를 해야 할 임무는 정파무림, 그중에서도 대표인 무림맹이 떠맡아야 했던 걸세. 아니, 무림맹 외에는 떠맡을 단체가 없었다는 게 맞는 얘기이겠군. 다른 것은 몰라도 국가의 눈치는 보고 살아야 하는 게 정파무림인지라 십오대거파도 결국 어쩔 수 없이 무림맹에 대한 지원을 늘려야 했지."

"재미있군요. 그럼 그때부터 다시 지원이 풍부해진 겁니까?"

봉득은 씁쓸한 얼굴로 대답했다.

"한 삼 년간은 그랬지. 그러나 광검살성의 난 이후 유명마교의 행적이 보다 은밀해지며 지하로 숨어버리자 십오대거파의 지원 또한 서서히 줄어들고 있는 실정일세. 행적이 은밀해진 대신 더욱 치밀하게 포교 활동을 벌이는 게 지금의 놈들인데, 거파들의 최근 행보를 보면 마교 놈들보다 오히려 본 맹을 경계하고 있는 것 같으니······ 한심한 노릇이지."

"왜 본 맹을 경계한다는 겁니까? 이해할 수가 없군요."

"그들은 두려워하고 있다네, 맹주님을."

"맹주님이요? 그들이 가장 만만하게 보는 게 맹주님이라 하시지 않았습니까?"

"만만하게 봤기 때문에 이제는 무서운 것일세. 그들이 우습게보았던 것은 맹주님의 무위(武威)였네. 그러나 지금 무서워하고 있는 것은 수장으로서의 경영 능력일세."

봉득은 설명을 이었다.

"직전제자들이 모두 빠져나가고 형편없는 실력의 속가, 신진 무사들이 그 자리를 메웠을 때 세간에서는 무림맹이 곧 무너질 거라고 생각했지. 하지만 맹주님은 그들을 불과 삼사 년 남짓한 시간에 구파일방의 어느 정예와 비교해도 꿀리지 않을 빼어난 무인으로 키워놓으셨네. 늘 부족한 재정임에도 효율적인 자금 관리로 무리없이 많은 무사들을 양성해 냈지. 그러한 결실은 평화 시에는 드러나지 않다가 유명마교와 맞닥뜨렸을 때 진가가 드러났네. 십오대거파는 의외로 맹의 전력이 대단히 탄탄하다는 것을 그제야 알아보고 경악을 금치 못했지."

십오대거파는 유명마교 때문에 무림맹에 대한 지원을 늘리면서도 한편으로는 두려워지기 시작했다. 너무 오랫동안 무림맹을 방치한 것이 오히려 역효과가 난 것이 아닌가 하는 마음이 들었던 것이다.

"그들은 내실있게 성장한 무림맹이 자체 세력화되는 것을 우려하게 되었네. 처음 창건할 때처럼 정파무림의 연합체라면 아무 걱정 할 게 없었을 테지. 하나 자파의 직전제자들은 남아 있질 않고, 그 자리를 족보도 명확하지 않은 속가의 무명 무사들이 채우고 있네. 그렇다면 과연 그들의 충성심은 어느 쪽으로 쏠려 있을까? 만일 무림맹과 각 문파가 대립하는 상황이 된다면 강력하게 성장한 무림맹의 속가제자들은 과연 누구 편을 들까? 만일 그들이 본 소속 문파의 편을 들지 않고 맹주의 말에만 따른다면 과연 무림맹이 정파무림의 연합체라고 할 수 있을까?"

"그렇게 된다면 무림맹주의 사조직이라고 볼 수도 있겠죠."

"맞았네. 그들은 그게 무서워졌지. 그들이 끊임없이 무시하고 괄시하던 무림맹주가 이끌고 있는 단체가, 자신들이 내치다시피 한 속가제자들이 점점 강해지고 있는 것이."

"그건 그들이 자처한 일 아닙니까? 게다가 반목하지 않으면야 가장 든든한 아군이 무림맹일 텐데 뭐가 두려운 것일까요?"

"이제껏 무시하고 이용의 대상으로만 생각해 온 자들을 갑자기 우군으로, 또한 연합체의 상위 조직으로 대하기가 힘든 것이지. 사람의 심리란 게 원래 그렇다네."

이세민은 인상을 찌푸렸다. 무슨 얘기인지는 이해가 갔지만 명문대파라는 족속들의 처신이 매우 쩨쩨하게 느껴졌던 것이다.

"그래서, 그런 것들이 거북해서 다시 지원을 줄이고 있다는 겁니까?"

"지원을 줄이는 것뿐 아니라 무림맹에서 성장한 속가제자들을 본산으로 소환하려 하는 움직임까지 보이고 있지. 최근에 시시콜콜한 지원 요청이 잦아지는 것 또한 본 맹의 전력을 약화시키려는 의도인 것 같고."

"그건 너무 근시안적이 아닙니까? 유명마교가 뿌리 뽑힌 것도 아니요, 내년에 무슨 칠석지약인가 하는 것도 있다면서요."

"근시안적이고 바보 같은 짓이지. 그러나 고지식한 사람들이 높은 자리에 오르면 원래 바보짓을 잘한다네. 생각해 보면 소림, 무당, 화산 등 명문대파들이 모두 깊은 산속에서 도를 닦는 자들이 모여 있는 곳 아닌가. 세상 물정 모르는 그들에 비하면 차라리 잇속을 밝히는 오대세가가 말이 잘 통하는 편이라네. 지원자금도 제겅제겅 보내주고 말일세. 물론 유명마교를 때려잡으라는 관의 눈치를 보자니 어쩔 수 없이 하는 짓일 테지만."

이세민은 소위 정파무림이라는 곳에서 벌어지는 가식적인 행태에 혀를 내둘렀다.

"아무튼 자네들은 그런 세파에 신경 쓸 것 없이 맡은바 임무에만 충실하게. 유명마교든 칠석지약이든 본 맹은 각 사안에 대해 철저한 대비를 하고 있으니 맹주님 이하 지도부를 믿게. 본 맹의 가장 강력한 무기는 고절한 내공도 아니고 예리한 창검도 아닌, 구성원 간의 신뢰와 결속이네. 이 점을 늘 명심하도록."

'신뢰와 결속이라⋯⋯.'

이세민은 봉득의 마지막 말을 곱씹으며 그의 집무실을 나섰다.

무림맹의 가장 강력한 무기들은 그 자신이 몸담고 있는 오의단에는 별로 관계가 없는 듯했다. 그 자신부터 단원들에게 아무런 기대를 하지 않고 있었고, 단원들 또한 그럴 것이다. 심지어 그는 아직도 직속 수하인 부단주의 얼굴을 모르고 있지 않은가.

'정말 좋지 않군.'

이세민은 적어도 사부가 무림맹에 오기 전까지 자리를 보전할 의무가 있었다. 그러기 위해서는 최소한의 지도자적 덕목을 지켜야겠다는 생각이 들었다.

이세민은 오의단 본부로 향해 가던 발걸음을 돌려 총단의 후원 길로 들어섰다. 부단주의 처소가 있다는 장소로 가는 것이었다.

'지도자적 덕목'을 지키기 위한 일환이었지만 실은 부단주의 정체가 대체 무엇인지 알고 싶은 호기심이 의무감보다 더 컸다.

제법 아름다운 정원이 들어서 있는 무림맹의 후원 한 켠에는 아담한 건물이 몇 채 들어서 있었다.

무림맹에 상주하는 여성간부들이 머무는 곳이라고 들었다.

이세민은 부단주가 있는 곳을 설명해 주던 단원의 말을 떠올렸다.

'그중에 대문이 가장 튀는 집을 찾으면 된다고 했지?

다시 떠올려 보아도 단원의 설명이 참 웃기다는 생각이 들었다. 일렬로 세워진 비슷한 건물들에 달린 대문이 튀면 얼마나 될 것인가?

그러나 있었다. 매우 튀는 대문의 건물이 그의 눈에 들어왔다.

그 건물 앞으로 난 소로(小路)는 매우 깨끗했다. 어찌나 깨끗한지 허리를 굽히고 내려다보아도 먼지 한 톨 안 보일 정도였다.

그 소로의 끝에 서 있는 이층 건물 또한 깨끗했다. 마치 새로 지어진 집인 양 창틀과 기와가 햇빛이 반사될 정도로 번쩍거렸다.

그리고 대문이 있었다, 싸리를 엮어 만든 대문이.

아담하긴 해도 벽돌로 단단히 세워 올린 이층 기와집의 대문이 대충 엮은 싸리문이라니. 참으로 극악스러운 부조화가 아닐 수 없었다.

주변의 다른 집들은 멀쩡한 대문을 갖고 있는 것으로 보아 단원이 지칭한 '튀는 대문'을 소유한 집은 바로 이곳이리라.

이세민은 이 집이 수수께끼의 부단주가 사는 곳일 거라 확신하며 싸리문 앞으로 다가갔다.

그가 싸리문에 손을 대기가 무섭게 집 안에서 목소리가 날아왔다.

"거기 누구십니까?"

여자의 목소리였다. 이세민이 대문 안을 넘겨다보니 시비 차림의 까탈스럽게 생긴 중년 여인이 살짝 열린 월동문 사이로 몸을 조금 내민 채 자신을 노려보고 있었다.

"오의단 부단주를 만나러 왔소."

"뉘신지요?"

"신임 단주인 이세민이오."

"명패를 보여주시겠습니까?"

다른 곳도 아닌 무림맹 내에서 주인의 직속상관일지 모르는 사람에게 명패를 보여달라고 시비가 요청한다는 것은 일반적인 상식하에서는 있을 수 없는 일이었다.

그러나 세속의 예의를 별로 개의치 않는 이세민은 순순히 명패를 꺼내어 시비가 있는 쪽으로 내밀었다.

"되었소?"

시비는 고개를 끄덕이고는 말했다.

"확인했습니다. 잠시 기다리십시오."

그러더니 월동문 안으로 자취를 감추었다. 아마 주인에게 보고를 하러 간 모양이었다.

잠시 후, 이층 창문이 움직이는 소리가 들렸다. 이세민은 모른 척했다. 그가 민감한 귀를 가지고 있다는 것을 굳이 드러낼 필요는 없기 때문이었다.

조금 후 시비가 다시 월동문 뒤에 나타났다.

"주인께서는 오늘 만나실 수가 없다고 합니다."

"어째서 말이오?"

"여행에서 갓 돌아오신 분과는 마주하지 않는다는 게 저희 주인의 원칙이십니다. 용건을 남겨주시면 나중에 사람을 보내어 응답하겠다고 하십니다."

참으로 괴상한 답변이었다. 여행 갔다 온 사람을 만나지 않는 원칙이 있다니. 무슨 전염병이 창궐한 지역을 갔다 오지 않았음에야 못 만날 이유가 뭐란 말인가?

"못 만나겠다는 게 그 원칙에 위배되기 때문이란 말이오?"

"그렇습니다."

"그러한 원칙을 가지고 있는 이유를 물어도 되겠소?"

시비는 잠시 뜸을 들이다가 말했다.

"악취가 진동하기 때문입니다."

이세민은 자기가 잘못 들었나 의심되어 재차 물었다.

"지금 뭐라고 했소?"

"여행을 갔다 온 사람에게서는 냄새가 심하게 나기 때문이라고 했습니다."

다른 사람 같았다면 상관의 면담을 거절하는 이 말도 안 되는 이유에 분노하여 검이라도 뽑았으리라. 그러나 이세민은 히죽 웃고는 말했다.

"그럼 목욕을 하고 오리다."

그는 시비가 뭐라 대꾸할 새도 없이 자리를 떴다. 그리고 자신의 처소로 가 목욕재계를 한 후 다시 이층 집 싸리문 앞으로 돌아왔다.

"목욕재계를 했으니 만나줄 수 있냐고 물어보시오."

시비가 다시 사라졌다가 되돌아왔다.

"그래도 곤란하다 하십니다."

"이번에는 또 이유가 뭐요?"

"덥수룩한 수염이 마음에 들지 않으신다는군요. 수염을 깨끗이 정리하고 오시면 만나시겠답니다."

이쯤 되자 어지간한 이세민도 어처구니가 없어 헛웃음이 나왔다. 세상에 이토록 간 큰 부하가 어디 있단 말인가!

그는 이 집의 문이 어째서 싸리로 만들어져 있는지 이제야 깨달을 수 있었다.

'앞서 이곳을 방문한 전임 단주들이 대문짝을 가만 놔두지

않았겠지.'

성질나는 상황에서 화풀이하기 가장 좋은 위치에 있는 것이 대문이었으니 아마도 성할 날이 없었을 것이다.

원래는 옆집과 마찬가지로 번듯한 대문이 달려 있었겠지만 지금 같은 태도라면 문짝이 강철로 만들어져 있었어도 남아나지 않았을 것이니 결국 부서져도 손쉬운 복원이 가능한 싸리문으로 대체가 된 것일 게다.

이세민은 잠시 고민했다. 이대로 물러날 것인지, 아니면 전임 단주들의 유지를 받드는 차원에서 싸리문을 부수고 들어가 건물 기둥뿌리를 뽑아 무너뜨린 다음 그 잘난 낯짝이 엉금엉금 기어나오는 꼬라지를 볼 것인지.

이세민은 전자를 택했다. 후자를 택하면 추후 귀찮은 일이 벌어질 게 불을 보듯 뻔했고, 게다가 그는 이전 단주들만큼 직책에 대한 사명감이나 자부심이 없었기 때문에 부단주가 무시를 해도 짜증이 조금 일지언정 과격한 행동을 불사할 만큼 화가 나지도 않았다.

'비상시에는 기어나온다고 하니 나중에 기회 있으면 보지 뭐.'

이세민은 마음 편히 생각을 정리하고 몸을 돌렸다.

후원 길로 사라지는 그를 싸리문 집 이층의 살짝 열린 창문 틈으로 이채를 띤 눈이 응시하고 있었다.

큰맘먹고 시도한 부단주와의 면담 건이 실패한 후 만사가 귀찮아진 이세민은 자기 처소에 틀어박혀 밀린 잠을 실컷 자는 것으로 시간을 보냈다.

그러나 달콤한 휴식은 그다지 오래가지 못했다.

귀환한 지 채 이틀도 지나지 않아 다시 출동 명령이 내려졌기 때문이다.

긴급 호출에 단주 대신 불려 나갔던 상연미가 잠이 덜 깬 이세민을 찾아와 외당주에게서 받은 지령을 보고했다.

"오의단은 지령을 받는 즉시 안휘성 합비로 출동할 것. 그곳에 앞서 가 있는 청의단과 함께 남궁세가의 요청에 적극 협조하라는 명입니다."

상연미의 무미건조한 음성은 이세민을 더욱 졸리게 만들었다. 그는 눈을 비비며 물었다.

"안휘면 꽤 멀군. 마차로 가나?"

"배를 타고 운하로 이동합니다. 맹의 쾌속선이 준비되어 있으니 선착장으로 가시지요."

"듣던 중 반가운 소리군."

이세민은 편안한 교통편에 반색을 했다.

그의 정신이 맑아진 것은 배에 오르자마자 곯아떨어진 뒤 하루 밤낮을 꼬박 자고 일어난 후였다.

바람이라도 쐴까 해서 갑판으로 올라가니 깜깜한 밤이었다.

　단원들은 모두 자는 듯 갑판 위에는 사람의 모습이 보이지 않았다. 한데 자세히 보니 누군가 난간에 기대고 있는 게 보였다.

　이세민이 다가가 보니 목상대였다.

　"목 부장."

　"아, 단주님!"

　물끄러미 하늘을 보고 있던 목상대는 이세민을 보고는 반색을 했다.

　"섬서성에서 고생이 많으셨다고 들었습니다."

　"고생은 무슨. 그래, 단원들하고 얼굴은 좀 익혔나?"

　"헤헷, 제가 워낙 숫기가 없어서 별로……."

　목상대는 쑥스러운 듯 머리를 긁적였다.

　"참, 남궁세가에 가보신 적 있습니까?"

　목상대의 질문에 이세민은 고개를 저었다. 남궁세가는커녕 자기 집에 가본 기억도 없는 그였다.

　"목 부장은 가본 적이 있나 보지?"

　목상대는 고개를 끄덕였다.

　"예전에 집에 있을 때 아버지를 따라 무림세가를 몇 번 방문한 적이 있습니다. 무당산에 오르기 전이니까 아주 어릴 때였습니다만 일검회의 명성을 귀가 따갑게 들었기 때문에 그들을 직접 본다는 마음에 무척 설레었던 기억이 나는군요."

이세민은 귀에 익은 한마디에 퍼뜩 정신이 들었다.

'가만, 일검회?'

그는 무릎을 쳤다.

"맞아, 남궁세가가 일검회의 주축이라고 했지?"

옆에 있던 목상대는 갑자기 단주가 누구나 다 아는 얘기를 새로이 깨달은 것처럼 외치자 의아한 표정을 지었다.

"그렇습죠. 한데 일검회와 무슨 인연이라도 있으신가 봐요?"

'인연이 있긴 하지. 간접적인 악연이라고나 할까⋯⋯.'

이세민은 미간을 찌푸렸다.

사부 위세척, 아니, 위세광이 남궁세가의 검성 남궁환과 공동으로 광세비록을 구현하던 중 남궁환이 주화입마를 당했고, 사부는 그 자리를 말없이 뜬 죄로 남궁환의 사고 책임을 뒤집어쓴 셈이 되어 일검회의 추격을 받고 있으니 그것도 악연이라면 악연이었다.

'그런데 그들이 하필 내가 몸담고 있는 오의단을 부른 이유가 뭘까?'

이세민은 문득 불길한 예감이 들었다.

"목 부장, 지령에 단순히 남궁세가로 가라고만 써 있었던가? 구체적인 내용은 없었고?"

"예⋯ 합비로 가 남궁세가에 협조하라는 말뿐이었습니다

만, 단원들은 무슨 일을 해야 할지 짐작하고 있던데요. 아마도 앞서 간 청의단과 함께 장강의 수적채를 공략하는 임무일 거라 하더군요."

"수적채?"

"예, 남궁세가는 호룡채(湖龍寨)라고 하는 극악한 수적 집단과 몇 년째 전쟁을 벌이고 있습니다. 무력에서는 남궁세가의 일검회가 한 수 위이지만 호룡채 수적들의 수공이 워낙 뛰어나 공략에 어려움이 많다고 합니다. 남궁세가에서는 최근 본 맹에 도움을 요청했고, 곽헌 청의단주가 그 임무를 자원해서 맡았다고 하더군요. 그는 이번 건을 끝으로 맹을 떠나 영호세가로 간다고 합니다. 그래서 어려운 임무를 자청했다고 하던데요."

"청의단이 자청해서 갔는데 굳이 우리까지 따라갈 이유는 뭐야? 외당주 그렇게 안 봤는데 의외로 소심하군."

"그건 외당주님이 시킨 일이 아니에요. 단주란 사람이 상관 험담이나 하고, 참 보기 좋군요."

등 뒤에서 차가운 목소리가 들려왔다.

이세민은 쓴웃음을 지었다. 돌아보지 않아도 상연미인 걸 알 수 있는 말투였다.

"왜 이리 일찍 일어나셨소, 부단주? 잠을 많이 자야 피부 상태가 좋아지는 법인데."

"제 피부는 제가 신경 쓸 테니 단주님은 맡은바 소임이나 신경 쓰시죠. 맹에서 출발한 지 만 하루가 지난 이 시점에서 누가 내린 지령인지도 모른 채 임무에 임하고 있다는 게 말이 된다고 생각하세요?"

상연미의 날카로운 힐난에도 이세민은 끄떡하지 않고 대꾸했다.

"물론 말이 안 되지. 한데 나한테 지령에 대한 보고를 한 게 우리의 사랑스러운 부단주님이 아니신가? 보고를 똑바로 했으면 내가 누가 내린 지령인지를 왜 모르겠어?"

상연미는 얼굴이 상기되어 꽥 소리를 질렀다.

"보고할 때 군사님이 전서구로 내린 지령이라고 분명히 말했어요! 꾸벅꾸벅 졸면서 건성건성 들은 게 누군데 책임 전가를 하는 거죠?"

"귀 안 먹었소. 그렇게 소리치면 곤히 자는 단원들 다 깨겠군. 수면 부족으로 업무 효율이 떨어지기라도 하면 부단주가 책임질 거요?"

이세민은 귀를 막으며 대꾸했다. 상연미는 기가 막힌 듯 헛웃음을 몇 번 토해내더니 뭐라고 중얼거리며 몸을 팩 돌려 갑판 아래로 사라졌다.

"하여간 저 성질머리 하곤… 저걸 누가 데리고 살려나 걱정되네."

투덜거리던 이세민은 그녀가 마지막에 소리친 말을 곰곰이 되새겨보았다.

'군사가 지령을 내렸다고?'

군사 한광우를 수상쩍다고 생각하는 그로서는 그다지 반가운 소식이 아니었다. 혹시 또 무슨 꿍꿍이가 있지는 않을까 하는 의심이 들었다.

그때 옆에 있던 목상대가 말을 걸어 이세민의 상념을 깨뜨렸다.

"한데 부단주님 말입니다. 단주님한테는 늘 다른 모습을 보이시는군요. 신기합니다."

"응? 무슨 말인가?"

"저를 비롯한 다른 단원들을 대할 때는 저렇게 소리를 치거나 화를 내는 법이 없거든요."

"그래? 좀 사근사근해지나 보지?"

"전혀요. 얼굴이 무슨 조각상처럼 무표정합니다. 목소리도 감정 한 올 실려 있지 않고요. 말을 나누다 보면 내가 사람하고 얘기를 하는 것인지 얼음귀신하고 얘기하는 것인지 가끔 헷갈릴 정도입니다. 그런데 단주님하고 대화하는 것을 보면 감정이 확실하게 실리는군요. 비록 늘 화난 목소리입니다만."

"그래?"

"이건 제 생각입니다만, 부단주님이 단주님을 좋아하는 게 아닐까요?"

이세민은 말도 안 된다는 듯 웃었다.

"설마. 좋아하면 웃고 살갑게 대할 것이지 왜 볼 적마다 원수 대하듯 한단 말인가?"

"원래 여자들 심리가 그렇지요. 자기 맘 안 알아주면 화를 내는 겁니다."

"에이, 너무 비약하는 거 아닌가?"

"비약이 아닙니다. 사실 제가 단주님하고 같이 있을 때마다 부단주님이 어디선가 나타나시던데요. 좋아하는 남자가 아니면야 여자가 뭐 하러 시도 때도 없이 그 뒤를 졸졸 따라다니겠습니까?"

목상대의 말에 이세민은 잠시 생각했다. 그러고 보니 진짜 목상대와 같이 있을 때면 늘 상연미가 근처에 있었던 것 같았다. 지금만 해도 곤히 잠들어 있어야 할 시각에 단둘이 있는 곳에 나타난 것 아닌가.

"듣고 보니 그렇긴 한데, 내가 좋아 따라다니는 거라면 굳이 목 부장하고 같이 있을 때만 나타나는 것은 좀 이상하지 않나? 차라리 나 혼자 있을 때 나타나는 거라면 말이 되겠지만."

"그, 그런가요?"

"혹시 내가 아니라 목 부장을 좋아하는 게 아닐까?"

"예? 저, 저를요?"

목상대는 화들짝 놀란 표정을 지었다.

"그래, 그런지도 모르지. 사실 말이 나왔으니 말이지, 지저

분하게 수염이나 기르고 있는 나보다야 목 부장이 더 멋지게 보이지 않겠나. 번듯한 외양에 대무당파의 직전제자에, 집도 부자고. 뭐, 여자가 좋아할 만한 건 다 갖췄네."

"그렇습니까? 정말 그럴 수도 있겠군요. 하긴, 제가 소싯적 부터 쫓아다니는 여자애들 때문에 곤란을 많이 겪긴 했었죠. 하하! 이것 참 곤란하네. 다른 사람도 아니고 상관이 좋아하 면 뭘 어떻게 대처해야 할지 참……."

목상대는 쑥스러운 듯 머리를 긁적이면서도 연신 웃음을 터뜨렸다.

그런 그를 이세민은 뜨악한 표정으로 바라보았다.

'이건 또 뭐야?'

무심코 해본 농담에 저리도 꼴딱 넘어가다니, 보기보다 무 지하게 귀가 얇은 녀석이었다. 혼자서 연신 낄낄거리는 것으 로 보아 완전히 착각의 세계 속으로 빠져든 것 같았다.

'주변에 하나같이 괴짜들뿐이군.'

이세민은 어깨를 으쓱했다. 이 배에 타고 있는 인간 중 가 장 괴짜가 자신이라는 것을 새카맣게 잊은 채로.

第九章

난제(難題)의 해답

絶對
奇俠

　오의단이 타고 있는 쾌속선이 안휘성 합비에 도착할 즈음,
그곳에서 천사백 리 떨어진 낙양 무림맹 총단의 정문에서는
고성이 오가고 있었다.

　"뭐야? 들어갈 수 없다고? 지금 장난하냐?"

　한 노인이 주먹을 부르쥔 채 소리를 질렀고, 정문위사가 역
시 고함으로 맞받아쳤다.

　"몇 번을 말해야 합니까? 신분이 불확실한 사람은 못 들어
간다고 하지 않았소!"

　"누가 불확실하다는 게야, 대체? 당장 오의단주 이세민
나오라고 하라고! 사부님이 오셨으니 속히 알현을 하라고

말이다!"

소리 지르고 있는 노인은 개봉에서 이세민과 헤어졌던 위세척이었다. 그는 옛 친구의 제자 일로 호광성에 갔다가 이세민을 보러 다시 무림맹으로 올라온 참이었다.

그의 뒤에서 덩치가 산만 한 중년 사내가 불안한 표정으로 서 있었고, 그 뒤로 두 사람이 끄는 가마가 대기하고 있었다.

정문위사가 지친 표정으로 말했다.

"오의단은 보름 전부터 외근을 나간 상태요. 다시 돌아오려면 짧아도 한두 달 이상 걸릴 것이니 그때까지 이세민 단주는 볼 수 없소."

"뭐야? 그걸 왜 이제야 말하나! 그리고 어디로 갔기에 그렇게 오래 걸린단 말인가?"

위세척의 다그침에 정문위사는 짜증스러운 듯 대꾸했다.

"원래 맹의 기밀 관리상 외근 나간 것조차 말을 해선 안 되오. 영감님이 하도 닦달하니 말해주었소만 어디로 갔는지는 절대 알려줄 수 없소."

"뭐라? 이 건방진 놈이 누구보고 영감 타령을 하는 거야? 빨리 이실직고 안 해?"

위세척의 으름장에 정문위사의 표정이 험악해졌다.

"장유유서를 생각해서 참았건만 이 영감이 계속 가관이군. 더 이상 업무 방해를 하면 본 위사도 가만있지 않겠소."

"가만있지 않으면? 네놈이 뭘 어쩔 건대?"

"근데 이 영감이!"

주먹질이 오갈 찰나, 뒤에 있던 표중이 다급히 위세척의 팔을 붙잡고 뒤로 잡아끌었다.

"노야, 참으시지요. 이 소협이 없나 본데 나중에 다시 오는 게 어떻겠습니까."

위세척은 답답한 표정을 지었다.

"두 달이 넘게 걸릴 수도 있다고 하지 않느냐. 저 안에 있는 네 딸을 그때까지 방치하라고?"

표중은 가마를 힐끗 보고는 한숨을 내쉬었다.

"할 수 없지요. 낙양은 큰 도시이니 용한 의원이 있지 않겠습니까?"

"낙양에서 가장 용한 의원은 약선(藥仙) 두요권이니라. 그리고 두요권은 저 무림맹 안에 살고 있다고. 노부가 굳이 몸이 불편한 네 딸을 이 먼 곳까지 이끌고 온 것은 그에게 아이를 보여주기 위함이란 말이다."

"그 마음이야 잘 압니다만 당장 안으로 들어갈 수 없으니 어쩌겠습니까."

표중의 말에 위세척은 암담한 표정을 지었다.

낙양에 올 때만 해도 무림맹 정문에서 이세민을 찾으면 간단히 입장이 될 줄 알았다. 한데 망할 제자 놈이 어디로 토꼈는지 자리에 없으니 방법이 없었다.

"대갈통 놈만 같이 왔어도……."

강호의 기인으로 유명세를 떨치고 있는 현명자가 있었다면 그가 신분 보증을 서서 간단히 입장을 할 수가 있었겠지만 그는 표중의 집에 가는 도중에 헤어진 상태였다.

'아예 위세광이라고 했다면……'

권왕이라고 하며 무림맹주를 보러 왔다고 했다면 적어도 정문위사 따위가 길목을 막지는 않았을 것이다. 그러나 무림맹에 권왕이 있다는 소식이 알려지면 남궁세가의 일검회가 눈에 불을 켜고 쫓아올 것이니 그럴 수도 없었다.

위세척도 나름대로 명성이 있긴 했지만 명패 하나 가지고 무림맹 문턱을 넘기에는 다소 무리가 있었다.

"다른 수를 써야겠군."

위세척은 성질을 죽이고 정문위사에게 다가갔다.

"제자가 없으면 할 수 없지. 상관인 봉 당주를 뵙고 싶네만."

정문위사는 어이가 없는 듯 비웃음을 흘렸다.

"지금 장난하오? 외당주님이 개나 소나 말만 하면 만날 수 있는 분인 줄 아나?"

"뭐? 개나 소?"

이 이상 성미를 참으면 위세척이 아니었다. 그의 주먹이 번개처럼 날아 정문위사의 턱에 꽂혔다.

"캑!"

방심하고 있다 제대로 얻어맞은 정문위사는 붕 날아 대문에 처박혔다.

같이 서 있던 다른 위사가 다급히 문 안에 대고 소리쳤다.

"비상! 적의 공격이다!"

"이, 이봐! 잠깐 기다려! 노부는 적이 아니라고!"

아차 싶은 위세척이 손사래를 쳤지만 이미 때는 늦어 있었다. 장창을 꼬나 잡은 위사들이 우르르 대문 밖으로 몰려 나왔다.

"저 영감을 잡아!"

위사의 호령이 떨어지자 다른 위사들이 위세척을 향해 일제히 달려들었다.

"이런 제길⋯⋯."

위세척은 갈등했다. 제아무리 한물갔어도 정문위사 따위야 백 명이 덤벼도 두렵지 않았다. 그러나 다수를 상대하다 보면 공격의 강약을 조절하기 힘들어 큰 부상을 입힐 우려가 있었다. 그런 일이 벌어지면 제자 보기도 민망할뿐더러 이곳에 온 목적을 달성하기가 더더욱 어려워질 것이었다.

그가 고민할 새에 위사들은 진용을 짜 부채꼴로 위세척을 감싸고 일제히 장창을 내밀었다.

그때 위세척 앞으로 표중이 성큼 나섰다. 그는 다가오는 장창을 피하지 않고 어디 한번 찔러보라는 듯 사지를 활짝 폈다.

뚜두두둑!

그의 몸에 꽂힌 십여 자루의 장창이 모두 수수깡처럼 부러져 나갔다.

위사들은 부러진 장창을 들고는 황당한 표정을 지었다.

어찌할 바를 모르고 있는 그들의 뒤에서 카랑카랑한 목소리가 들려왔다.

"대단하군! 혹시 금단연단공인가?"

표중은 눈을 크게 떴다. 강호에 거의 알려진 바 없는 자신의 무공을 한눈에 알아볼 수 있는 자가 사부의 친구 위세척 말고 또 있을 줄은 상상하지 못했기 때문이다.

위사들은 뒤에서 다가오는 사람을 보고는 일제히 좌우로 갈라서며 머리를 조아렸다.

"봉공을 뵈옵니다."

봉공이라 불린 자는 빼빼 마르고 껑충한 키의 백발노인이었다. 그는 매처럼 날카로운 눈으로 표중과 위세척을 훑어보더니 위사들에게 말했다.

"이들은 내 손님들이다. 그러니 안으로 모셔라."

위사들은 끽소리도 못하고 머리를 조아렸다.

"알겠습니다."

표중과 위세척은 어리둥절해하며 노인을 보았다. 둘 다 처음 보는 사람이었기 때문이다.

"노부를 아시오?"

위세척의 말에 노인은 피식 웃으며 고개를 끄덕였다.

"광견치 위세척 아니오?"

"흠……. 한데 노부는 당신을 모르겠소만."

"독괴(毒怪)라고 하면 아시겠소?"

노인의 말에 위세척은 눈을 크게 떴다.

"독괴라면… 당신이 약선이오?"

노인은 다시 피식 웃었다.

"약선이란 명칭은 민망하오. 예나 지금이나 독괴가 어울리지. 가마 안에 있는 게 환자 같은데 일단 들어갑시다."

자신을 독괴라고 칭한 노인은 몸을 돌려 문안으로 들어갔다. 위세척과 표중, 그리고 그의 딸을 태우고 있는 가마도 그 뒤를 따라 무림맹으로 입장했다.

"저 노인이 약선 두요권입니까?"

표중의 질문에 위세척은 고개를 끄덕였다.

"말하는 걸 보니 틀림없다. 원래 젊을 적부터 불리었던 별호가 독을 잘 쓰는 기인이라고 해서 독괴였지. 원래 약과 독은 일맥상통하는 것인지라, 독을 잘 쓰는 그가 맹주와의 친분으로 인해 무림맹에 들어와서는 명의(名醫) 노릇을 톡톡히 하는 바람에 요 근래 약선이란 칭호가 붙었지. 성격이 괴팍하지만 의를 숭상하고 협객을 존경하는 자라고 들었다. 젊을 적에 먼발치에서 본 적이 있지만 나이 들어 마주치니 알아보기가 힘들구면."

독괴 두요권은 후미진 곳에 위치한 널찍한 이층 건물로 들어갔다.

두 사람이 가마와 함께 안으로 들어가니 약 향이 코를 찔렀고, 진료를 받고 있는 환자들의 모습이 보였다.

두요권은 이층으로 올라가며 환자를 데리고 따라오라고 했다.

표중은 가마를 열고 조심스러운 몸짓으로 자그마한 여자아이를 안아 들었다.

아이는 열두어 살 정도밖에 되어 보이지 않았고 애처로울 정도로 빼빼 말라 있었다. 얼굴은 핏기 하나 없이 새하얗다.

그러나 가마 밖으로 나오자마자 빠르게 주변을 돌아보는 두 눈은 병자답지 않게 의외로 반짝거렸다.

아이는 밖에 나오기가 무섭게 조그마한 입술을 열어 재잘 거렸다.

"아유, 답답해서 혼났잖아!"

표중은 안쓰러운 웃음을 지으며 말했다.

"아원, 많이 힘들었니?"

"힘든 게 아니라 답답했다고. 가마 안에서 밖도 쳐다보지 못하게 하고. 여기가 무림맹이야?"

"으응, 그렇단다."

"그런데 뭐 이래? 용사는 안 보이고 맨 환자뿐이네?"

"여긴 무림맹 내의 의원이야. 저기 치료받고 있는 사람들이 모두 무림맹의 용사들이지."

아원은 그들을 넘겨다보고는 혀를 찼다.

"쳇! 시시해. 전혀 멋있어 보이지 않잖아."

"치료받고 누워 있으니까 그렇지. 나중에 다 나으면 멋있어질걸?"

"별로 그럴 것 같지 않은데."

말을 주고받는 사이 이층의 진료실에 다다르자 표중은 딸에게 입을 꾹 다물라고 했다. 아원은 눈을 흘기며 혀를 쏙 빼물고는 더 말하지 않았다. 말은 톡톡 쏘지만 아빠의 말을 잘 듣는 아이였다.

"아이를 여기 눕히게."

독괴는 진료실의 침상을 가리켰다.

아원이 눕혀졌고, 독괴는 아이의 용태도 묻지 않고 진맥을 시작했다.

표중과 위세척은 얼떨떨한 눈빛을 교환했다. 무림맹에 들어오는 것조차 어려워하고 있었는데 갑자기 일이 너무 잘 풀리고 있었기 때문이다. 두요권은 과연 무엇 때문에 그들에게 이리 친절한 것일까?

한참 동안 아무 말 없이 아이를 진맥하던 두요권의 입이 이윽고 열렸다.

"최근 아이에게 무슨 약을 썼나?"

표중이 말했다.

"금란초를 달여 먹였습니다."

"그랬군. 어쩐지."

두요권은 그럴 줄 알았다는 듯 고개를 끄덕였다. 그런데 그의 표정이 영 탐탁지 않아 보였다.

"무슨 문제라도 있는 거요?"

금란초를 제공한 위세척이 걱정스러운 표정으로 물었다.

두요권은 위세척의 말에 답하지 않고 누워 있는 아원에게 말을 걸었다.

"얘야, 아침에 깨어나면 늘 팔다리가 저렸지?"

아원은 고개를 끄덕였다.

"예, 맞아요. 그래서 아빠가 항상 주물러 줬어요."

"밤에는 손발이 시리고 명치가 답답하지 않던?"

"예, 그래서 종종 깨곤 해요. 그런데 요즘은 잠을 푹 자요. 할아버지가 달여주신 쓴 약을 먹고 나서는요."

할아버지란 위세척을 가리키는 말이었다. 금란초를 먹은 후 아원의 몸 상태에 변화가 있었다.

"금란초를 먹은 후 밤에 잠을 잘 자고 손발도 따뜻하게 되었습니다만……."

표중의 말을 두요권이 끊었다.

"대신 아이가 음식을 못 먹게 되었지. 안 그런가?"

표중은 눈을 크게 떴다.

"어, 어떻게 아셨습니까?"

두요권은 답답해하는 표정을 지었다.

"약을 잘못 쓰면 독이 되는 법이지. 독을 잘 쓰면 약이 되는 거고. 이 간단한 이치를 아느냐 모르느냐에 따라 의원의 실력이 갈리고 환자의 생사가 갈리는 게야."

"그럼… 약을 잘못 썼단 말입니까?"

"글쎄, 일단은 잘못 썼다고 봐야지. 이대로 음식을 먹지 않으면 애는 죽을 테니까."

죽는다는 말에 표중은 두 다리에 힘이 풀려 바닥에 털썩 주저앉았다. 약을 잘못 쓴 장본인인 위세척이 그 대신 다급히 물었다.

"금란초는 의원에게 상세히 묻고 처방을 한 것이오. 처방한 의원이 말하기로 금란초는 병약한 자의 기력을 돋우어 지병을 내모는 작용을 하는 특효약이라고 했소."

"그 말은 틀린 말이 아니오. 천하에 이만한 약재가 없지. 워낙 희귀해서 천금을 주어도 사기가 어려운 약재이기도 하고 말이오."

"한데 왜……."

"아무리 좋은 약재라도 환자의 체질을 제대로 파악하지 못하고 쓰인다면 독이 될 수밖에 없소. 약재를 처방한 의원은 이 아이의 체질을 정확히 알지 못했소. 사실 이 아이의 체질이 워낙 희귀하여 제대로 알아볼 수 있는 의원이 천하에 열 명도 채 안 될 거외다."

"대체 아이의 체질이 무엇이기에? 아이가 이토록 병약한 게 체질 때문이란 말이오?"

"그렇소. 이 아이는 병에 걸려서 몸이 약한 게 아니라 태어날 때부터 천하에 다시없는 체질을 타고났기 때문에 몸이 이렇게 되어 있는 거요. 병이 아니니 아무리 좋은 약을 써도 나을 리가 없지. 오히려 상황을 더 악화시키기만 할 뿐."

주저앉아 있던 표중이 벌떡 일어섰다.

"그 체질이란 게 대체 뭡니까? 그리고 상황이 악화되었다는 게 무슨 뜻이죠?"

"이 아이는 현음절맥(玄陰絶脈)이라는 체질을 타고났네. 만 명에 한 명 나오기가 어려운 특이 체질이지. 이 체질을 타고난 자는 그대로 방치해 놓으면 스물이 되기 전에 말라 죽고 말아. 몸 전체에 음양의 조화가 선천적으로 일그러져 있기 때문인데, 그렇다고 해서 섣불리 양기를 투여하게 되면 오히려 융화되지 못하고 부작용이 일어 더 수명이 짧아지지. 여태껏 의원들이 몸이 음하다고 하며 양기를 보충하는 처방을 써줬겠지?"

표중은 침통한 표정으로 고개를 끄덕였다.

"그 결과로 수명이 더 짧아졌을 게야. 현음절맥의 신체를 가진 자들은 늘 그렇게 잘못된 처방으로 인해 더 빨리 죽는다네."

위세척이 급히 물었다.

"그럼 금란초를 먹고 음식을 안 먹는 이유는 뭐요? 그것도 양기 보충제이기 때문인가?"

"비슷하지만 조금 다르오. 금란초는 음양을 떠나 몸의 조화를 찾아주는 영약이라오. 그렇기 때문에 이 아이의 상태가 조금 호전된 듯이 보이는 것이지. 밤에 잠도 잘 자고 손발도 다소 따뜻해지고 말이오."

"한데 왜 음식은……."

"음식을 안 먹는 것은 금란초의 효과로 인해 찾아온 기의 조화가 현음절맥의 신체가 원하는 바와 상치되기 때문이오. 이 아이의 신체는 좀 더 강한 음기로 단련이 되어야 하는데 엉뚱하게 찾아온 음양의 조화가 오히려 신체 기관의 작동을 저해하고 있는 것이지."

"그럼 계속 이대로 음식을 먹지 못한단 말이오?"

위세척의 말에 독괴는 고개를 저었다.

"아니오. 몸을 돌아다니는 금란초의 기운을 침술로 몸에 맞게 조절하면 해결될 게요. 그건 당장 시술해 줄 수 있소이다."

치료가 가능하다는 말에 위세척은 안도의 한숨을 내쉬었고, 표중은 넙죽 절을 하며 외쳤다.

"감사합니다! 정말 감사합니다!"

두요권은 귀찮은 듯 손을 저었다.

"수선 떨지 말게. 누가 치료해 준다고 했나?"

"제발 치료해 주십쇼. 돈은 달라는 대로 드리겠습니다. 지금 있는 것은 별로 없지만 평생 동안이라도 갚아나갈 수 있습니다."

"입 다물라니까. 누가 돈이 필요하다고 했나."

두요권은 위세척을 보며 말했다.

"내가 선생에게 젊을 적 신세를 진 바가 있소."

위세척은 눈에 이채를 띠었다.

"언제 말이오? 난 기억이 없는데."

두요권은 삼십 년 전 일어났던 일을 설명했다.

듣고 보니 별것 아니었다. 두요권의 동생은 무림의 사람이 아니라 관에 몸담고 있는 자였는데, 그가 관할하고 있는 지역에서 민가에 행패 부리는 산적들을 퇴치하려다가 되레 산적에게 당할 뻔했다는 것이다. 그때 지나가던 위세척이 산적들을 무찔렀다는 내막이었다.

"동생의 목숨을 구해준 은인이니 응당 보은을 해야 하지만 기회를 얻지 못했소. 그걸 이번 기회에 갚고 싶소만."

"뭐 별것도 아닌 것을……."

위세척은 기억도 못하는 일이었다.

"은혜 갚을 기회를 박탈할 정도로 야박하신 분은 아닌 것으로 믿겠소."

두요권은 그 인연 때문에 정문에서 실랑이를 벌이는 두 사람을 보고 재빨리 안으로 들인 것이었다.

기묘한 인연으로 인해 회복의 기회를 얻은 아원의 치료는 그 자리에서 즉시 시행되었다.

치료 시작 후 반 시진 만에 진료실에서 나온 두요권은 초조하게 기다리던 두 사람에게 시술이 잘 되었다고 했다.

"내일이면 이제 음식을 먹을 수 있을 거요. 금란초가 체내의 음기를 돋울 수 있도록 해놓았으니 몸 상태가 예전에 비해 훨씬 좋아질 거요. 잠도 잘 자고 혈색도 좋아질 거외다."

두 사람은 두요권에게 큰 감사를 표했다.

"한데 두 선생, 궁금한 것이 있소."

위세척이 물었다.

"말씀하시오."

"이번 치료는 금란초의 기운을 조절하는 것일 뿐, 아이의 체질을 바꾼 것은 아니겠지요."

"그렇지요."

"그럼 아원의 수명은 여전히 이십 년 미만이겠구려."

"물론이오."

위세척은 암울한 표정을 지었고 표중의 얼굴은 참혹하게 일그러졌다. 아원은 잘 자라지 못해 열두어 살로 보일 뿐, 실은 열다섯이었다. 두요권의 말대로라면 아원의 수명은 오 년도 채 안 남은 것이다.

"그 수명을 늘릴 수 있는 방법은 무엇이오? 아까 말하는 것으로 보아 선생은 그것을 아는 듯한데."

두요권은 물음에 즉각 대답하지 않고 날카로운 눈빛을 발하며 위세척과 표중을 바라보았다.

이윽고 그의 입이 열렸다.

"방법이 있긴 하오."

표중이 반색을 하며 물었다.

"그것이 무엇입니까?"

"빙백신공을 익히는 것."

"빙백신공이요? 그게 뭡니까?"

표중은 몰랐지만 위세척은 알고 있었다.

"북해빙궁의 무공이다."

표중은 눈을 동그랗게 떴다.

"북해빙궁이라면 오래전 사라진 전설의 문파 아닙니까?"

두요권은 고개를 끄덕였다.

"잘 아는군. 그곳의 빙백신공은 천하의 음한지공 중에 가장 순수하지. 사실 그 무공은 현음절맥의 신체를 가진 자를 위해 만들어진 것이라고 해도 과언이 아닐 거요. 만일 빙백신공이 지금까지 존재한다면 저 아이는 당장 차기 장문인 감으로 추대되었을걸?"

"그럼 아원이 그 무공을 익히면 현음절맥이 고쳐지는 겁니까?"

"천만에. 오히려 신체적 특징이 극대화되지. 현음절맥이 완성된다고 하면 말이 되겠군. 극과 극은 통한다는 말이 있듯이, 음공이 극한에 이르면 그 신체는 완벽한 조화를 이루게 되어 신체의 모든 불균형이 사라지는 것이지. 뭐, 굳이 극한까지 가지 않아도 빙백신공의 음기가 일단 몸 안으로 받아들여지기만 하면 아이의 몸 상태는 크게 호전되고 수명도 점점 늘어날 게야."

표중의 얼굴은 더할 나위 없이 밝아졌다.

"그럼 당장 그 무공을 익혀야겠군요!"

"그럼 좋겠지만 멸문한 문파의 무공을 지금 어디서 찾아 익히겠나."

두요권의 퉁명스러운 대꾸는 표중을 다시 나락으로 떨어뜨렸다.

그때 둘의 대화를 듣고만 있던 위세척이 입을 열었다.

"두 선생, 다른 곳은 몰라도 여기, 무림맹에는 북해빙궁의 흔적이 남아 있을 것 같은데, 안 그렇소?"

무림맹이 발족한 것은 구 년 전이지만 이 무림맹의 총단은 백수십 년이 넘게 이 자리를 지키고 있었다.

백오십 년 전 마교의 잔당을 소탕하기 위해 이 자리에서 처음 출범한 무림맹은 무림의 필요에 따라 해체와 재결성을 반복해 왔다. 해체된 시기에도 이 총단 건물은 무림맹의 보금자리로 늘 유지되었고, 그 안에 있는 온갖 사료 등도 일관되게 자리를 지켰다. 고로 지난 백 년간의 강호가 이 무림맹 총단에는 고스란히 보관되어 있는 것이었다.

두요권은 잠시 뜸을 들이다가 대답했다.

"그렇소. 사실 북해빙궁의 자취가 남아 있소."

"오오! 혹시 비급이라도 남아 있는 거요?"

두요권은 고개를 저었다.

"비급은 없소. 설사 있다 해도 책만 보고 익히는 것은 무리라는 걸 위 노사도 잘 알고 있지 않소?"

위세척은 말문이 막혔다. 그의 말마따나 음한지공같이 위험한 무공을 동일한 무공을 가진 스승이 없이 혼자 익힌다는 것은 자살행위나 마찬가지이리라.

"그럼 방법이 없다는 거요?"

위세척이 계속 캐묻자 두요권은 긴 한숨을 내쉬었다.

"이 말은 하지 않는 게 나을 듯한데, 은혜를 완전히 갚는 셈치고 말하겠소. 이 대답을 끝으로 내게 더 이상의 도움은 바라지 마시오."

"알겠소. 선생의 도움은 사실 지금까지도 차고 넘치오."

두요권은 누가 들을세라 아주 낮은 목소리로 말을 이었다.

"무림맹의 총단에 뇌옥이 존재한다는 것은 위 노사도 알고 있을 거요."

"그렇지요."

"뇌옥은 구 년 전에 새로 만들어진 게 아니오. 무림맹이 백오십 년 전에 창건될 때부터 죽 존재하고 있었소. 그리고 그 안에는 무림맹이 존재할 때나 존재하지 않을 때에나 강호에 공분을 산 죄인들이 늘 수감되어 있었다는 거요."

"그랬소? 놀랍군. 강호 거파들이 사로잡은 죄인이 그 안에 모두 갇혔었다는 말인가."

"그렇소. 한데 육십 년 전 전대 무림맹이 와해되기 직전, 북해빙궁의 잔존 세력을 이끌던 여인이 수감되었소. 그 여인은 근 오십 년간 수감되어 있다가 죽었다고 하오."

"금번 무림맹이 창건될 때쯤에 죽었다는 말이군?"

"맞았소. 한데 그녀는 죽기 직전 뇌옥에 식사를 배달하는 어린 시비 하나를 꼬셔서 빙백신공을 가르쳤소. 평상시 같으면 불가능한 일이었지만 당시 무림맹이 새로 만들어지는 와중의 어수선한 분위기 때문에 성공할 수 있었지. 여인이 죽고난 후, 그 시비는 북해빙궁을 재건하라는 유지를 받들고 강호로 나갔소. 그리고 그때까지 남아 있던 빙궁의 후예들을 끌어모아 활동을 시작했지. 한데 그 시비는 무림맹 뇌옥에서 죽은 사부의 원한부터 풀려는 잘못된 선택을 했소. 갓 출범한 무림맹을 무차별로 공격하는 우를 범한 것이지. 시비는 천부적인 재능이 있은 듯 발군의 실력으로 맹의 고수들을 쓰러뜨렸지만 경험이 없고 노련하지가 못했소. 결국 무림맹이 파놓은 함정에 걸려 뇌옥에 갇히는 신세가 되고 말았지."

"놀랍군. 노부 또한 강호 사정이라면 모르는 게 없다고 자부하는 사람인데 그 얘기는 들어본 적이 없소."

"그럴 수밖에. 새로 출범한 무림맹이 초장부터 된통 당한 것이 강호에 알려져서 좋을 게 무어겠소. 죽은 맹의 고수들은 모두 사고사로 처리되었고 북해빙궁 재건 세력의 자취는 강호에서 감쪽같이 사라졌소."

"대충 어떤 사건이었는지 감이 잡히는군. 구 년 전쯤 무림맹의 간부들이 탄 마차가 절벽 아래로 굴러 떨어진 사고가 있었지. 아무튼 그게 중요한 게 아니고, 그럼 그 시비가 아직 살아 있단 말이오?"

"그렇소. 아마도 이 아래 어딘가에 있을 거요."

두요권은 손가락으로 땅 밑을 가리켰다.

표중이 벌떡 일어났다.

"그럼 뇌옥에 가서 그 여인을 찾아야겠군요. 딸아이에게 무공을 가르쳐 달라고 하면 되는 것 아닙니까?"

그는 당장이라도 뇌옥으로 달려가서 북해빙궁의 후계자를 내놓으라고 할 참이었다.

"자리에 앉거라! 넌 딸의 목숨을 살려준 두 선생을 곤란하게 할 작정이냐!"

위세척의 호통에 표중은 찔끔하여 고개를 수그렸다.

무림맹에 몸담고 있는 두요권이 맹의 기밀을 그들에게 알려준 것은 그 개인으로 볼 때 큰 희생을 감수한 것이었다. 소란을 피워 큰 호의를 베푼 두요권에게 피해가 간다면 그것은 참으로 도리가 아니었다.

"죄송합니다. 제가 경솔했습니다."

표중은 머리를 땅바닥에 찧으며 사죄를 했고, 두요권은 딸 때문에 그런 것이니 이해한다며 손을 저었다.

"두 선생, 거듭 죄송하지만 다른 방법은 없겠소? 아원의 몸이 좋아진다고 하니 가령 뇌옥에 시비로 들여보낸다던가."

위세척의 말에 두요권은 고개를 저었다.

"십 년 전의 오류를 반복할 만큼 무림맹은 멍청하지 않소. 뇌옥은 무림맹과 별개의 세계요. 뇌옥주는 뇌옥에서만큼은 무림맹주와 동급의 절대적 권리를 갖추고 있고, 이 위에서 뇌옥의 관리들과 접촉할 수 있는 아무런 방법도 없소이다."

"그럼 뇌옥에 들어갈 수 있는 방법은 죄를 짓는 수밖에 없겠군."

위세척의 말에 두요권은 피식 웃었다.

"설사 그렇게 해서 들어간다고 해도 여자와 남자 감방이 분리되어 있고, 감방끼리도 멀리 떨어져 있기 때문에 무공 전수는 불가능하오. 그렇기 때문에 내가 그 시비에 관한 얘기를 하지 않으려 했던 거요. 정히 뇌옥의 죄인을 만나고 싶다면 뇌옥주가 되던가, 아니면 무림맹주가 되는 수밖에 없소."

"뇌옥주가 되려면 어떻게 해야 하오?"

위세척이 대뜸 묻자 두요권은 어처구니없다는 표정을 지으면서도 대답은 해주었다.

"뇌옥주가 어떻게 되는지는 나도 모르오. 뇌옥은 무림맹이 해체된 상태에서도 지난 백오십 년간 계속 유지해 온 부서인지라 아마도 자체적인 선발 제도가 있는 것 같소이다."

뇌옥주는 가망이 없다는 얘기였다.

'그럼 무림맹주가 돼야 하나?'

위세척은 스스로가 생각해도 황당한 상상을 해보았다.

그는 어떻게 해서든 아원의 병을 고쳐 주고 싶었다. 표중은 스승의 친구이니까 금단연단공이 필요하면 당연히 드리겠다고 하고 있지만 공짜로 그런 신공을 얻기는 싫었다. 그래서 금쪽같은 금란초도 내놓았던 것인데 도리어 아이를 위험에 빠뜨리기까지 했으니 여기까지 오는 내내 표중을 볼 낯이 없었다.

생각해 보면 무림맹주는 취임 절차가 그다지 까다로운 자리가 아니었다.

무림맹주 상유운이 맹주 자리에 오르면서 취임일성으로 말하지 않았던가. 자기보다 강한 사람이 무림맹주를 맡아 칠성신군을 상대하겠다고 한다면 언제든 자리를 양보하겠노라고. 고로 그보다 강하다는 것만 증명하면 누구라도 무림맹주가 될 수 있는 것이다.

'권왕이라고 하면서 맹주 자리 내놓으쇼 하면, 선뜻 내놓을까?'

다른 사람도 아니고 사심없기로 유명한 상유운이라면 정말 그렇게 할지도 몰랐다.

그러나 그는 지금 권왕이 아닌 광견치였다. 그 두 이름의 명성의 간극만큼이나 무림맹주는 멀고 먼 자리였다.

"가만, 광세비록의 신공을 완성할 수만 있다면 권왕이 못 될 것도 없지 않나!"

위세척은 순간적으로 머리가 환해졌다. 신공을 완성시켜 거대한 내공을 얻기만 하면 무림맹주는 물론이고 칠성신군도 상대 못할 바가 무어랴.

그는 침을 꿀꺽 삼켰다. 현재 신공에 필요한 필수 요소 네 가지 중 금란초와 금단연단공이 손에 들어온 상황, 남은 것은 한빙검과 한 가지 독(毒)이었다.

한빙검은 그걸 가지고 있는 놈이 제자의 부하가 되어 있으니 이세민을 시켜 대법을 실시할 때 잠시 빌리면 될 것이었다. 그러면 이제 남은 것은 독을 구하는 것뿐이었다.

'그런데 이게 보통 희귀한 게 아닌데.'

독이라면 일단 사천당가가 떠오르지만 그는 예전에 사천당가 사람들과 썩 좋지 않은 인연이 있었기에 그곳을 찾기는 좀 껄끄러웠다.

위세척은 자신이 무척 바보스럽다는 것을 불현듯 깨달았다. 사천당가주에 버금가는 독의 고수가 지금 바로 눈앞에 있지 않은가!

"두 선생, 혹시 단심산(斷心酸)이라는 독을 알고 있소?"

두요권은 질문이 뜻밖이라는 눈초리로 위세척을 보았다.

"알고야 있지요."

"그걸 어딜 가면 구할 수 있겠소?"

"단심산은 무서운 독이오."

두요권은 고개를 흔들며 말했다.

"수십 년간 독을 다뤘지만 손가락에 꼽을 정도로 극악한 독이오."

"먹어도 사람에게 해가 없다고 하던데?"

"맞소. 신체적으로는 별 탈이 없지요. 그런데 그 이름대로 정신이 가닥가닥 끊어진다오. 정신을 중독시키고 치유가 불가능하니 무서운 독이라고 하는 거요."

"그러니까 그걸 구할 방법은……."

"없소."

두요권은 단정적으로 말했다.

"백 년 전 천산음녀란 여인이 자신을 배신한 남자와 그의 일가족 수십 명의 혼백을 그 독으로 앗아가 버린 후 당시 무림맹에서 그 독을 가진 자들을 징벌하고 단심산은 모두 수거하여 폐기했소. 그 후 간혹 그 독의 제조 비법이 강호에 떠돌곤 했지만 대부분 엉터리였고 지금은 다 사라졌소."

"그거 이상하군. 육십 년 전에도 그 독을 구할 수 있었다고 하는데."

"오래전 일을 잘도 아시는군. 아마 그 당시까지는 제대로 된 제조법이 남아 있었을지 모르오. 그러나 지금은 사천당가 조차도 그 방법을 모르는 것으로 알고 있소. 혹시 모르지요. 무림맹의 비고(秘庫)에는 백 년 전의 기록이 있으니 제조법이 남아 있을지도."

"비고? 거기는 어떻게 가야 하오?"

"비고는 아무나 들어갈 수 없소. 적어도 무림맹주나 되어야 자유로운 출입이 가능할 거요."

'염병, 또 무림맹주냐!'

위세척은 속으로 욕을 했다. 신공을 완성해 무림맹주가 되려고 하는데 무림맹주가 되어야 단심산을 얻어 신공 대법을 완성할 수 있다면 말짱 도루묵이 아닌가!

위세척은 끙끙거리며 다른 방법을 모색했지만 모순(矛盾)처럼 양립하고 있는 문제를 해결할 방도가 도무지 떠오르지 않았다.

'무림맹주, 무림맹주, 무림맹주가 되어야 뇌옥도 들어가고 신공 대법도 완성시킬 수 있다. 그런데 맹주가 될 수 있는 방법이 없다. 그럼 대체 어찌해야 한단 말이냐?'

아픈 머리를 부여잡고 있던 그는 불현듯 제자의 얼굴이 떠올랐다. 평상시 말도 잘 안 듣고 무슨 생각을 하는지도 모를 별종 놈이 왜 갑자기 보고 싶어지는 것인지 그는 이유를 알 수 없었다.

第十章

소
호
에
서
생
긴
일

1

안휘성 중부에 위치하고 있는 소호(巢湖)는 중원 오대호 중
의 하나로 꼽히는 거대한 호수이다. 연안에는 쌀을 재배하는
비옥한 토지들이 펼쳐져 있고 호수 내의 어획량도 풍성하여
안휘성의 젖줄 역할을 하고 있는 곳이었다.

또한 호수 내에는 섬이 많고 풍광이 수려하여 경치를 구경
하러 호반(湖畔)을 찾는 시인묵객들이 많았다.

황하의 지류인 항부하(杭埠河)가 유입되는 서쪽 호반에 위
치한 일평루(一平樓) 또한 주변 풍광이 제법 수려하고 목도 나
쁘지 않은 술집이었지만, 가게의 매상은 썩 좋지 않았다.

그 이유는 단골손님들의 질이 좋지 않았기 때문이다. 이 손

님들은 열 번 오면 일고여덟 번은 외상이었고 나머지 두세 번의 경우 또한 가게에 있는 손님들을 협박해서 술값을 갈취해 내는 형국이니 그들의 등쌀에 다른 손님들이 남아날 턱이 없었다.

그렇다고 해서 주루의 주인인 주 노야가 그 골칫덩어리 단골손님들을 내쫓을 재간은 없었다. 그 이유는 그들이 이 소호의 지배자라 불리는 호룡채의 호걸들이었기 때문이다.

"호걸은 얼어죽을… 호룡채 본채에 있는 진짜 수적들도 아니고 어쭙잖게 엉겨 붙어서 잔심부름이나 하는 똘마니들 주제에……."

계산대에 앉아 있는 주 노야는 객잔 일층을 전세 내고 대낮부터 거나한 술판을 벌이고 있는 대여섯 명을 곁눈질하며 모기만 한 소리로 투덜거렸다.

말은 그렇게 했지만 술판을 벌이고 있는 여섯 명, 항부육살(杭埠六殺)은 나름의 한가락이 있는 자들이었다. 그렇지 않았다면 안휘성의 패자인 남궁세가와 당당히 맞서고 있는 호룡채가 그들을 고용할 턱이 없었다.

호룡채의 채주인 광리(狂鷉) 학상조는 수공(水功)의 천하제일인자로 꼽히는 자였다. 장강수로연맹의 맹주인 수룡왕조차도 수공에 있어서만은 그에게 한 수 뒤진다는 게 세간의 중평이었다.

학상조는 자신의 수공 능력과, 평균 일 장 남짓한 얕은 수심을 가지고 있는 소호의 지형적 특성을 이용하여 십 년 남짓한 짧은 기간 동안에 호룡채를 강호에서 가장 강력한 단일 수적 집단으로 키워냈다.

십 년 전 호룡채가 처음 소호에 출몰했을 때 남궁세가는 코웃음을 치며 토벌대를 보냈다. 그러나 호룡채가 있다는 호수 내의 섬으로 가는 도중 토벌대의 배는 잠수하여 배 밑으로 파고드는 수적들에 의해 남김없이 침몰되었다.

수심이 워낙 얕은지라 수적들이 구멍을 뚫기 어려운 큰 배는 호수에 띄우는 자체가 불가능했다. 그래서 작은 배에 나누어져 들어가면 여지없이 배의 바닥이 뚫리고, 무사들이 물에 빠지면 수공에 능통한 수적들이 그들을 가만 놔둘 리 없었다.

일차에 이어 이차, 삼차 토벌대가 들어갔지만 결과는 모두 전멸이었다.

결국 남궁세가는 소호 내로 들어가서 호룡채를 때려잡는 방법을 포기하고 그들이 뭍에 오르거나 호수와 연결된 강으로 나오는 것을 기다려 공격을 했다. 그러나 수적들의 치고 빠지는 기동력이 워낙 뛰어나 십 년이 지나도록 제대로 된 타격을 입히지 못하고 변죽만 울리고 있는 판이었다.

일평루에서 술을 푸고 있는 항부육살은 소호 밖에서 일을 벌이기가 쉽지 않은 호룡채가 외부와의 거래를 위해 고용한 낭인들이었다. 이들은 제법 배짱도 있고 칼을 쓸 줄도 알아 호룡채에서 나름의 신임을 얻고 있었고, 그 위세로 이 주변에서 수채의 영웅 행세를 하며 떵떵거리고 있는 것이었다.

오늘만 해도 호룡채에서 떨궈준 떡고물 하나를 제대로 문 모양이었다. 그렇지 않고서야 이른 아침부터 객잔에 들어와 호룡채 찬양을 하며 한낮까지 술을 풀 이유가 없을 테니까 말이다.

"크하하하! 제대로 한 건 올렸어!"

"이제 우린 저것만 가지고도 평생 먹고살 걱정은 안 해도 되는 거야!"

"껄껄, 이 자식들, 그릇이 고것밖에 안 돼? 겨우 황금 천 냥에 만족할 여생이라면 난 수적의 길로 들어서지도 않았다!"

"역시 큰형님! 배포가 크십니다!"

주 노야는 수적들이 떠드는 소리를 듣고 속으로 코웃음을 쳤다.

황금 천 냥이라니. 도무지 상상도 되지 않는 액수였다. 나랏님도 그만한 황금은 없을 것이다.

항부육살의 평소 허풍을 감안할 때 황금은 택도 없는 얘기고, 어디서 눈먼 상선 하나 털어서 은자 백 냥쯤 건진 모양이었다.

'니미, 돈 벌었으면 그간 밀린 외상값이나 갚으란 말이다, 이 빌어먹을 놈들아.'

주 노야는 주정을 듣고 있자니 더욱 울화통이 터졌다.

"내 성질 같아서는 당장이라도 남궁세가에 신고를 해서 저

놈들을……."

말은 그렇게 해도 간이 작기로 근방에 소문이 자자한 주 노야가 그럴 담량이 있을 리 없었다. 그저 사고 치지 않고 조용히 술만 먹고 나가주길 바라는 마음뿐이었다.

항부육살이 주루에 있을 때 사고가 안 나는 경우는 딱 한 가지였다. 그들 외에 손님이 아무도 없으면 가능했다.

명색이 장사를 하는 사람이 손님이 들지 않기를 오매불망 바라는 것은 참으로 우스운 노릇이었지만 주 노야는 속으로 간절히 빌었다. 부디 오늘만큼은 주루를 찾는 손님이 없기를.

그러나 하늘이 오늘은 주 노야의 바람을 신경 써줄 여력이 없은 듯, 주루 문이 열리더니 손님이 들어왔다.

주 노야는 안으로 들어온 사람을 보고는 속으로 탄식을 금치 못했다.

손님은 하필 혼자였다. 게다가 하필 여자였다. 거기다가 하필 저런 미인이라니!

주 노야는 하늘이 참으로 무심하다고 생각했다. 어찌 저런 아리따운 아가씨를 이런 늑대 소굴에 밀어 넣는단 말인가?

지금 그가 저 어여쁘고도 가련한 처자를 늑대들의 마수에서 빼낼 수 있는 방법은 단 한 가지뿐이었다. 항부육살이 이쪽을 보기 전에 몰래 아가씨에게 말을 걸어 다시 내보내야만 했다.

객잔 문을 열고 들어온 여인은 붉은색 장의(長衣)에 초록

치마를 맵시있게 차려입은 것이 여염집 규수 같은 느낌을 주었다. 그러나 늘씬한 키에 균형 잡힌 몸매, 그리고 허리춤에 채워져 있는 검을 보면 얼핏 강호의 여협이 아닌가 하는 느낌을 주기도 했다.

그러나 주 노야는 잠시 두리번거리던 여인이 그가 있는 쪽으로 눈길을 돌리자마자 그녀가 무림의 여인일 리 절대 없다고 확신했다.

양 갈래로 땋아 위로 틀어 올린 앙증맞은 머리 모양은 둘째치고라도, 그를 보고는 배시시 웃는 모양새가 어찌나 순수한지 무인 특유의 날카로움은 일 점도 찾아볼 수 없었다.

아마도 세상 물정 모르는 부잣집 아가씨가 소호 구경을 왔다가 동료들을 잃고 길이라도 물어보려 안으로 들어온 것이 분명했다. 허리춤의 검이야 당연히 장식용일 테고.

갓 스무 살 정도밖에 안 보이는 여인은 주 노야와 눈이 마주치자마자 활짝 웃으며 그에게 다가왔다.

"아저씨, 말씀 좀 물을게요."

주 노야는 황급히 눈짓을 하며 여인에게 속삭였다.

"여기서 나가요! 어서 빨리!"

여인은 어리둥절한 표정으로 눈을 깜빡였다.

"뭐라고… 그러셨죠? 죄송한데 크게 좀 말해주시겠어요?"

주 노야는 목소리를 조금 높여 작은 소리로나마 부르짖었다.

"여기서 어서 나가라고요! 위험해요!"

여인은 여전히 그가 무슨 말을 하는지 못 알아들은 눈치였다. 그녀는 특유의 순박한 미소를 지으며 말했다.

"길 좀 물어보려고 들어온 거예요. 만평진이 어디 있는지만 알려주시면 장사 방해 안 하고 금방 나갈게요."

"글쎄 어서 나가라니까!"

주 노야가 안타까운 손짓 발짓을 했지만 이미 때는 늦은 상태였다.

"소저, 어딜 가신다고요?"

어느새 항부육살의 막내가 여인의 뒤에 와서 사근사근한 미소를 흘리고 있었다. 평소 놈이 사람을 잡아 팰 때 짓는 흉악한 웃음을 떠올려 보면 도저히 같은 사람에게서 나온다고 상상하기 어려운 착한 미소였다.

진탕 벌어지고 있던 술판은 이미 끝난 상태였다. 막내의 뒤로 보이는 나머지 다섯 악당 또한 한결같이 너무도 흐뭇한 표정으로 여인을 보고 있었다. 모두 이게 웬 떡이냐 싶은 얼굴이었다.

여인은 막내의 친절한 대응이 고마운 듯 배시시 웃으며 말했다.

"만평진이란 곳을 찾고 있어요. 가는 길을 가르쳐 주시면 참으로 고맙겠습니다."

막내는 여인의 미모에 홀린 듯 황홀한 표정을 지었다.

"다, 당연히 가르쳐 드려야지요! 만평진은 여기서 멀지 않습니다. 일단 밖으로 나가셔서……."

"커험! 막내야."

뒤에서 거나한 헛기침이 들려오자, 막내는 화들짝 놀라서는 뒤를 돌아보았다.

육살 중 둘째가 험악한 눈초리로 쩨려보자 막내는 그제야 정신을 차린 듯 여인에게 말했다.

"만평진으로 가는 길은 저보다는 저희 큰형님께서 잘 아십니다. 이쪽으로 오셔서 형님의 말씀을 들어보심이 어떨는지요?"

여인은 그들의 수작을 전혀 의심치 않는 듯 순순히 막내를 따라 항부육살이 둘러앉아 있는 탁자로 갔다.

항부육살의 첫째인 양각저(兩脚猪) 왕구가 산만 한 덩치에 걸맞지 않은 새된 목소리를 최대한 낮게 깔려 애쓰며 자기소개를 했다.

"본좌는 항부육협의 대형인 양각호(兩脚虎) 왕구라고 합니다. 이토록 아리땁고 연약해 보이시는 소저께서 어인 일로 만평진같이 험한 곳을 홀로 가려 하십니까?"

육살이 육협으로 바뀌고 두 다리로 걷는 돼지[兩脚猪]가 걷는 호랑이로 둔갑하는 꼴을 보고 주 노야는 어처구니가 없어 헛웃음을 흘렸다. 물론 항부육살의 귀에 들리지 않을 정도의 조그마한 소리로 말이다.

여인은 눈을 동그랗게 떴다.

"만평진이 험한 곳인가요? 그냥 나루터로 알고 찾아가는 건데."

"허허, 나루터야 별로 위험할 게 없지요. 그 나루터에 드나드는 사람이 문제이지. 그곳으로 가는 길에 이 근방의 수적들이 우글우글합니다. 여자 혼자 가긴 너무 위험하니 이렇게 합시다. 저희가 그곳까지 동행을 해드리죠."

"어머, 그렇게까지 폐를 끼칠 수야 있나요. 그냥 길만 가르쳐 주셔도 될 텐데."

"하하! 무슨 그런 섭한 말씀을. 장부로 태어나 칼 하나 허리춤에 차고 협의를 지키려 강호를 종행하는 협객이 어찌 힘없는 여인을 돕기를 마다하겠습니까. 기꺼이 동행해 드리겠습니다."

왕구가 동행을 자처하자 여인은 큰 사양 하지 않고 특유의 순진한 미소와 함께 감사를 표했다.

"정말 감사해요. 소호에는 친절한 분들이 참 많네요."

여인은 항부육살에 둘러싸여 주루를 빠져나갔다.

주 노야는 그걸 보며 안타까움에 앞서 어처구니가 없었다.

"이거야 원, 세상 물정을 모르는 거야 아니면 멍청한 거야?"

항부육살은 어린애들이 보면 울음을 터뜨릴 만큼 인상이 더러운 놈들이었다. 어찌 그렇게 한결같이 더러운 인상들만

모아놓았는지 신기할 정도였다.

목 위쪽만 떼어놓고 보면 영락없이 삶은 돼지머리인 왕구가 그중에서 가장 미남 소리를 듣고 있는 형국인데, 그런 놈들이 떼거지로 모여서 협객 운운하는 것을 일 점 의심없이 곧이곧대로 믿는 여인의 모습이 참으로 웃기지도 않았던 것이다.

"옛말에 바보는 하늘이 돕는다고 하던데, 누구라도 좀 도와줬으면 좋겠군."

소심한 만큼 착한 주 노야는 모쪼록 여인이 무사하길 빌었다.

2

항부육살은 자신의 이름을 연청청(燕淸淸)이라 밝힌 여인을 자신들의 배에 태웠다.

"아까 수적이 많아서 위험하다고 하지 않았나요? 그런데 배를 타고 가도 될까요?"

"하하! 염려 놓으십시오, 연 소저. 이 근방 물길은 저희가 수적들 이상으로 훤히 꿰뚫고 있습니다. 놈들의 코빼기도 보이지 않는 안전한 길로 모실 테니 걱정 마십시오."

왕구가 너털웃음을 터뜨리며 연청청을 안심시켰다.

그는 입이 귀에 걸려 있었다. 그동안 여러 계집 후려보았지만 눈앞에 있는 연청청만큼 예쁜 여인은 살아생전 처음이었다.

'전생에 쌓은 선덕(先德)이 오늘에야 드디어 빛을 발하나 보구나!'

왕구는 뒤에서 방향타를 잡고 있는 막내에게 눈짓을 했다. 막내는 씩 웃으며 알았다는 수신호를 했다.

항부하로 거슬러 올라가야 할 배는 슬쩍 방향을 바꿔 소호 내로 진입했다.

배가 가는 곳은 그들이 본거지로 삼고 있는 무인도였다. 소호 내에는 작은 섬이 많았는데, 항부육살은 그중 하나에 움막을 짓고 은신처로 삼고 있었다.

그들은 부녀자들을 납치할 기회가 생기면 그곳으로 끌고 가 겁탈한 다음 노예선에 팔아버리곤 했다. 그러나 이때껏 납치한 여자 중에 오늘처럼 아무 저항 없이 배에 타서 여행 가듯 은신처로 가는 여자는 처음이었다.

만평진으로 가려면 물살을 헤치고 상류로 거슬러 올라가야 하지만 은신처로 가는 길은 하류 방향이었다.

눈치가 빠르다면 배가 엉뚱한 방향으로 가고 있다는 걸 금방 알아챌 만도 한데, 연청청은 배 밖 풍경에 시선을 고정한 채 연신 경치가 아름답다고 감탄을 하면서도 그런 것을 전혀 눈치 채지 못하고 있었다.

왕구는 그녀의 백치미에 다시 한 번 반했다. 그녀가 끽소리한 번만 냈어도 바로 자빠뜨리고 수상(水上)에서 일을 벌일 참이었지만 여태껏 납치된 것을 눈치 채지 못하고 있으니 굳이 불편한 배에서 일을 치를 것이 아니라 섬에 갈 때까지 가만 놔둬도 되겠다는 생각이 들었다.

그는 갑판을 동생들에게 맡기고 선실로 들어갔다. 목적지까지는 반 시진쯤 더 가야 하기 때문에 섬에서의 거나한 한판을 위하여 낮잠으로 체력을 보충하려는 의도였다. 이른 아침부터 호룡채의 지령을 받고 모종의 임무를 수행하느라 잠을 못 자 이만저만 피곤한 게 아니었다.

둘째와 셋째, 넷째 또한 그의 뒤를 따라 휴식을 취하러 선실 안으로 들어갔다.

이제 갑판에는 경치 구경 중인 연청청과 조타수인 막내, 그리고 다섯째만이 남아 있게 되었다.

감시 역을 맡은 다섯째는 연청청을 곁눈질하며 연신 군침을 흘렸다.

서열이 다섯째란 얘기는 연청청을 건드리는 순번 또한 다섯 번째란 뜻이기도 했다. 그로서는 상당히 불만스러운 현실이었다.

전례에 비추어볼 때 네 명의 형님들을 거치는 동안 여자는 완전히 망가져 버린다. 특히 셋째 형은 여자를 패면서 쾌락을 느끼는 변태였기 때문에 그 색마(色魔)를 지나치기만 하면 여자가 몸도 마음도 엉망이 되어버려 품는 맛이 현저하게 떨어지는 경우가 잦았다.

그나마 그렇게 망가진 계집이라도 품을 수나 있으면 다행, 연청청 같은 미인은 첫째, 둘째 형이 번갈아 끼고 살다가 호룡채에 상납할 확률이 더 높았다. 그렇게 되면 그가 여자를 먹을 수 있는 기회는 원천 봉쇄되는 것이다.

연청청을 홀린 듯 바라보던 다섯째는 모종의 결심을 했다. 선실로 들어간 네 명의 형은 술 먹고 곯아떨어지면 누가 업어가도 모를 정도로 깊게 잠을 자는 특성이 있었다. 그렇다면 섬에 도착할 때까지 시간이 충분하니 계집을 건드릴 기회가 있을 것이다.

위험하긴 하지만 재빨리 덮쳐 일을 치른 다음 협박을 하여 입을 다물라 하면 발각이 안 될 가능성이 높았다.

'소리만 안 나오게 만들면 되겠지.'

다섯째는 어느새 하물이 묵직하게 솟아오름을 느꼈다. 겁간하는 상상만으로도 흥분이 되어 견딜 수가 없었던 것이다.

'일단 접근하여 재갈을 물리고 꽁꽁 묶어버리자. 그러면 소음을 일으키지 않고도 한판 제대로 치를 수 있을 게야.'

모험을 할 결심을 굳힌 다섯째는 연청청에게 접근했다.

"소저, 혹시 낚시해 보실 생각 없습니까?"

"어머, 낚시요? 그거 한 번도 안 해봤는데."

"하하! 제가 가르쳐 드릴 테니 같이 해보시지요. 섬에 갈 적까지 시간이 좀 걸리니 그동안 해보면 재미있을 겁니다."

연청청은 박수를 치며 좋아했다.

"네, 좋아요. 강태공들이 낚시하는 거 볼 때마다 한 번 해보고 싶었어요. 아, 근데 섬에 간다고 하셨어요?"

연청청이 고개를 갸웃거리자 다섯째는 화들짝 놀라며 손사래를 쳤다.

"제, 제가 언제 그랬습니까? 진에 간다고 했지요. 만평진이요."

"아, 그러셨구나. 제가 원래 귀가 좀 어두워서 다른 사람 말을 잘 못 알아들어요."

연청청은 사근사근한 미소를 지으며 자신을 책했다.

다섯째는 안도의 한숨을 쉬며 대나무 낚싯대 두 대를 가져왔다.

그는 연청청이 낚시에 시선을 빼앗겨 있을 때 뒤에서 재갈을 물린 다음 일을 치를 작정이었다.

그러려면 일단 낚시에 집중을 하게 해야 했다.

다섯째는 낚싯줄에 찌를 걸고 낚싯바늘에 추와 미끼를 끼웠다. 그리고는 연청청에게 보라는 듯 낚싯대를 빙글 돌려 강물을 향해 쭉 뻗었다. 추를 단 낚싯줄이 힘차게 강물을 가로질러 멀리 수면(水面)으로 풍당 소리를 내며 들어갔다.

"어머, 멋있어요!"

별것 아닌 동작에 연청청은 요란스럽게 감탄했다. 다섯째는 어깨를 으쓱하며 자신이 드리운 낚시를 건넸다.

"이걸 들고 있다가 찌가 올라오면 잡아채면 됩니다."

연청청은 그가 내민 것을 받지 않고 다른 낚싯대를 들었다.

"저도 한 번 멋있게 던져 보고 싶어요. 제가 이걸 쓸게요. 그래도 괜찮죠?"

"하하, 그렇게 하시죠, 그럼. 다만 낚싯대를 휘두를 때 조심하세요. 자칫 바늘이 엉뚱한 곳에 걸리면 곤란합니다."

"헤헤, 걱정 마세요. 좀 전에 하시는 것처럼만 하면 되겠죠."

연청청은 혀를 빼물며 애교스럽게 웃음을 지어 다시 한 번 다섯째의 혼을 빼놓았다.

"자, 그럼 가요!"

연청청은 낚싯대를 공중에서 힘차게 한 바퀴 휘돌린 후 정면을 향해 쭉 뻗었다. 군더더기없는 동작이었다.

두 사람이 노닥거리고 있을 즈음 항부육살의 막내는 배의 조타(操舵)에 열중하고 있었다. 이 근방은 항부하와 호수의 경계인지라 물살이 제법 빨라 배의 조종에 주의를 해야 하기 때문이기도 했지만, 그보다는 다섯째가 연청청과 시시덕거리는 꼴을 보고 싶지 않은 이유가 컸다.

신중하게 방향타를 움직이고 있던 막내의 귀에 갑자기 비명 소리가 들려왔다.

"으악!"

막내는 본능적으로 소리가 난 쪽을 돌아보았다. 저 멀리 호수 면에 뭔가가 첨벙 하고 떨어지며 커다란 물보라를 내고 있었다.

"다섯째 형?"

막내는 놀라움을 금치 못했다. 분명히 조금 전까지 갑판 위에 있던 다섯째가 왜 저 앞의 물속에 머리를 처박고 있는 것인가?

어리둥절하고 있는 그의 눈에 낚싯대를 든 채 어쩔 줄 몰라 하고 있는 연청청의 모습이 들어왔다.

"대체 무슨 일이오?"

연청청은 발을 동동 구르며 말했다.

"제가 낚시를 잘 못 던지는 바람에… 낚싯줄에 걸려서 날아가셨어요! 빨리 구해주세요!"

'무슨 헛소리야? 저게 미쳤나?'

막내는 어이가 없었다. 대충 보아도 다섯째가 추락한 곳은 배에서 사오 장 남짓 떨어져 있는 거리였다. 그런데 낚싯줄에 걸려서 그 먼 거리를 날아갔다고?

어쨌거나 지금 그걸 따질 상황은 아니었다. 다섯째는 입수할 때 잘못 떨어진 듯 헤엄을 치지 못하고 허우적거리고 있었다.

"사람 살려! 막내야!"

막내는 방향타를 움직여 다섯째가 있는 방향으로 배를 조정했다. 그리고는 연청청을 불렀다.

"빨리 이리 와요!"

연청청은 허겁지겁 그에게로 다가왔다.

막내는 방향타를 그녀의 손에 쥐어주었다.

"내가 형님을 구해올 테니 그때까지 이걸 꽉 잡고 좌우로 움직이지 못하게 고정시켜요. 이 근처가 갑자기 물살이 빨라지는 곳이라 조금만 잘못 움직여도 배가 엉뚱한 방향으로 갈 수 있소."

연청청은 알겠다는 듯 긴장한 얼굴로 고개를 끄덕였다.

"여긴 걱정 말고 꼭 저분을 구해오세요!"

막내는 고개를 끄덕이고는 그녀에게 방향타를 맡겼다. 조타는 아무나 할 수 있는 일이 아니었지만 붙잡고 가만히 있기만 하면 되기 때문에 별일은 없겠지 싶었다.

막내는 호수로 몸을 던졌다. 헤엄이 능한 그는 금방 다섯째가 있는 지점으로 가서 허우적거리는 그를 붙잡았다.

"형님, 무슨 일이오, 대체?"

다섯째는 충격을 받은 얼굴로 중얼거렸다.

"나, 낚싯줄이 발에 걸려서……! 여기까지 날아왔어!"

"에?"

막내는 황당함을 금치 못했다. 설마 여자가 한 말이 사실이란 말인가?

그는 배로 돌아가기 위해 다섯째와 함께 물속에서 몸을 돌렸다. 그런데 가까이 와 있어야 할 배의 모습이 보이지 않았다.

"배가 어디 간 거야?"

두리번거리던 막내와 다섯째는 기겁을 했다. 그들이 타고 있던 배가 전혀 엉뚱한 방향으로 가고 있었기 때문이다.

"저, 저……!"

멀어져 가는 배의 갑판 위에서는 연청청이 울상을 한 채 길쭉한 나무 막대기를 흔들고 있었다.

"저걸 부러뜨렸나?"

막내는 촉망 중에도 황망한 표정을 지었다. 그 막대기는 배의 방향타 손잡이였다. 가만히 잡고 있기만 하라고 했는데 대체 뭘 어쨌기에 저 두꺼운 나무가 뚝 부러져 버렸단 말인가?

막내와 다섯째는 안간힘을 써 배를 향해 가려 했다. 그러나 배는 때마침 불어온 바람에 떠밀려 더 빨리 그들에게서 멀어졌다.

"형님들! 우리 여기 있어요!"

애타는 막내의 외침은 물소리와 바람 소리에 실려 허공으로 공허하게 날아가 버렸다.

쿵!

왕구는 벌떡 일어났다. 한 번 잠이 들면 누가 업어가도 모르는 그가 잠을 깰 만큼 큰 소리와, 큰 충격이 엄습했기 때문이다.

"이게 무슨 소리야?"

선실 밖으로 나오니 다른 방에서 나머지 동생들이 엉금엉금 기어나오고 있었다.

"무슨 소란이냐?"

"글쎄요, 우리도 자고 있었수."

욕설을 퍼부어주려던 왕구는 발밑이 축축해지는 느낌을 받고 아래를 내려다보았다. 배 바닥에서 물이 송송 솟아오르고 있었다.

"물이 샌다! 암초에 부딪친 거 아냐?"

"설마요? 막내가 하루 이틀 배 조종해 본 것도 아니고……."

네 명은 설마설마 하며 갑판 위로 올라갔다.

배는 움직이지 않은 채 가만히 정지해 있었다. 아니, 움직이긴 하고 있었다, 물 아래 방향으로.

배는 침몰하는 중이었다.

"이게 어떻게 된 거야? 다섯째야! 막내야!"

왕구가 고함을 치자 고물 쪽에서 누군가가 허겁지겁 달려왔다.

"막내……! 웅? 연 소저?"

왕구는 갑자기 연청청이 긴 막대기를 흔들며 나타나자 눈을 치떴다.

"양 대협! 일어나셨군요! 큰일 났어요!"

"이게 무슨 소동입니까?"

"대협 동생 분들이 모두 물에 빠졌어요! 제가 두 분을 구하려고 배를 움직이다가 이게 그만……."

왕구는 연청청이 내미는 막대기를 얼떨떨한 표정으로 받았다.

"이거 어디서 많이 본 물건인데?"

옆에 있던 둘째가 기겁을 했다.

"형님! 그거 방향타 아닙니까?"

"헉!"

왕구는 경악을 했다. 방향타가 부러져 나갔으니 배가 조류를 타고 마구잡이로 움직인 것이다. 그러다가 암초에 밑바닥을 부딪쳤음이 분명했다.

"이런 썅! 이 개잡놈들이 대체 정신이 있는 거야? 초보자에게 방향타를 맡기다니! 이놈들 어디 있어?"

왕구는 다섯째와 막내를 패죽일 작정으로 부러진 방향타를 그러쥔 채 두리번거렸다. 그러나 그들의 모습은 아무 데도 보이지 않았다.

"형님! 지금 녀석들 처리가 문제가 아닙니다! 이대로 있다간 배가 침몰합니다!"

"알고 있어!"

왕구는 화를 버럭 냈다.

수심이 얕은 소호에서 조난당할 걱정은 할 필요가 없었다.

그러나 지금 그들이 갖고 있는 배가 침몰하게 되면 심각한 문제가 발생한다.

배 자체는 나중에 수적질을 해서 다시 충당한다 해도, 당장 배로 운반해야 할 오늘 아침의 노획물이 문제였다. 이건 호룡채로 전달해야 할 귀중품이기 때문에 절대 물에 젖거나 해서 손상이 되면 안 되는 물건이었다.

"일단 널빤지를 뜯어서 뗏목을 만들어라! 궤짝만 뗏목에 싣고 우리는 그 옆에서 헤엄을 치면 되니까 크게 만들 것 없어!"

"알겠습니다!"

세 명은 일사불란하게 배의 나무를 뜯어 뗏목을 짜기 시작했다.

"너도 거기 그러고 있지 말고 밧줄이라도 날라, 재수에 옴 붙은 년!"

왕구는 연청청에게 소리를 빽 질렀다. 상황이 이 지경이 된 마당에 더 이상 협객 흉내를 낼 이유가 없었다.

왕구의 욕을 먹은 연청청은 안타까운 표정을 지었지만 이내 순순히 바닥에 널려 있는 밧줄을 옮기기 시작했다.

연청청은 밧줄을 손에 감으며 혼잣말로 투덜거렸다.

"그래, 청청. 욕먹어도 싸지 뭐. 너 때문에 두 사람이나 물에 빠졌잖아. 배도 가라앉는 중이고. 양 대협이 잠시 이성을 잃으신 탓에 말이 거칠어진 걸 거야. 나중에 화가 가라앉으면 사과하시겠지. 그러니까 네가 일단 참아. 암, 그래야지."

왕구가 그 말을 들었다면 어이가 없어 당장 발길질을 날렸겠지만 다행히 그는 꾸물럭거리는 넷째에게 욕을 하는 중이어서 그녀에게 신경 쓸 여력이 없었다.

뗏목은 뚝딱뚝딱 만들어졌고, 선실 아래에서 올라온 묵직해 보이는 나무 궤짝 두 개가 그 위에 실어졌다.

"형님, 얘는 수영을 못한답니다. 어쩔까요?"

둘째가 연청청을 가리키며 말했다.

왕구는 잠시 고민했다. 성질 같아서야 당장 물속에 던져 버리고 떠나고 싶었지만 저렇게 어여쁜 계집을 건드리지도 않고 버린다는 것은 바보짓을 넘어서 미친 짓이었다.

"뭘 물어보냐. 뗏목 위에 태우면 되지."

연청청은 나무 궤짝 두 개와 함께 뗏목 위에 올려졌고, 나머지 네 명이 뗏목의 네 귀퉁이를 잡은 채 은신처로 다시 출발했다.

급류에 밀려 배가 떠내려 왔기 때문에 은신처로 가려면 급류를 다시 타고 올라가야 했다.

네 명은 있는 힘껏 자맥질을 했지만 좀처럼 전진하기가 어려웠다.

"야, 계집! 그 위에 가만히 있지 말고 거기 있는 노로 배를 밀어라!"

낑낑거리던 왕구가 연청청을 향해 버럭 소리를 쳤다.

연청청은 입속말로 뭐라고 투덜거리면서도 뗏목 위에 놓여 있던 긴 노를 들었다.

길쭉한 노는 일 장이 넘는 길이로, 호수 바닥까지 집어넣고 바닥 면을 밀어 배를 앞으로 나가게 하는 용도로 쓰는 물건이었다.

"이걸 어떻게 하면 돼요?"

"그걸 바닥에 대고 밀란 말이다! 열심히 안 밀면 때려줄 거야!"

연청청은 다시 뭐라 중얼거리면서 갑자기 뗏목 바닥에 노를 대더니 꾹 눌렀다.

그러자 뗏목의 눌린 쪽이 물속으로 푹 들어가고 앞쪽은 하늘로 치솟았다.

"으어어어!"

항부육살 네 형제는 뗏목이 뒤집어지는 것을 보고 일제히 비명을 질렀다.

뗏목이 뒤집어지면서 공중으로 치솟은 나무 궤짝 두 개는 이내 아래로 추락했다. 그런데 하필 떨어지는 위치가 물속에 있던 항부육살 둘째와 넷째의 골통 위였다는 게 문제였다.

수박 깨지는 소리가 낭랑히 울린 후, 두 형제는 나란히 물속으로 가라앉았다.

"둘째 형! 넷째야!"

셋째가 울부짖으며 가라앉는 두 명을 건져 내려고 몸을 던졌지만 첫째 왕구가 잠수하는 그의 머리채를 붙잡아 끌어올렸다.

"아야야! 형님, 왜 그러세요!"

"이 미친놈아! 그놈들보다 궤짝이 우선이야! 어서 궤짝을 건져 뗏목 위로 올려!"

셋째는 정신이 번쩍 들었다. 그렇다, 나무 궤짝이 우선이었다.

다행히 궤짝들은 가라앉지 않고 물 위에 동동 떠 있었다. 상당히 육중한 무게를 자랑하는 것들이었지만 나무로 만들어져 있고 속에 공기가 있어서 가라앉지 않았던 것이다.

왕구와 셋째는 부랴부랴 떠내려가는 나무 상자들을 끌어안고 뗏목이 어디 있는지 찾았다.

다행히도 뗏목은 그들의 주변에 있었다. 신기하게도 뗏목이 뒤집어졌는데 연청청은 그 위에 멀쩡히 서 있었다.

"야, 이 쌍년아! 뗏목을 당장 이리로 끌어와!"

왕구가 돼지 멱따는 소리로 괴성을 질렀다.

연청청은 발을 동동 굴렀다.

"뗏목을 어떻게 조종해야 되는데요?"

"노로 바닥을 밀라고 했잖아!"

"시키는 대로 했는데 안 되잖아요!"

연청청은 울상을 지으면서 노로 다시 뗏목 바닥을 꾹 눌렀다. 그러자 또다시 뗏목이 뒤집어질 듯 휘청였다.

왕구는 그 꼴을 보고 있노라니 혈압이 올라 머리가 터질 지경이었다.

"이 멍청해서 급살 맞아 죽을 년아! 누가 뗏목 바닥을 밀라 했냐! 물에 막대기를 넣어서 강바닥을 밀란 말이다!"

"아, 그 얘기였구나!"

연청청은 이제야 알았다는 듯 환해진 얼굴로 손바닥을 쳤다.

그녀는 부랴부랴 노를 호수 바닥에 넣고 왕구와 셋째가 헤엄쳐 오는 쪽으로 뗏목을 밀어왔다.

왕구와 셋째는 급류를 거슬러 올라가기 위해 안간힘을 썼고, 간신히 뗏목에 올라탈 수 있을 만한 거리에 접근할 수 있었다.

"상자부터 올려!"

왕구는 뗏목에 접근한 셋째에게 외쳤다.

셋째는 뗏목 위에서 팔을 벌리고 있는 연청청을 향해 있는 힘껏 상자를 쳐들었다.

연청청은 셋째가 들어 올린 상자를 수월하게 받아 뗏목 위로 올렸다.

간신히 상자를 올린 셋째는 뗏목 위로 기어오르려고 했지만 물속에서 워낙 오랫동안 용을 쓴 관계로 갑자기 몸에 힘이 빠졌다. 마침 물살이 빨라지는 구간이어서 어어 하는 사이 그와 뗏목의 거리가 휙 벌어졌다.

"셋째야!"

왕구의 고함을 들은 연청청이 들고 있던 노를 멀어져 가는 셋째를 향해 쭉 뻗었다.

"이걸 잡아요!"

셋째는 다가오는 노를 잡으려 했다. 그러나 연청청이 급한 마음에 너무 빨리, 너무 세게 뻗은 나머지 노의 끝이 그의 손을 지나쳐 그만 마빡에 정확히 명중하고 말았다.

빡!

다시 수박 깨지는 소리가 호수를 울리고, 셋째는 끽소리도 못한 채 이마에서 흘러나오는 피와 함께 하류로 떠내려갔다.

"셋째야!"

왕구가 안타까운 목소리로 부르짖었다.

"저걸 어째!"

뗏목 위의 연청청 또한 당황한 나머지 앞으로 한 발을 내딛었다. 그러다가 그만 뗏목가에 올려놓았던 나무 상자를 발로 걷어차고 말았다.

발에 떠밀린 나무 상자는 다시 물속에 빠졌고, 셋째를 따라 급류를 타고 저 멀리 떠내려갔다.

"아이고, 내 돈!"

왕구는 셋째가 떠내려갈 때와는 비견이 되지 않는 커다란 목소리로 비명을 질렀다. 청부 대가로 호룡채에게서 받은 거금 은자 삼백 냥과 비단 스무 필이 저 멀리 사라져 가고 있었기 때문이다.

그는 당장에라도 상자를 쫓아가고 싶었지만 그럴 수 없었다. 떠내려간 삼백 냥보다 백배천배 중요한 물건이 그의 품 안에 있었기 때문이다. 바로 호룡채로 전달해야 할 의뢰품이었다.

왕구는 이 모든 비극의 원흉인 뗏목 위의 연청청을 찢어죽일 듯이 노려보았다.

연청청은 어느새 뗏목을 그가 있는 근처까지 몰아와서는 미안해 죽겠다는 표정으로 그를 바라보고 있었다.

왕구는 말없이 나무 상자를 내밀었고, 연청청은 재빨리 그걸 받아 뗏목 위로 올렸다.

왕구는 행여 그녀가 막대기라도 내밀까 두려워 신속히 움직여 뗏목 위에 스스로 올라탔다.

"이 쳐죽일……!"

뗏목에 오르자마자 왕구는 두 주먹을 움켜쥐고 몸을 벌떡 일으켰다. 연청청을 패 죽일 참이었다.

그러나 몸을 반쯤 돌려 상자를 끌고 있는 연청청의 뒤태를 보는 순간, 왕구는 숨이 턱 막혔다.

뗏목이 뒤집히는 등 여러 소동이 벌어진 탓에 연청청은 온몸에 물을 흠뻑 뒤집어쓴 상태였다. 그 덕분에 풍성한 장의가 몸에 찰싹 달라붙게 되어 전신의 굴곡이 드러나고 있었던 것이다.

'우, 우물(尤物)이다!'

한 손에 쥘 듯한 가느다란 세류요 위에는 터질 듯 풍만한 가슴이 자리하고 있었다. 반쯤 구부려 더욱 도드라지는 둔부와 쭉 뻗은 다리의 완벽한 곡선은 가히 환상적이라고밖에 표현할 말이 없었다.

왕구는 이 순간 물에 떠내려간 다섯 형제와, 은자와 비단 따위는 완전히 잊어버렸다.

그는 하물이 절로 뻐근해짐을 느꼈다. 장시간 헤엄을 치고 열을 낸 통에 온몸의 기운이 빠질 대로 빠진 상황임에도 어디서 그런 힘이 솟아 나오는지를 알 길이 없었다.

그때 상자를 뗏목 중앙으로 끈 연청청이 몸을 돌려 그를 바라보았다.

"정말 죄송해요. 이 일을 어쩌죠?"

물에 젖은 머리를 손으로 쓸어 올리며 눈에 눈물을 그렁그렁 담은 채 처연한 어조로 말하는 연청청의 자태에 왕구는 혼백이 날아가는 느낌이었다.

"괘, 괜찮소! 헤엄 잘 치는 아이들이니까 알아서 살아올 거고, 돈이야 뭐 다시 뺏으면… 아니, 다시 벌면 되고……."

왕구는 자기가 무슨 소릴 하고 있는지도 몰랐다. 어느새 그의 손에는 노가 들려져 있었고, 뗏목은 은신처인 무인도로 향해 가고 있었다.

왕구는 돌아가신 어머니 생각을 하며 잔뜩 흥분한 하물을

달래려 애썼다. 아무리 연청청이 혼백을 날려 버릴 만큼 예뻐
도 이 좁은 뗏목에서 일을 벌일 수는 없는 노릇, 은신처에 갈
때까지만 참으면 그때부터는 극락이리라.

왕구는 가졌던 모든 것을 잃었음에도 온 천하를 얻은 기분
이었다.

하늘 꼭대기까지 붕 뜬 기분 덕에 아까 전 연청청이 노로
바닥을 살짝 눌러 뗏목을 뒤집고, 뒤집힌 뗏목에서 완벽하게
균형을 잡았으며, 자신조차도 낑낑거렸던 무거운 나무 상자
를 가볍게 들었다는 사소한 사실 따위는 왕구의 머릿속 그 어
느 곳에도 남아 있질 않았다.

第十一章

내기의 성립

만평진은 소호에서 오 리쯤 올라간 항부하의 지류에 위치
해 있는 나루터였다.

오의단을 태운 쾌속선이 이곳에 도착한 것은 늦은 오후였
다. 남궁세가가 있는 합비로 가지 않고 소호 근처의 만평진으
로 직접 온 까닭은 남궁세가가 운영하는 일검회의 본진이 이
곳에 머무르고 있기 때문이었다.

일검회는 소호에 박혀 있던 호룡채가 최근 밀염상들과 결
탁하여 모종의 사업을 벌이고 있다는 정보를 입수한 후 그들
을 일망타진할 호기(好期)라고 보고 정예 무사들을 총출동시
켰다.

소호 주변의 물길에 잠복하고 있다가 호룡채가 밀염상과 접촉하기 위해 기어나오면 길목을 막아 협공으로 그들을 섬멸하려는 의도였다.

인원이 많이 투입되어야 하는 작전이기 때문에 일검회는 무림맹에 지원을 요청했고, 창룡신검 곽현이 이끄는 청의단이 이미 투입되어 있는 상태였다.

오의단 또한 소호 변에 배치될 것으로 짐작되었기 때문에 세가에 들르지 않고 일검회의 본진이 있는 만평진으로 곧바로 온 것이었다.

만평진에서 하선한 오의단은 선착장에 빼곡히 서 있는 남궁세가의 함선 뒤로 보이는 일검회의 진영을 곧 발견할 수 있었다.

진영에 가까이 가니 분위기가 몹시 어수선했다. 무사들이 배와 막사를 오가며 이리저리 뛰어다니고 있었고, 진영을 지키는 경비무사의 모습조차 보이지 않았다.

이세민은 단원들을 입구에 잠시 대기시키고 홀로 진영 안으로 들어갔다.

분위기가 어수선하다고 해도 남궁세가의 무복이 아닌 낯선 옷을 입은 자가 진영 내를 어슬렁거린다면 그 모습이 도드라져 보이게 마련, 곧 남궁세가의 무사들이 이세민을 발견하고 다가왔다.

"형장은 뉘시오?"

"무림맹에서 왔소."

이세민은 자신의 명패와 무림맹에서 받은 지령을 보여주고 간부들에게 안내해 주길 부탁했다.

무사들은 자기들끼리 쑥덕이더니 이세민을 진영 중앙의 커다란 막사로 끌고 갔다.

이세민은 가는 도중에 지나가는 투로 무사들에게 물었다.

"분위기가 왜 이리 어수선한 거요? 무슨 일이 있나?"

질문을 받은 무사는 퉁명스레 대꾸했다.

"어제 출동했던 함선들이 이제 막 본진으로 돌아와서 그렇소. 전열을 재정비하느라 어수선해 보이는 거요."

"소호로 출동했었단 말이오? 그럼 호룡채와 한판 붙은 거요?"

무사는 귀찮다는 표정으로 말했다.

"싸우진 않았소. 궁금한 게 있으면 간부들한테 직접 물어보시오."

무사는 그 말을 끝으로 입을 닫았다.

그는 막사 앞에 도착해서야 접견이 가능한지 물어보겠다는 말을 남기고는 막사 안으로 들어갔다.

무사가 나오길 기다리며 입구를 어슬렁거리는 이세민의 귀에 막사 안에서 흘러나오는 소리가 포착되었다. 크지 않은 대화였지만 예민한 그의 귀로 듣지 못할 정도는 아니었다.

"일단 소호와 연결된 전 하천에 세가의 병력을 투입해 놓은 상태입니다."

"잘했어. 적어도 '궤'를 가지고 빠져나갈 경로는 틀어막은 셈이군. 한데 놈들이 그걸 육로로 들고 나갈 확률은 없나?"

"절대 그럴 리는 없습니다. 호룡채는 수상에서는 둘째가라면 서러워할 놈들이지만 일단 육지에 올라서기만 하면 비루먹은 똥개마냥 무능해집니다. 게다가 그들이 올라서는 뭍은 안휘성의 땅입니다. 안휘성의 땅 그 어느 곳도 본 가의 눈이 미치지 않는 데가 없으니, 학상조가 미치지 않고서야 궤를 육상으로 빼돌리려 하진 않을 겁니다."

"그럼 이제 놈들의 본거지로 쳐들어가 궤를 다시 빼내와야겠군."

"그래야 합니다만 소호 주변의 수로를 틀어막는 것만 해도 병력이 모자란 상황입니다."

"무림맹의 지원 병력을 끌어왔는데도 모자라단 말인가?"

"그렇습니다. 그들 또한 호수 동단부 운조하(運漕河)의 길목을 막는 데 투입된 상황입니다."

"빌어먹을! 그럼 여기 본진에 있는 전력밖에 쓸 수 없단 얘기잖나!"

"여기 있는 전력도 삼분지 일은 이곳 항부하의 길목을 차단하고 있어야 합니다. 워낙 미꾸라지 같은 놈들이라 우리 뒤로 빠져나갈지도 모르니까요."

"문제군. 여기서까지 전력을 나누면 승산이 너무 떨어져.

궤를 되찾기 위해서라면 무슨 피해라도 감수하겠지만 그 결과가 패배여서는 아무 의미가 없지 않나."

"그렇습니다. 차라리 당분간 길목을 막는 데 주력하며 다른 동맹 문파에게 지원 요청을 하는 것이 어떨는지요."

"그건 안 돼. 보는 눈이 늘어난 상황에서 자칫 '궤' 의 정체가 드러난다면 본 가는 치명상을 입을 수 있어. 가뜩이나 가주께서 저리되신 상황에서…… 있을 수 없는 일이야."

갑자기 쾅 하는 소리가 들렸다. 말하던 자가 분이 치밀어 탁자를 후려치기라도 한 모양.

"빌어먹을! 수적 찌그레기들의 잡스러운 조호이산지계(調虎移山之計)에 걸려들다니! 이게 대체 무슨 망신이야?"

"…죄송합니다. 속하가 못난 탓입니다. 일이 끝나는 대로 군사 직에서 물러나겠습니다."

"자책할 것 없어. 어제 거짓 정보가 전달되었을 때 자넨 여기 있지도 않았지 않나. 잘못이 있다면 전적으로 내 책임일세. 그런데 거기 넌 뭐야?"

이제야 막사 안으로 들어간 무사가 눈에 띈 모양, 이세민의 도착을 알리는 무사의 목소리가 들려왔다.

"무림맹에서 지원병이 또 왔나? 들여보내!"

잠시 후 무사가 밖으로 나와서 이세민에게 막사의 문을 열어주었고, 이세민은 안으로 들어갔다.

막사 안에는 열 명 남짓한 사람들이 있었다.

두 명이 의자에 앉아 있었고 나머지는 전부 서 있었다.

호피가 깔린 태사의에 앉은 중년인이 눈에 띄었다. 기골이 장대하고 온몸이 근육질에다가 위압적인 눈빛이 인상적인 그가 이곳의 지휘자인 듯했다.

그의 옆에 앉아 있는 자는 호리호리한 문사풍의 사내였는데, 중년인과 얼굴이 닮은 것으로 보아 인척 관계인 듯했다.

태사의의 중년인은 앉은 채로 이세민을 맞았다.

"어서 오시오. 무림맹에서 오셨다고?"

이세민은 고개만 까딱하며 대꾸했다.

"오의단의 단주 이세민이라고 합니다. 남궁세가의 지원 요청을 받고 이제 막 도착했습니다."

"오의단?"

중년인은 의아한 눈초리로 옆자리의 문사를 보았다.

"무림맹에 지원 요청을 더 했었나? 오의단과 청의단은 개별적으로 움직이는 걸로 아는데?"

문사는 곤혹스러운 표정을 지으며 고개를 저었다.

"지원 요청을 하긴 했지만 소호 전투 건에 대한 요청이 아니었습니다."

"그럼 뭔가?"

"본 가에서 처리할 문제입니다."

문사는 쏘는 듯한 눈빛으로 이세민을 보며 말했다.

"누가 여기로 오라 했소? 합비의 남궁세가로 오라 했을 텐데?"

이세민은 한쪽 입꼬리를 말아 올리며 미묘한 웃음을 흘렸다.

명색이 도움을 주러 온 사람을 맞이하는 태도들이 영 마음에 들지 않았던 것이다.

"내가 받은 지령에는 남궁세가가 지원 요청을 했다는 말뿐이었소. 한데 세가의 본진인 일검회가 이곳에 있고 또 본 맹청의단이 그들과 협력하고 있다기에 오는 물길이 편한 이곳으로 오게 된 것이오. 용건이 있으면 일단 여기서 듣고 세가로 다시 가면 될 것 아니오?"

"뭐, 뭐라고?"

이세민의 강한 반박을 예상치 못한 듯 문사풍의 사내는 말을 더듬었다.

중년인은 그 모습을 보고는 껄껄 웃었다.

"무림맹에는 맹주서부터 시작하여 우유부단한 샌님들만 있는 줄 알았더니 제법 강단있는 자도 있었군 그래. 군사, 용건은 여기서 들어도 괜찮지 않겠나? 세가의 일이 그리 바쁜 게 아니라면 오의단이 우리 일을 도와줘도 좋을 듯한데."

문사는 분이 치밀어 상기된 얼굴로 중년인에게 말했다.

"소주(少主), 이자는 바로……. 아니, 좋습니다. 일단 본 가에서 청탁할 일부터 말해주는 게 좋겠군요."

문사는 이세민을 노려보며 또박또박 말했다.

"남궁세가는 무림맹 외당 오의단에게 본 가 가주인 남궁환 대협을 해하고 본 가의 비급을 빼돌린 가짜 권왕을 잡아주기를 정식 요청하는 바이오."

　문사의 말에 이세민도 놀랐지만 중년인을 비롯하여 서 있는 무사들도 다들 크게 놀란 기색이었다.

　"군사, 그게 무슨 말인가? 가주를 해한 자를 잡아들이는 것을 어째서 외인들에게 청탁한단 말인가? 이미 본 가의 식솔들이 놈의 종적을 쫓아 천하를 이 잡듯 뒤지고 있지 않은가?"

　"물론 범인을 잡는 것은 본 가의 의무입니다. 그러나……."

　문사는 잠시 뜸을 들였다.

　"여기 계신 오의단주님은 이 사건과 무관하지 않은 사람입니다. 그래서 다른 사람이 아닌 이분에게 도움을 청하는 것은 사건의 해결에 보다 가까이 접근하는 단초가 될 것입니다."

　"이자가 누구기에 사건과 연관이 있다는 거지?"

　"권왕의 무술 연원인 광동위가의 적통을 이어받은 후계자라고나 할까요."

　"무엇이?"

　이때껏 태산 같은 장중함을 보이고 있던 중년인이 벌떡 일어났다. 뒤에 시립해 있던 무인들도 일제히 검을 움켜쥐었다.

　'함정이군.'

　이세민은 속으로 혀를 찼다. 누가 이런 수작을 부렸는지 짐작이 가고도 남음이 있었다.

'한광우겠지.'

처음 작전에 임했을 때 군사가 내린 지령이라는 말을 듣고부터 다소 불안한 마음이 들었다.

영호세가에 갔을 때도 지령과는 전혀 다른 엉뚱한 상황이 발생했고, 이번에도 역시 마찬가지였다.

가주를 해한 용의자로 꼽히는 권왕과 관련이 있는 그를 하필 남궁세가로 보내 권왕을 잡게 하라는 지령을 내린다는 것은 다분히 의도적이라고밖에 볼 수 없었다.

이세민은 한광우가 그, 혹은 오의단을 거꾸러뜨리려는 모종의 음모를 꾸미고 있다는 것을 확신했다. 두 번이나 거푸 잘못된 일이 반복되는 것이 우연일 가능성은 매우 희박했다.

"네놈이… 권왕의 제자란 말이냐?"

중년인은 맹렬한 기세를 내뿜으며 말했다. 그렇다는 대답이 나오면 당장에 칼이라도 뽑을 것 같았다.

이세민은 천천히 고개를 저었다.

"아니오. 전 권왕을 여태껏 뵌 적도 없습니다."

"그래? 그럼 누구의 제자냐?"

"그분의 동생이신 위세척 노사의 제자입니다."

"광견치 말인가."

중년인은 순간적으로 피식 웃었다. 그러나 살기 어린 기세는 여전히 풀지 않고 있었다.

"광견치의 제자가 무림맹의 간부씩이나 되다니, 무림맹도 참 대단해졌군 그래."

사부의 위상을 비꼬아 시비를 거는 말이었지만 평소 위상이나 체면 같은 분야는 전혀 신경을 쓰지 않고 사는 이세민인지라 아무런 반응도 보이지 않았다.

중년인은 이세민의 무반응이 기가 질려서 그런 것일 거라 지레짐작하고 자신의 기세를 조금 풀었다.

"만나본 적도 없다 하니 뭐라 할 수 없겠군. 권왕이 어디 있는지 사부에게 귀띔으로라도 들은 적이 있나? 본 가에서는 온 천하로 그를 찾아다니고 있는데 코빼기도 비치질 않는데 말이지."

이세민은 잠시 뜸을 들이다가 입을 열었다.

"한데 두 분의 말씀이 조금 상충되는군요. 이쪽 군사 양반은 가짜 권왕이 범인이라 하시는데, 그쪽 목소리 큰 분은 마치 진짜 권왕이 범인이라는 듯 반응을 보이시니 말입니다. 가짜가 범인이라면 저한테 화를 낼 하등의 이유가 없지 않습니까?"

"우선, 이쪽에 계신 분은 일검회의 회주 대행을 맡고 계신 절정일검(絶頂一劍) 남궁우 대협이시오. 난 일검회의 군사를 맡고 있는 남궁정혁이고. 호칭을 똑바로 하시기 바라오."

문사, 남궁정혁이 상기된 목소리로 말을 이었다.

"범인이 잡히지 않은 이상 우리는 함부로 용의자를 진짜 권왕으로 단정 지을 수는 없소. 그래서 가짜 권왕이 아닐까 하고 일단 의심하고 있소이다."

"하지만 난 사라진 그가 진짜라고 믿고 있다. 아버님은 진짜 가짜 친구도 구분 못하실 분이 아니니까."

남궁우가 이글거리는 눈으로 이세민을 노려보았다.

이세민은 어깨를 으쓱했다.

"뭐, 좋습니다. 진짜든 가짜든 남궁가주가 쓰러질 때 함께 있었던 노인을 찾기만 하면 되는 것 아닙니까? 한데 그 사람이 범인이라고 확신할 수 있습니까?"

남궁정혁이 영문을 모르겠다는 듯 반문했다.

"무슨 뜻이오?"

"남궁가주가 주화입마를 당했다는 소문을 들었습니다. 소문대로라면 무공 수련 중에 그렇게 되었을 수도 있는 것 아닙니까? 타인의 공격을 받았다고 확신할 수 있는 특별한 외상의 징후가 있는 게 아니라면 그 노인을 범인이라고 단정 지을 수는 없지 않겠소?"

남궁정혁은 코웃음을 치며 대답했다.

"외상은 없소. 그러나 친분을 가장하여 접근한 자라면 무공 수련을 핑계로 방심한 상대를 주화입마에 빠뜨리는 게 그리 어려운 일이 아니지. 게다가 죄가 없다면 그 자리에 남아서 본 가 식솔들에게 이러이러한 일이 벌어졌다고 해명을 할 것이지 왜 도망을 간단 말이오?"

"그럴 만한 사정이 있었겠지요."

"그 사정이 뭐란 말이오?"

"내가 만나본 일도 없는데 어떻게 알겠소?"

"아는 방법은 간단하지. 잡아서 실토시켜 보면 될 테니까."

둘의 대화에 끼어든 남궁우가 냉랭한 목소리로 말했다.

남궁정혁이 단정 짓듯 말했다.

"더 이상 왈가왈부할 것 없소. 용의자를 잡는 데 최선을 다해주시오. 이미 무림맹 상부의 인가를 받고 하는 요청이오."

"무림맹 상부 누구에게 인가를 받았소?"

"그건 말해줄 수 없소. 궁금하면 무림맹에 가서 직접 물어보시던가."

'말 못할 이유가 있겠지.'

이세민은 속으로 콧방귀를 꼈다. 인가한 대상이 누구일지는 굳이 대답을 듣지 않아도 뻔히 짐작이 갔다. 아무래도 붉은 혜성 사하가 무림맹 취의각으로 출동해야 할 공산이 커진 느낌이었다.

"노파심에서 한마디 하겠다. 만일 육 개월 내로 용의자를 잡지 못하면 본 가가 직접 광동위가로 가서 권왕의 죄를 물을 것이다. 그때가 되면 자네 역시 광동위가의 일원으로서 책임의 일부를 져야 할 것이야."

남궁우가 서슬 퍼런 목소리로 말했다.

이세민은 어이가 없어 피식 웃었다.

"뭐가 우습나?"

남궁우가 다시 살기를 끌어올리며 이세민을 노려보았다.

그에게서 주변의 무사들이 본능적으로 한 발 뒤로 물러설 정도의 대단한 위압감이 흘러나왔다. 그러나 이세민은 털끝만큼의 미동도 하지 않은 채 대꾸했다.

"굳이 육 개월씩이나 기다릴 것 있겠소? 책임을 지우고 싶다면 이 자리에서 한번 지워보시지."

"뭐라?"

남궁우는 어이가 없는 듯 껄껄 웃었다.

"배짱 하나는 가상한 놈이군. 좋아. 어디 광동위가의 권법이 얼마나 고명한지 한번 시험해 보자꾸나."

그는 막사를 제치고 밖으로 걸어나갔다. 넓은 곳에서 제대로 붙어보자는 모양이었다.

뒤따라 막사를 나서던 이세민은 눈을 크게 떴다. 언제 왔는지 오의단원들이 막사 주변에 대기하고 있었기 때문이다.

'아뿔싸!'

이세민은 그들을 보고서야 제대로 실수를 했다는 것을 깨달았다. 무슨 일이 있어도 절대 튀지 말라는 사부의 엄명이 비로소 생각난 것이다.

'저 성깔 더러운 놈을 내 성질대로 두들겨 패버리면 일이 거기서 끝나지 않겠지?'

남궁우가 일검회의 회주 대행이라 했으니 그를 밟아버리면 당연히 그 밑에 따까리들이 그에게 달려들 것이다. 그놈들마저 밟아버리면 남궁세가의 나머지들이 엉겨 붙을 것이고, 걔들마저 짓밟고 나면 '광견치의 제자, 남궁세가를 들어 엎다!' 뭐 이런 식의 명성이 온 천하를 울릴 것이니, 결론적으로 그는 사부에게 짓밟혀 버릴 것이 아닌가!

'그거 안 좋은걸.'

이세민은 상상 속의 상황 전개가 매우 마음에 들지 않았다. 과정도 너무 번거롭고 결과도 좋지 않았다.

남궁우는 벌써 막사 중앙의 공터로 나가 그를 기다리고 있었다.

'뭔가 다른 수를 써야겠군.'

그렇다고 이제 와서 잘못했습니다 하고 싹싹 빌 수야 없지 않은가. 그런 자세 안 나오는 짓을 할 수야 없었다.

그때 그의 눈에 막사 주변을 바쁘게 돌아다니는 일검회 무사들의 모습이 들어왔다. 그들은 지금 무슨 소동이 벌어지려는지도 모르는 듯 열심히 자재를 모아 선착장의 함선에 실어 나르고 있었다.

그들을 보던 이세민은 갑자기 좋은 생각이 떠올랐다.

남궁세가가 지금 가장 갈급하는 것을 미끼로 내놓는다면 그걸 덥석 물었을 때 그와 권왕은 관심에서 잠시 비켜날 수 있지 않을까 하는 생각이 든 것이다.

이세민은 기다리고 있는 남궁우의 앞으로 나아갔다.

"좋아, 어디 한번 붙어보자고. 호룡채 놈들과의 결전에 앞서 몸 풀기는 확실히 되겠군."

남궁우는 발검(拔劍)을 하지 않고 두 손을 가지런히 허리 아래로 늘여놓았다. 어떻게 공격해 오든 문제없다는 자신감이 표출되는 자세였다.

회주 대행이 공터 한가운데에서 자세를 취하자 바삐 움직이던 일검회의 무사들도 관심이 이는 듯 걸음을 멈추고 모여들기 시작했다.

이세민의 뒤에 있던 오의단원들도 무슨 일인가 싶어 공터 주변으로 모여들었다.

"삼 초를 양보하려고 했건만, 내가 먼저 갈까?"

이세민이 미동도 않고 가만있자 남궁우가 말했다.

이세민은 고개를 저었다.

"싸울 마음이 없어졌습니다."

남궁우는 피식 웃었다.

"왜, 겁이 나나?"

"아니오. 어리석은 짓이란 생각이 드는군요. 엄연히 우리는 아군인데, 적을 앞에 놔두고 이런 식의 대치를 한다는 게 말입니다."

"기껏 뜸을 들여 찾은 변명이 그건가? 대결을 회피하는 이유로는 좀 고리타분하지 않나?"

"대결을 피할 생각은 없습니다. 다만 방식을 변경하면 어떨까요?"

남궁우는 의아한 표정을 지었다.

"무슨 뜻인가?"

"좀 더 서로에게 도움이 되는 방향으로 힘을 쓰자는 겁니다. 가령 내기를 해서 승패를 정하면 어떨까요?"

"내기? 어떤 내기?"

"광리 학상조의 목을 먼저 취하는 자를 승자로 인정하는 겁니다."

"……!"

남궁우는 뜻밖의 제안에 눈을 치떴고, 모여든 사람들도 모두 깜짝 놀라고 말았다.

남궁우가 말했다.

"그게… 가능하리라고 생각하나? 자네 능력으로?"

남궁우의 뒤에 있던 남궁정혁이 어이없다는 듯 말했다.

"학상조와 호룡채의 힘을 모르는 것이든 아니면 바보이든 둘 중에 하나입니다. 소주, 개의치 마십시오."

이세민은 피식 웃으며 말했다.

"호룡채와 학상조에 대해서는 여기 오는 길에 귀가 따갑게 들었소. 당신들이 쩔쩔매고 있는 꼴을 보고도 얼마든지 짐작이 되오. 그럼에도 불구하고 난 자신이 있소만. 왜, 당신들은 자신이 없소?"

"크하하하하!"

남궁우가 돌연 앙천광소를 터뜨렸다.

"미친 건지 바보인지는 몰라도 어쨌거나 배포 하나는 마음에 드는 놈이군. 좋아, 내기를 받아들인다!"

"소주!"

남궁정혁이 말리려 했지만 남궁우는 손을 저어 그의 입을 다물렸다.

"오랜만에 심장이 뜨거워지는군. 그래, 네놈 말이 맞다. 호룡채 따위를 의식하여 미적대고 있던 것은 본 회의 수치이다. 제군들, 즉각 전투 준비를 하라!"

그의 호령을 들은 일검회 무사들은 힘찬 함성과 함께 일제히 흩어졌다.

"소주! 저 미친놈의 술수에 말려들어선 안 됩니다!"

남궁정혁이 간곡하게 말했지만 남궁우는 요지부동이었다.

"아니, 지형을 고려하고 전력을 재고 병법을 운운하고 하는 모든 행위는 나라끼리 싸우는 전쟁터에서나 하는 일이야. 우리는 무림인이다. 싸워야 할 일이 있으면 과감히 나아가서 싸우면 그만이다. 어이, 오의단주! 자네들에게는 지금 동단부에 대기하고 있을 무림맹 청의단을 내주겠다. 내일 사시(巳時)를 기해 그들과 함께 호룡채 본진을 공격하라. 우리는 같은 시각에 이곳에서 호룡채로 출발하겠다. 동시에 움직여서 먼저 학상조의 목을 취하는 자가 이기는 거다."

이세민은 고개를 끄덕였다.

"좋소. 내가 내기에서 지면 석 달 안에 권왕을 찾아 데려다 주겠소. 또한 내가 책임질 일이 있다면 기꺼이 책임을 져드리지."

"좋아. 내가 진다면 더 이상 광동위가에 어떤 책임도 묻지 않겠다. 권왕을 찾는 것에 대해서는 시한을 정하지 않겠다."

그렇게 내기는 성립되었고, 양쪽 진영은 결전을 위한 준비 태세에 돌입했다.

오의단은 청의단이 있는 호수 동단부로 이동했다. 오의단이 탄 쾌속선은 호룡채가 출몰하지 않는 가장자리 물길을 타고 전진했다.

"대체 그런 불합리한 내기를 왜 한 거죠?"

상연미는 배에 올라타자마자 이세민을 찾아와 강력하게 항의했다.

"일검회는 백 척이 넘는 전투선을 띄워 호룡채를 공략할 거예요. 그에 반해 우리는 이 쾌속선과 청의단이 보유한 열다섯 척의 경전투선뿐이라고요."

"이 쾌속선의 덩치가 크니 전투선 열 척 역할은 할 것 같은데?"

상연미를 뒤따라온 진웅이 끼어들었다.

"대주님, 덩치가 문제가 아닙니다. 놈들의 수공이 뛰어나 이렇게 큰 배가 가라앉기라도 하면 전력의 절반이 날아가는 꼴이 될 겁니다. 아무리 생각해도 일검회와 동시에 양동 작전을 펼치는 것은 우리 쪽에 많은 위험이 따릅니다. 솔직히 청의단주님이 허락하실지도 의문입니다."

"그런 것보다도."

차가운 목소리가 끼어들었다.

이세민과는 처음 동행하는 제사부장 인겸이었다. 냉막하고 과묵한 분위기를 풍기는 그가 의견 개진을 하는 것은 드문 일이었다.

"단주의 사사로운 내기에 왜 우리가 장단을 맞추어야 하는지 이해할 수 없소. 듣자 하니 단주의 사문인 광동위가와 남궁세가가 무슨 문제가 있는 모양인데, 그건 그쪽 사람들끼리 알아서 해결해야 할 일이 아니오? 왜 우리 임무에 그에 관련된 내기가 걸리고 그로 인해 무리한 작전이 감행되는 것인지 도무지 모르겠소. 명확한 해명을 하지 않으면 난 이 임무에서 빠질 테요."

"인겸! 무례하다!"

진웅이 주의를 주었지만 인겸은 차갑게 코웃음을 치며 그를 외면했다.

"아아, 다들 진정하라고."

이세민이 말했다.

"인겸이라고 했나? 자네 말이 일리가 있긴 해. 임무에 내기를 거는 것은 조금 문제가 있지. 하지만 명확히 말해서 우리의 임무는 권왕과 남궁세가 사이의 문제를 해결하는 것이라고. 그 문제를 좀 더 융통성있게 풀려다 보니 엉뚱하게 호룡채가 내기로 얽힌 것이지. 돌려 생각해 보면 호룡채를 치는 것은 권왕 문제를 융통성있게 해결하려는 한 방편이라고 보면 될 거야."

"난 머리가 나빠서 단주의 말이 너무 어렵소. 해결의 방편으로 치부하기에는 호룡채를 치는 것이 너무 위험한 일이 아니오?"

"전혀 그렇지 않아."

이세민은 손사래를 쳤다.

"내기는 호룡채를 무찌르라는 게 아니고 호룡채주 학상조의 목만 취하면 되는 것이니까. 물론 덤으로 호룡채를 쳐서 청의단의 짐을 덜어준다면 본 맹에도 보탬이 되는 것 아니겠나?"

진웅이 미간을 찌푸리며 끼어들었다.

"그렇긴 하지만 호룡채를 치는 거나 학상조의 목을 따는 거나 어렵긴 매한가지 같은데요."

"다 계획이 있으니까 걱정 마. 일부장."

"예, 옛?"

이때껏 멍하니 맨 뒤에 서 있던 좌구작은 이세민의 부르는 소리에 화들짝 놀라 고개를 뺐다.

"부르셨습니까?"

"자네 나랑 어디 좀 가지."

좌구작은 웬지 모를 불길함이 엄습해 옴을 느꼈다. 운회봉에서 화산파의 어린 제자들을 생매장시킨 후 가짜 인질극을 벌였던 단주가 아니던가. 이번에는 또 무슨 황당한 꿍꿍이속이 있기에 자신을 부르는 걸까?

"어, 어딜 가는데요?"

"학상조의 목이 어디쯤에 있는지 알아보러 갈 참이야."

"옛?"

좌구작은 불길함이 현실화되고 있다는 두려움에 온몸을 떨었다. 그 말을 곧바로 해석해 보면 결국 호룡채 본진으로 들어가겠단 말이 아닌가?

'저 미친놈이 또 무슨 사기극을 벌이려고 저러나. 난 좀 제발 빼줬으면 좋겠는데.'

"전 몸이 좀 안 좋아서…… 부단주님도 계시고 하니 오늘은 기꺼이 양보의 미덕을……."

"자네가 아니면 안 된다네."

이세민은 싫다며 버팅기는 좌구작을 질질 끌고 작은 나룻배를 구하여 쾌속선을 떠났다, 단원들에게는 내일 사시가 되기 전에 연락하겠다는 말을 남긴 채로.

第十二章

무인도에서의 조우(遭遇)

떼목을 끌고 은신처인 무인도에 도착한 왕구는 나무 궤짝을 소중하게 끌어안은 채 연청청을 데리고 자신들이 기거하는 동굴로 들어갔다.

"만평진으로 가는 게 아니었나요?"

연청청의 말에 왕구는 최대한 살갑게 웃으려 애쓰며 대꾸했다.

"떼목으로 거기까지 갈 수는 없는 노릇이지요. 이 섬 뒤편에 비상용으로 둔 배가 한 척 남아 있습니다."

"어머, 잘됐네요. 그럼 그것으로 갈아타고 가면 되겠군요."

"하하, 물론이죠. 그러나 오늘은 저녁이 늦었고 또 몸도 다

젖었으니 여기서 하룻밤 쉰 다음 내일 출발하는 게 좋겠습니다."

조난당했을 때 매우 거칠어졌던 왕구의 말씨는 연청청의 미모의 진가를 알아보게 된 후 사근사근하게 변해 있었다.

'흐흐, 미안하지만 출발은 내일이 아닐 거야. 적어도 내 애 서넛은 낳아주고 나서야 출발이 가능할 게다.'

왕구는 연청청을 섬에 가둬놓고 마누라 삼아 살림을 차리기로 이미 작정을 한 상태였다.

왕구는 땔감을 끌어와 동굴 앞에 모닥불을 피웠다.

"이리 오셔서 옷을 말리시지요."

연청청은 활짝 웃으며 그의 말에 따랐다.

왕구는 그녀의 웃음을 보자 다시 가슴이 요동쳤다.

연청청은 불가로 다가오더니 왕구가 시키지도 않았는데 장의를 훌렁 벗어 옆 나무에 걸었다.

연청청이 장의 속에 걸친 것은 민소매 조끼뿐이었다. 그녀의 눈처럼 새하얀 맨 팔이 드러나고 얇은 조끼 속의 풍만한 가슴이 더욱 팽팽하게 도드라지자 왕구는 더 이상 참을 수 없었다.

그는 벌떡 일어나 모닥불을 뛰어넘어 연청청에게로 몸을 날렸다.

그런데 그 순간, 몸을 반쯤 돌리고 있던 연청청이 갑자기 허리춤에 찬 검을 뽑았다. 번득이는 검날에 모닥불 빛이 반짝여 그 광채가 왕구의 눈을 찔렀다.

왕구는 갑자기 목덜미가 서늘해지는 느낌에 도약하는 발에 힘을 빼고 말았다. 그 덕분에 도약력이 떨어진 그의 몸은 모닥불을 넘지 못하고 그만 불 위로 수직 낙하하고 말았다.

"앗, 뜨거!"

불 위에 주저앉은 왕구는 비명을 지르며 땅바닥을 뒹굴었다.

"어머, 괜찮으세요?"

연청청이 놀라 그에게 다가왔다, 검을 여전히 손에 든 채로.

왕구는 바닥을 몇 바퀴 뒹군 후 경계심 가득한 눈으로 연청청을 보았다.

"그 검은 왜……."

연청청은 왕구가 검을 의식하고 있다는 것을 그제야 눈치챈 듯 미안한 얼굴로 말했다.

"검집에 물이 들어간 것 같아 말리려고 꺼낸 거예요. 이것 때문에 놀라셨나 봐요."

'아, 그랬구나. 난 또 내가 달려드니까 꺼낸 줄 알았네.'

왕구는 안도의 한숨을 내쉬었다. 그저 호신용으로 장식 삼아 차고 있는 검이라고 생각했건만 그가 달려드는 시점에 너무 절묘하게 검을 빼내는 바람에 깜짝 놀랐던 것이다.

왕구가 젖은 몸으로 주저앉은 덕분에 모닥불이 꺼져 버리고 말았다.

　땅거미가 깔리는 시점인지라 불빛이 갑자기 사라지니 사위가 더욱 어두워졌다.

　왕구는 다시금 군침을 꿀꺽 삼키며 몸을 서서히 일으켰다. 어둑해진 김에 냅다 덮쳐서 눈에 거슬리는 칼을 빼앗고 거사를 치를 작정이었다.

　지척에 있는 연청청을 향하여 다시 몸을 돌진하려는 순간, 연청청이 검을 번쩍 쳐들며 말했다.

　"모닥불이 꺼졌으니 별수없네요. 이렇게라도 말려야지."

　치이이익—

　갑자기 연청청이 쳐든 검에서 소리와 함께 연기가 일기 시작했다.

　왕구는 이게 무슨 조화인가 싶어 눈을 가늘게 뜨고 소리나는 검을 쳐다보았다.

　그의 가늘게 뜬 눈이 서서히 커졌다.

　그의 입도 역시 찢어질 듯 벌려졌다. 너무 크게 벌려 턱이 빠질 지경이었다.

　"거, 거, 거, 검기?"

　수증기가 증발한 연청청의 검에서 빛이 나고 있었다. 아지랑이 같았던 기운이 점차 선명한 은빛으로 변해갔다.

　검극의 연장선상에 있던 나뭇가지의 잎새가 하늘하늘 바닥으로 떨어져 내려왔다. 이제 늦여름을 지나 초가을로 들어서는 시점에 낙엽이 지는 것일 리가 없었다.

왕구의 도약하려던 두 다리의 힘이 완전히 빠져나갔다.

그는 털썩 주저앉아 검기를 구현하고 있는 연청청을 보았다.

그제야 잊고 있었던 몇 가지 사실이 떠올랐다. 노를 살짝 눌러 뗏목을 뒤집었던 것과 뒤집힌 뗏목 위에 멀쩡히 서 있었던 것과 그가 낑낑거리는 나무 궤짝을 가볍게 들어 올리던 그 모든 상황이.

'날 가지고 논 건가?'

왕구는 황망한 눈빛으로 연청청을 보았다. 그러나 검을 이리저리 돌리며 미소 짓는 그녀의 얼굴 표정은 여전히 너무도 순수했다.

"여, 연 소저."

왕구가 부르자 연청청은 생긋 웃으며 그를 보았다.

"왜요, 왕 대협?"

"마, 만평진에는 무슨 볼일로 가는 겁니까?"

"아, 그거요. 거기 남궁세가의 사람들이 있다고 하기에요. 원래 합비로 가려고 했는데 고수들이 거기 다 모여 있다기에 진로를 변경했는데 도중에 그만 길을 잃었거든요. 그런데 때마침 친절한 여러분을 만나서……."

연청청은 종알종알 떠들어댔지만 왕구는 이미 '남궁세가', '고수' 두 마디에 머릿속이 하얘져 아무 소리도 들리지 않고 있었다.

"남궁세가와 관련이 있는 여자를 건드리다니! 죽으려고 환장을 했구나 왕구!"

"예? 지금 뭐라고 하셨어요?"

왕구의 중얼거림에 연청청이 하던 말을 끊으며 반응했다.

왕구는 화들짝 놀라 손사래를 쳤다.

"아, 아닙니다! 시, 신경 쓰지 마십시오!"

그는 놀란 가슴을 진정시키려 애썼다.

'보아하니 의도적으로 우리를 가지고 논 것은 아닌 것 같다. 그래, 건드리려 했지만 건드리지는 않지 않았느냐. 여전히 날 친절한 협객으로 보고 있는 것 같으니 얌전히 만평진까지만 데려다 준다면 괜찮을 게야. 암, 그렇고말고!'

왕구는 벌떡 일어나며 말했다.

"가십시다!"

"예? 어딜 가시게요?"

"만평진으로 가시지요! 당장 데려다 드리겠습니다!"

"오늘은 쉬고 가신다더니……."

"하하! 생각해 보니 연 소저처럼 귀하신 분을 이런 한데에서 숙박하게 한다는 게 말이 되질 않는다는 것을 깨달았습니다. 어서 가시지요!"

왕구는 검기를 내뿜는 여자와 더 이상 단 한시도 붙어 있고 싶지 않았다. 더군다나 그는 선상에서 욕지거리까지 하지 않왔던가. 연청청이 그걸 다시 되새기기라도 하는 시점에는 목숨이 남아나지 않으리라.

왕구는 부랴부랴 연청청을 섬의 뒤편으로 이끌었다.

그곳에는 조그마한 돛단배가 한 척 정박해 있었다. 항부육살이 비상시에 쓰는 배였다.

왕구는 나무 궤짝을 가져다가 배에 실었다. 연청청이 의식되긴 했지만 내일 안으로 호룡채에 가져다줘야 할 물건이니 지금 싣지 않으면 곤란했다.

왕구는 배의 닻줄을 풀며 연청청에게 넌지시 물었다.

"남궁세가는 무슨 볼일로 가시는 건지요?"

연청청은 아무렇지도 않은 투로 대답했다.

"거기 고수들하고 비무를 치르려고요."

꽈릉!

연청청의 목소리는 청량했지만 그걸 듣는 왕구는 귀에 벼락이 치는 것 같았다.

'비, 비무를? 남궁세가의, 그것도 고수하고?'

남궁세가의 무인들은 왕구 같은 하류 무인에게는 천외천의 존재들이었다. 그런 그들 중에서도 고수와 비무를 하겠다는 이 여인은 그럼 얼마나 대단한 능력자란 말인가?

'왕구, 넌 정말 행운아다! 이런 여자를 겁탈하려 하고도 아직 사지가 멀쩡하다니!'

왕구는 속으로 천지신명께 진심 어린 감사를 드렸다.

긴장이 돼서인지 얽힌 닻줄이 잘 풀어지지 않았다.

말을 멈추고 있자니 불안해진 왕구는 재빨리 입을 놀렸다.

"그럼 소, 소저도 대단한 문파의 제자이시겠군요?"

연청청은 까르르 웃었다.

"호호호! 과찬을 들으니까 민망하네요. 아니지 참, 제가 아니라 본 궁을 칭찬하신 거니까 과찬이라고 하면 안 되겠네요."

"본 궁? 어디 왕궁에 계신 분이십니까?"

"호호, 왕궁은 아니고요. 칠성궁이라고 들어보셨나 모르겠네요."

꽈르릉!

왕구의 귀에 또 한 번 벼락이 울렸다.

"치, 칠성궁이라면 천하제일인 칠성신군이 기거한다는 그……?"

"어머, 들어보셨나 봐요. 식견이 참 높으시네요."

왕구는 잠시 입을 꾹 다물었다. 입을 열면 벌렁거리는 염통이 입 밖으로 튀어나올 것 같았기 때문이다.

'천하제일인의 제자를 건드리려 했구나! 내가 미치고 환장한 놈이지!'

왕구는 떨리는 가슴을 부여잡고 재차 천지신명께 감사를 드렸다.

간신히 닻줄이 풀렸다. 왕구는 배를 호수로 밀려고 용을 썼

지만 원래 동생 다섯 명이랑 같이 해야 하는 일인지라 배가
잘 밀리지 않았다.

"제가 도와드릴게요."

연청청이 그의 옆으로 다가왔다. 왕구는 두려운 마음에 몸
을 움찔했다.

"그런데 날이 이렇게 어두워져서 운행이 괜찮을까요? 아까
같이 암초에 부딪치기라도 하면 곤란할 텐데."

"거, 걱정 마십시오! 이 근방 물길은 두 눈 감고도 헤쳐 나
갈 수 있을 정도로 제가 줄줄 꿰고 있습니다요!"

왕구는 행여 연청청이 내일 떠나자고 할까 봐 겁에 질려 외
쳤다.

그 순간, 뒤에서 목소리가 들려왔다.

"그거 듣던 중 반가운 말이군."

갑자기 들려온 소리에 왕구와 연청청은 깜짝 놀라 뒤를 돌
아보았다.

"누, 누구냐?"

왕구가 버럭 소리를 치자 어둠 속에서 물에 흠뻑 젖은 두
사람이 걸어나왔다.

수염을 명치까지 기른 놈과 삽을 등에 차고 있는 땅딸보였
다.

"누구시죠?"

연청청이 의아해하며 물었다.

수염쟁이가 난처하게 웃으며 말했다.

"헤헤, 조난당한 사람입니다. 배에 물이 새는 바람에 간신히 이 섬까지 헤엄쳐 왔는데 이 배가 보이기에 와봤더니 두 분이 계시더군요."

"어머, 잘됐네요. 저희랑 같이 가시면 되겠네요."

험악한 표정을 짓고 있던 왕구는 연청청의 말이 떨어지기가 무섭게 그 표정을 풀었다.

수염쟁이가 다시 말했다.

"그런데 소저, 저희가 조금 전 두 분의 대화를 우연찮게 엿듣고 말았습니다만, 만평진에 남궁세가의 고수들을 만나러 가신다고 하셨죠?"

"예. 가만, 혹시 두 분이 남궁세가 분들이신가요?"

"하하, 그건 아닙니다만 지금 만평진에 가시면 허탕을 치실 겁니다."

연청청은 눈을 크게 떴다.

"왜요? 거기에 남궁세가가 진을 치고 있다고 들었는데."

"오늘까지는 그렇습니다만 그 사람들이 내일 오전에 호룡채의 본진을 치러 간다고 하더군요. 그래서 가보셔야 고수가 남아 있지 않을 겁니다."

"어머, 그래요? 큰일이네. 자꾸 길이 어긋나니……."

시무룩한 표정을 짓는 연청청에게 수염쟁이가 말했다.

"이렇게 하면 어떨까요? 저희가 마침 호룡채의 본진을 찾아가던 참인데 함께 가시면."

"어머, 정말요? 그러시면 좋지요!"

연청청은 반색을 했다.

수염쟁이는 그녀가 좋아하자 자기도 흐뭇해하더니 멍하니 있는 왕구를 쿡 찔렀다.

"이 근방 물길은 눈 감고도 줄줄 꿰신다고 했으니, 호룡채 본진이 어디 있는지도 아시겠죠?"

"에?"

왕구는 황당한 표정을 지었다. 당연히 알긴 하지만 그걸 네 놈들에게 내가 왜 가르쳐 주겠느냐?

"소저, 이분이 길 안내를 해주겠다고 하시네요."

수염쟁이는 왕구의 반응을 대답으로 알았는지 연청청을 보며 말했다.

"어머, 왕 대협, 정말 고마워요! 이 은혜를 어찌 갚아야 할지……."

왕구는 황망한 표정을 지었다. 다른 것은 몰라도 호룡채의 본진만은 절대로 외인에게 발설해선 안 된다. 연청청도 무서 웠지만 호룡채의 수적들은 그 몇 곱절은 무서운 놈들이다. 그러니 이건 선택의 여지가 없었다.

"소저, 제가 다른 곳은 다 아는데 호룡채의 본진은 워낙 자주 장소가 바뀌는지라……."

어떻게든 거절하려는 그를 갑자기 수염쟁이가 어깨동무를

하며 잡아끌었다.

그리고는 그의 귀에 대고 조그맣게 속삭이는 것이었다.

"이봐, 우린 네가 아까 아가씨를 덮치려 하는 것을 똑똑히 봤다고. 그리고 너희가 오기 전에 동굴을 뒤져 너희들이 죽인 사람의 시체도 보고, 훔친 장물도 다 살펴보았지. 너, 호룡채 끄나풀이지? 내가 어쩌면 좋을까? 저 아가씨한테 사실을 다 불까, 아니면 호룡채로 안내할래? 원래 순진한 여자가 화나면 더 무서운 거 알지? 이 자리에서 검기에 사지가 토막 나고 싶으면 못 간다고 하던가."

왕구는 공포에 질려 턱을 덜덜 떨었다. 아까 본 검기가 자신의 팔다리를 자른다고 생각하니 오줌이 찔끔 흘러내렸다.

"가, 가겠습니다, 가겠습니다요!"

"암, 그래야지."

수염쟁이, 이세민은 미묘한 웃음을 흘리며 그의 어깨를 두들겼다.

이리하여 항부육살의 돛단배는 네 사람을 실은 채 어둠 속에서 호룡채의 본진을 향해 출발했다.

『절대기협』 4권에 계속…

지금 유전자가 말하는 사랑과 성의 관한 솔직 대담한 진실이 펼쳐집니다!

남편의 후광을 등에 업는 것은 까마귀와 인간뿐…

모두에게 바보 취급받던 독신 암컷이 단번에 인생대역전을 해서
서열 1위인 수컷의 아내 자리를 차지하게 될 수도 있다는 말입니다.
모든 여성이 이상형의 남자와 결혼할 수 있는 것은 아닙니다.
적당한 선에서 타협하여 적당한 사람과 결혼하지요.
하지만 솔직히 말해서 당연히 멋진 남자가 더 좋지 않겠습니까?
따라서 여성은 생각합니다.
'그럼 어떻게 하지? 유전자만이라면 가질 수 있어!'
그리하여 장기계획형이나 단기승부형과 같은 여러 가지 방법의
외도가 생겨나는 것입니다.
물론 모든 여성이 이를 실행에 옮기지는 않습니다.

하지만 기회가 있다면 어떨까요?
다른 조건과 이미 타협을 봤다면?
남편이 사소한 일은 눈치 못 채는 둔한 남자라면?
뭔가 유전자의 음모가 느껴지지 않습니까?

실패를 모르는 남자 선택법!
「내 남자친구는 왼손잡이」 법칙

어째서 여성은 왼손잡이 남성에게 마음이 끌리는 걸까요?

여기서 기억해야 할 것은 몸의 좌우와 뇌의 좌우는 원칙적으로 반대 관계라는 점입니다.
따라서 왼손잡이 남성은 우뇌가 발달했습니다.
발달했다는 사실이 왼손잡이를 통해 반영된 것입니다.

그리고 두 번째로 생각해야 할 것은 우뇌는 남성 호르몬의 일종인 테스토스테론에 의해 발달한다는 점입니다.
요약하자면 왼손잡이 남성은 우뇌가 발달했는데, 그것은 테스토스테론 수치가 높기 때문입니다.
그것은 다름 아닌 생식 능력이 높다는 것을 의미하지요.

「내 남자 친구는 왼손잡이」에 감춰진 의미는… 내 남자 친구는 생식 능력이 높아… 인 것입니다.

초등학생이 반드시 읽어야 할 좋은 책 49권

각 학년별로 초등학생이 반드시 읽어야할 좋은 책을
선정하여 통합논술의 기본이 되는 '올바른 독서법'을
일깨워 줍니다.

교과서와 함께하는
초등학교 통합논술

초등1학년 | 값 12,000원 / 초등2학년 | 값 9,500원 / 초등3학년 | 값 11,000원 / 초등4학년 | 값 9,500원 / 초등5학년 | 값 9,500원 / 초등6학년 | 값 11,000원

♣ 혼자 할 수 있어요.
엄마가 책 읽는 방법을 가르쳐 주어도 좋아요.
독서지도하는 선생님이 가르쳐 주어도 좋답니다.
"초등 교과서와 함께하는 통합논술 시리즈"는
아이 스스로 독서할 수 있도록 꾸며진 책이에요.
엄마와 선생님은 요령만 가르쳐 주시면 된답니다.

♣ 교과서의 중요한 내용이 총정리되어 있어요.
각 학년별로 중요한 교과 내용이 함께 수록되어 있어요.
초등학생은 교과서 내용을 충실하게 공부해야 합니다.
아울러 그와 병행한 독서가 대단히 중요하지요.
"초등 교과서와 함께하는 통합논술 시리즈"는
두가지 방법 모두 알려준답니다.

♣ 이 책은 훌륭하신 선생님들이 함께 쓰신 책이랍니다.
동화작가 선생님들이 쓰셨어요. 소설가 선생님도 쓰셨답니다.
국어 논술독서지도 선생님들도 함께 쓰셨지요.
"초등 교과서와 함께하는 통합논술 시리즈"는
엄마의 마음으로 모든 선생님들이 함께 꾸민 책이랍니다.

입소문을 통해 아는 분은 다 알고 계십니다!
올 한해 공인중개사 최고의 화제작!

1~2권 합본 | 이용훈 지음
3~4권 합본 | 이용훈 지음
5~6권 합본 | 이용훈 지음
용어 해설 | 이용훈 지음

수험생 기본 필독서
만화 공인중개사

제목 : 만화공인중개사 쓰신 분에게 감사드립니다.

학원을 두 달 다녔어요. 근데 과연 그 숫자 외우기 그런 게 몇 문제나 나올까 생각을 했어요.
아니라는 생각이 드네요. 학원강의를 뒤로하고 서점을 갔어요. 내 머리에 가장 이해될 수 있는
책이 없나 하구요. 거기서 만화를 발견했어요. 무조건 세 번 봤어요. 3개월 걸렸어요. 문제집을 보라고
했는데 그건 시행을 못했어요. 근데 합격을 했네요.
어떻게 감사의 말을 해야 될지……
도서관에서 만화책 들고 다니니까 사람들이 비웃더라구요. 만화책으로 공인중개사를 공부한다고
미친 사람처럼 보더라구요. 근데 그거 다 감수하고 했던 내가 자랑스럽습니다.
어떻게 감사의 말을 해야 할지… 정말 감사합니다.
부디 행복하세요. 제 나이 41살에 좋은 스승을 만난 것 같습니다.
엎드려 감사드립니다.

-본사 홈페이지에 독자분이 올린 메일 中에서 발췌-